公众人文素养读本｜总主编 奚爱国

钟怡阳◎编著

流传千年的印第安神话故事

印加帝国神话——太阳神的光芒
阿兹特克神话——神是统治天地的力量
玛雅神话——纷纷扰扰的人神之争

南京大学出版社

图书在版编目(CIP)数据

流传千年的印第安神话故事/钟怡阳编著. —南京 :
南京大学出版社, 2013.01(2020.8 重印)
(公众人文素养读本)
ISBN 978-7-305-10909-6

Ⅰ.①流… Ⅱ.①钟… Ⅲ.①神话-作品集-北美洲
Ⅳ.①I710.73

中国版本图书馆 CIP 数据核字(2012)第 300509 号

出版发行 南京大学出版社
社　　址 南京市汉口路 22 号　　邮　　编 210093
网　　址 http://www.NjupCo.com
出 版 人 左　健

丛 书 名 公众人文素养读本
书　　名 流传千年的印第安神话故事
总 主 编 奚爱国
编　　著 钟怡阳
责任编辑 潘琳宁

照　　排 南京紫藤制版印务中心
印　　刷 南京玉河印刷厂
开　　本 787×960 1/16 印张 13.75 字数 246 千
版　　次 2013 年 1 月第 1 版 2020 年 8 月第 4 次印刷
ISBN 978-7-305-10909-6
定　　价 28.00 元

发行热线 025-83594756 83686452
电子邮箱 Press@NjupCo.com
　　　　 Sales@NjupCo.com(市场部)

编辑序

印第安人又称美洲原住民，是除了爱斯基摩人以外所有美洲土著居民的总称。这些美洲大陆最古老的居民主要集中分布在三大地区：印加人兴起于南美安第斯山区（包括现在的秘鲁、玻利维亚和厄瓜多尔）；阿兹特克人生活在墨西哥高原；玛雅人居住在墨西哥东南部和中美洲。

在历史上，印第安人曾建立过四个帝国，其中最重要的是南美洲的印加帝国和北美洲的阿兹特克帝国。经过多年的分化，印第安人产生了许多不同的民族和语言。据资料记载，到了十五世纪末，在现在的美国、加拿大地区约有一百万印第安人，西印度群岛至少有一百万印第安人，而整个美洲的印第安人总数约一千四百万至四千万，共约有一百六十种语别，一千两百种方言。

在西方文明还没有入侵美洲大陆之前，聪明的印第安人就已经创造了辉煌灿烂的美洲文明。对以玉米为代表的多种农作物的种植和栽培，使其成为世界农业文明的发源地之一；宏伟的建筑、象形文字以及精确的历法系统，更是让后人为之叹服，并激励研究者去进行更多的探索和破译。

而作为反映他们生活方式、思想观念以及民族信仰的印第安神话，不仅是古代印第安人智慧的结晶，还是后人认识印第安人的一面镜子。

辉煌强盛的印加帝国、美丽圣洁的太阳贞女、神奇智慧的羽蛇神、晦涩难懂的玛雅符号，所有这些关于创世的奥秘、造物的奇迹以及英雄历险的故事，都蕴含在诡谲瑰奇、绚丽多姿的印第安神话中。

本书所选取的印第安神话故事，包含印加、阿兹特克和玛雅三个体系，每个体系极具特色却又彼此有着千丝万缕的关联。这些故事记载了一个民族最古老的记忆，蕴含着人类最深沉的智慧和情感。它不仅讲述了宇宙万象、日月运行、季节轮回、大地草木、林间群兽和尘世间生老病死、爱恨情仇的由来，也讲述了人类的诞生、灭亡和再生，以及那些游荡于荒远之域的神灵或者妖怪的传奇。

当你开始阅读这本书时，一定会先被印第安神话特有的天真浑朴所吸引。在你沉浸其中时，就会不知不觉震惊于先人的伟大与神圣。

现在，就让我们在文字的世界里打破时空的桎梏，去感受和体验那个遥远国度的奇幻故事吧！

序　言

在哥伦布发现新大陆之前，这片土地的主人——印第安人，就已经创造出了辉煌灿烂的古代美洲文明。例如，秘鲁印加族遗留至今的数千里长的石板大道和“太阳门”建筑，以及高大的太阳神金字塔，都是世界建筑艺术史上的奇迹。不仅如此，玛雅人还创造了美洲唯一留下来的文字——玛雅文字，并建立了十分精确的太阳历。这些难以解释的文字和“外星人之谜”，至今仍让人感到神秘莫测。

就文学而言，古朴纯真的印第安神话不仅是人类难以再造的精神食粮，还表现了古代印第安人认识世界、征服自然和思考自身的方式。从这个意义上说，读懂了印第安神话也就了解了古代印第安人。

印第安神话大致可以分为印加、阿兹特克和玛雅三大体系。

印加神话与整个印加王国的产生、发展和灭亡紧密交织在一起。起初，印加人在太阳神的赐福下建立了王国，所以上到印加王，下及普通百姓，都尊奉太阳为唯一的主神，并透过多种形式来崇拜他。后来，由于印加王亵渎了太阳神，使得印加王国在太阳神的诅咒和启示的阴影中走向了灭亡。印加王国的数百年历史就是这样在神话中度过的：尊崇太阳神，印加国兴；亵渎太阳神，印加国亡。

阿兹特克人十分好战，每当吞并了一个国家，就会将该国的“神明”纳入自己原有的神话体系之中，但是太阳神依然是最重要的存在。他们相信世界曾经四度被创造、四度遭到毁灭，每创造一次，都会产生新的太阳来照亮世界。为了让太阳继续照耀人类，阿兹特克人十分热衷于活人献祭。也正因为如此，阿兹特克神话表达了人们对创造新世界的欣喜与对末日来临的恐惧相交织的这种强烈的矛盾情结。

相较而言，玛雅神话在构思上更为奇特，很多动物神祇的出现，使其充满了寓言的意味。不仅如此，玛雅人的独立性更强，他们并不是对神崇拜得五体投地，有些部族不仅勇于与神抗争，而且还设法通过各种手段来赢得胜利，这在世界上其他民族的神话中是少见的。玛雅文明广受世人关注，它奇迹般地崛起和发展，又奇迹般地衰亡和消失，而这些，更是让玛雅神话充满了神秘的色彩。

尽管与雄浑厚重的古希腊神话体系相比，印第安神话缺少了一些精深博大的气度和壮美绚丽的文采，但其天真纯朴和自成一体的独特风格，仍然具有无穷的魅力。

神话，是源自洪荒的古老故事，也是万古常新的话题。在古老神话的表象下，蕴含的是人类对宇宙、世界、自身的追问和思索。

神话也是我们写作素材的宝库和激发灵感的泉源，相信你翻开本书来重读神话，也能从中得到启迪。

目　录

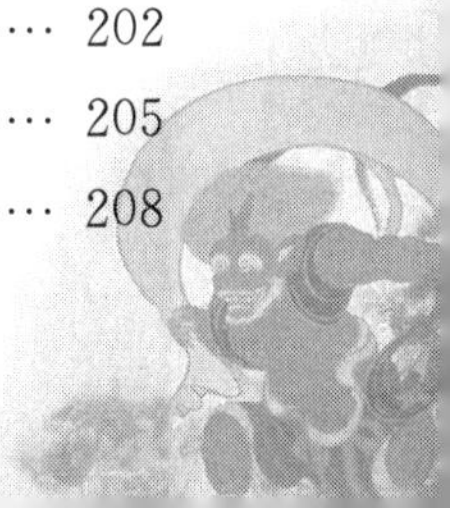

第一章

印加帝国神话

——太阳神的光芒庇佑子民

帕查卡马克
——赋予世界生命的人

在远古时代，秘鲁大地一片漆黑，没有白天和黑夜之分。

某一天，创世主帕查卡马克来到这片土地上，一时兴起创造了一些飞禽走兽和第一批人类。做完这一切，帕查卡马克感觉有点劳累，就走到科利亚地区奥尔科斯山谷中的一个美丽的湖泊中休息。这个湖就是的的喀喀湖（Titicaca），千百年来一直被印加人视为圣地。

帕查卡马克看到的的喀喀湖风景秀丽，便决定在这里隐居。又过了很久很久，帕查卡马克从湖中走出来，想要回到宇宙中自己的居处去，此时秘鲁大地仍然漆黑如墨，但是他随手创造的那些人已经开始了原始生活。可是，这些人非常野蛮，对赋予自己生命和灵魂的创世主没有丝毫的感恩之心，甚至对天地和神灵连最起码的敬畏都没有。更令人气愤的是，这些人看见帕查卡马克走出湖面，非但没有跪拜行礼，反而向他吐口水、掷石块。

帕查卡马克大怒，一气之下把这些人都变成了石像。怒气平息了之后，帕查卡马克反省了一下自己，认为这次创造人类的举动确实有点草率，不禁有些后悔和懊丧，决定把创造人类的工作重新来过。

他召集众神，首先商议如何为黑暗世界带来光明。众神为帕查卡马克推荐了两个人：男神孔蒂拉雅·维拉科查和女神基利亚。他们是一对兄妹，在帕查卡马克的旨意下，两人结成夫妻。孔蒂拉雅为太阳神，司白昼，并任命金星为卫士，风雨、雷电为仆役；基利亚为月亮女神，负责夜晚的照明，昂座七星为仆役，追随在月神左右。

一切安排妥当之后，帕查卡马克对孔蒂拉雅夫妇说："你们夫妻用自己的光和热温暖、哺育世间生灵，堪称世间万物的父母。日后你们的子女及其后代为一方土地之主，教化万民，以历数十二为期，以答谢你们对世界的奉献。"

说完后，帕查卡马克指令太阳和月亮沿着从东向西的方向，交替运行。并与太阳神及众神约定，当太阳升起时的第一缕光线照耀的的喀喀湖湖心小岛的山洞时，新的人类就诞生了。

一切准备就绪之后，帕查卡马克来到第亚瓦纳科(Tiahuanaco)，按照自己的样子，雕刻了许多石像。这些雕像中有一般百姓模样的石像，也有统领百姓的首领像，还有孕妇和婴儿的石像……然后，他在这些石像上刻上名字，并吩咐众神，把这些石像分别带到各自的领地去繁衍后代。在太阳之子对这些百姓进行教化之前，众神可以被敬奉为他们的偶像。

就这样，当太阳从东方冉冉升起，第一缕光芒照亮的的喀喀湖湖心小岛的山洞时，世间的新生命出现了。

帕查卡马克留下了其中的两个人，对其他的人说："你们朝着太阳下山的方向走吧！把其他人从树林、山川、溪流、江河之中呼唤出来，将生存的技巧传授给他们。"

这些人便按照神的旨意出发了，一路呼唤着雕像上的名字，向他们高声宣谕："大家都出来吧！在这块土地上居住繁衍，这是创世主的神谕。"就像创世主帕查卡马克说的那样，人们纷纷从四面八方跑了过来，从此这块荒无人烟的土地上有了人类的身影。

创世主帕查卡马克看到一切都按照他的安排有条不紊地进行，便对留在身边的那两个人说："你们两人是太阳神的第一缕光芒所赋予的生命，在你们的身体中有太阳神的意志，你们的子孙将世世代代辅佐太阳神之子建功立业，成为印加王族中的成员。"

这两人也像先前的那些人一样，一路呼唤着同伴，分道而行朝着北方和西方前进，然后在西北方向会合。

处理完这些事情之后，帕查卡马克沿着山间小道，向地处安蒂和昆蒂之间的库斯科方向走去。当他路过卡恰省的卡纳斯人居住地时，卡纳斯人不仅不认识他们的创世神，还凶狠地向帕查卡马克进攻，想把他杀死。帕查卡马克看到他们全副武装，手持凶器，就让大火从天而降，焚烧卡纳斯人的住所。那些卡纳斯人看到天降大火，非常惊恐惧怕，把手里的武器扔到地上，爬向身着长袍的帕查卡马

太阳神像

克，跪在他脚下乞求宽恕。帕查卡马克见此情景，就变出一根木棍，在大火中打了几下，熊熊火焰立刻熄灭了。直到这时，卡纳斯人才认出帕查卡马克就是无所不能的创世主。

帕查卡马克以神通制伏了卡纳斯人后，继续前行，他要为太阳神的子女挑选一块宝地作为王城。他一直走到距离库斯科三十公里的一座山上，召唤出第一批印第安人，把他们带到库斯科，对他们宣谕：

“你们在此生活，等待一群大耳朵的人到来，他们之中有太阳神的长子、长女，将统领你们安居乐业，教化你们通晓道理，成为你们的国王和王后，子子孙孙绵延不绝。”

说完以后，帕查卡马克召集所有天神，向海边走去。

小知识

印加帝国中，上至印加王，下到平民，自始至终都尊奉太阳为唯一的主神。除太阳之外，他们还崇拜“帕查卡马克”为不相识的、至高无上的神，对他的尊敬甚至胜过太阳神。虽然从不祭拜他，也不为他建造神庙，然而却在内心里相信他的存在。

孔蒂拉雅
——追赶少女的太阳神

虽然孔蒂拉雅贵为太阳神，是世界的创造者，但偶尔也喜欢搞一些恶作剧，以此来寻开心。他最喜欢的恶作剧是扮成乞丐，穿着破破烂烂、邋邋遢遢的衣服，在村子里东游西荡，与人嬉闹，任人取笑。

村子里有位女孩叫考伊拉，长得非常美，连天上的诸神都悄悄地爱慕她，可是她从没对谁表露过心迹。

一天，孔蒂拉雅又到村子里去游荡，刚好看见考伊拉坐在鲁克玛树下休息，他灵机一动，化身为一只小鸟站在枝头，把自己的一滴精液变成一颗熟透的果实，落在美丽的女孩脚下。考伊拉看见这枚果实晶莹鲜亮，惹人喜爱，就捡起来把它吃了。

位于玻利维亚高原地区的太阳门，因门楣上刻有太阳神形象而得名

令考伊拉意想不到的是，她并没有与任何男人亲近过，却竟然怀孕了。九个月后，她生下一个男孩。到孩子一岁的时候，考伊拉还不明白是怎么怀上他的，也不知道他的父亲是谁。于是，考伊拉向众神祈求，邀请他们前来，告诉她孩子的身世。

众神把头发梳理得平滑整齐，穿着华丽的衣服欣然赴约，他们都希望自己看起来英俊优雅，能被美女考伊拉选为丈夫。

等到众神如约前来，各自坐好以后，考伊拉开口说："令人尊敬的神祇，我邀请你们来到安契克契荒原，是为了我的儿子。我独自抚养这个孩子已经整整一年了，却不知道他的父亲是谁。我贞洁的身体从未与任何一个男人亲近过，这一点你们心里都清楚。今天，我想弄清真相，请你们理解我的苦衷，坦率地告诉我，谁应该为我的不幸负责。”

众神面面相觑，一言不发，他们不忍拒绝考伊拉的请求，但又不知该说些什么。这一次，孔蒂拉雅又扮成乞丐，坐在众神后面。美丽的考伊拉甚至都没有用眼角瞄他一眼，她无论如何也不会想到他正是自己要寻找的人。

见众神沉默不语，考伊拉心里着急，大声说道：“既然没有人勇于承认，那么只能让孩子自己去辨认父亲了。”说完，她把怀里的孩子放到了地上，小家伙咯咯笑着，跌跌撞撞地向穿着破衣烂衫的孔蒂拉雅走去，并高高兴兴地抱住了他的大腿。

孩子的母亲考伊拉看到这个情景，感到颜面无存，羞愧难当，她从孔蒂拉雅身边一把抱过孩子，声嘶力竭地哭泣道：“难道我孩子的父亲是他？我这样一位貌如天仙的贞洁处女，难道要让自己的儿子认一个穷酸乞丐为父吗？天啊，这是何等的耻辱！”

说完，绝望的考伊拉飞身向大海奔去。孔蒂拉雅在刹那间变成身着美轮美奂的金色衣服、圣身放出万丈光芒的太阳神，他丢下瞠目结舌的众神，拔腿追赶考伊拉。

他在考伊拉身后无限柔情地呼唤：“我最亲爱的考伊拉，你回回头看我一眼吧！看我是多么的高贵和英俊。”可是，考伊拉心里满怀悲愤，她头也不回地说：“我什么也不想看！”继续飞身向前，身影很快就消失了。

孔蒂拉雅一边呼喊：“考伊拉，看我一眼，考伊拉，停一停……”一边继续追赶。路上，遇见一只兀鹰，他向兀鹰询问是否见到了考伊拉和孩子，兀鹰说：“快追，她就在离你不远的地方。”

孔蒂拉雅非常感激兀鹰的吉言，祝福它说：“你可以在高空自由翱翔，在青山之巅筑巢，谁也不能打扰你。你可以用任何动物的尸体果腹充饥，可以猎杀任何没有主人的飞禽走兽，你是不死的，胆敢杀你的人必遭天谴。”

说完，孔蒂拉雅继续追赶考伊拉。走着走着，他又遇到一只臭鼬，便问它是否见过考伊拉，臭鼬说：“恕我直言相告，你是追不上她的。”

孔蒂拉雅勃然大怒，诅咒臭鼬说：“从今以后，你白天要躲在洞穴里，只能在夜晚走出来，并且全身散发着臭味，动物讨厌你，人类厌恶你并且捕杀你。”

发泄完怒气，孔蒂拉雅又继续向前奔跑，追赶着考伊拉。途中，他遇到一只美洲狮，便问美洲狮有没有看到考伊拉从这里经过，美洲狮说：“只要你心里有她，你们就距离很近，你一定能够追上她。”

孔蒂拉雅很高兴，对美洲狮说：“你会受到百兽的尊重，并成为它们的法官，裁决它们的生死。即使死后你也将享有极高的荣誉，人们剥你的毛皮必须连带头部，保存你的牙齿，在你的眼窝里放上一对宝石，令你虽死犹生。遇有重大节日，人们会披着你的毛皮，用自己的头顶着你的头。”

在之后的路途中，孔蒂拉雅又碰上一只狐狸，狐狸实话实说：“别追了，你是追不上他们母子的。”

孔蒂拉雅很生气，再次施予诅咒：“人们看见你就追捕，无人尊重你，死后也没有葬身之地。”

随后，孔蒂拉雅又看见一只苍鹰，苍鹰对他说：“考伊拉就在前面，离你很近。”

孔蒂拉雅说：“你将受到大家的尊重，每天清晨可以享用一只由花蜜哺养长大的小鸟。”

孔蒂拉雅一直追赶，但是怎么也看不见考伊拉的身影。这时，有几只鹦鹉叽叽喳喳地说，他将再也赶不上考伊拉了。孔蒂拉雅诅咒鹦鹉：“你们永世不得安宁，因为你们的多嘴多舌，人们会囚禁你们、贩卖你们。”

就这样，孔蒂拉雅对途中遇到的飞禽走兽给予了感谢或施予了诅咒——这要看它们给自己的是吉兆还是凶言。

最后，孔蒂拉雅来到大海边，终于看到了考伊拉母子，但两人已经变成了石头。孔蒂拉雅非常懊悔和悲伤，但事已至此已经无力回天，他只能忧愁地在海边徘徊。

小知识

相传，孔蒂拉雅追到海边的时候，看到岩石上有一条大蛇看护着两个少女，她们是巴恰卡玛的女儿，她们的母亲巴恰卡玛到大海里去探望考伊拉了。孔蒂拉雅把姐姐抱了过来，妹妹变成一只白鸽飞走了。从此，印第安人便把少女称为“乌尔比”，即“鸽子”的意思，把少女的母亲叫做“乌尔比-华恰克”，意思是“鸽子妈妈”。

古柯草的由来
——风神、雨神和美少年

风神埃斯图雅克和雨神特拉洛克(Tlaloc)是一对纯真的姐妹,分别管理人间的花草枯荣和雨雪霜露之事。她们本来一直循规蹈矩,把人间治理得风调雨顺,但是时间久了,看到众神之家的其他神祇都乐得其所、逍遥自在,不由得心痒,也想偷溜到人间去体验一下尘世生活的滋味。

姐妹俩商量了一下,为了不被发觉,能够在人间多逗留一段时间,便投生到一座地处偏远的互拉卡山上姓丘尔卡的一户人家里。丘尔卡夫妇中年得女,视若珍宝,为她们取名叫谷兰和布蕾斯比图。时光飞逝,姐妹两人出落得一天比一天漂亮,令老两口倍感骄傲。

姐姐谷兰每天都要背着水罐,去附近的山谷中打水。有一天,她刚刚将清冽甘甜的泉水装满水罐,恰巧有位少年在此经过。他看见谷兰的秀美容貌和窈窕身姿,被她深深地吸引了,情不自禁地停下脚步与谷兰聊天。这位少年名叫恩依瓦雅,长得俊逸潇洒,就住在山谷对面。虽然两个人没说几句话,但是都对彼此留下了深刻的印象。

从那以后,恩依瓦雅每天都会来到泉水边,陪伴打水的谷兰。情窦初开的少男少女,爱情的花朵在他们心里盛开了。

终于,痴情少年恩依瓦雅告诉谷兰,等秋天收获庄稼以后,他的父母就要带着聘礼去向谷兰的父母求亲。谷兰感到从未有过的甜蜜和幸福,为了不被父母和妹妹察觉,她把快乐悄悄地埋在心里,没有说出来。

这样的日子过了半年之久,他们每天清晨都在泉水边约会。有一天,谷兰陪母亲去邻村探望亲友,第二天她却没有在泉水边看到恩依瓦雅。从那天起,恩依瓦雅似乎在有意躲避她,再也不到泉水边来了。谷兰对恋人的突然转变感到费解,心想:"到底发生了什么事情,恩依瓦雅为什么会变成这样?"

一切都是事出有因。在谷兰外出那天,淫荡女神图拉索图尔特刚巧路过山谷中的泉塘,她看见泉水干净清澈,一时兴起便脱掉衣服进去洗澡。此时恩依瓦雅赶来与恋人约会,看到泉水中有人戏水,还以为是谷兰,便悄悄走了过来。

图拉索图尔特感觉有人走来，便在水中看了一眼来人的倒影，发现是一位俊美的少年，不由得春心荡漾。等到恩依瓦雅走近，便从水里站了起来，诱人的胴体沾满晶莹的水珠，肤如凝脂，性感妖艳。

恩依瓦雅见状吃了一惊，一时脸红耳热，不知所措。图拉索图尔特虽然妖艳，但是在恩依瓦雅心里，根本不及端庄文静的谷兰。于是，他镇静下来后转身走了。

图拉索图尔特见美少年毫不动心地走了，又气又急，被情欲之火焚烧得浑身难受，恨得牙痒。这时，她看见妹妹布蕾斯比图来打水，她知道布蕾斯比图其实就是雨神，刚好又看见恩依瓦雅转身回来了，便眉头一皱计上心来。

在图拉索图尔特的魔法下，恩伊瓦雅不由自主地来到布蕾斯比图身边，向正在打水的少女求爱。布蕾斯比图对恩依瓦雅和姐姐的关系一直就不知情，在淫荡女神魔力的诱惑下，她被少年的柔情打动。图拉索图尔特趁机撩拨少男少女的情欲，让他们失去理智，搂抱着纠缠在草丛之中……

图拉索图尔特诡计得逞，心满意足地正准备离开时，突然感觉自己的双脚被人拉住了。她回头一看，顿时吓得魂飞魄散，只见大地女神契利比亚和手持诛神宝剑的空气神丘兹库特正怒目圆睁地站在她身后。

怒不可遏的丘兹库特举起诛神宝剑，一剑挑出了图拉索图尔特的心脏，将它变成一块嫣红的宝石装入鹿皮囊。从此，在图拉索图尔特死去的地方长出一种草，这种草少量服用可以提神、治病，吃多了则有毒性，令人情欲泛滥，印第安人把它叫做“古柯”。

一旦偷食了禁果，恩依瓦雅和布蕾斯比图便难以自制，常常偷偷幽会，恩依瓦雅决定对女孩负起责任，尽快与布蕾斯比图结婚。

在一个围着篝火聊天的晚上，布蕾斯比图羞涩地透露了准备与恩依瓦雅结婚的消息。谷兰听到这个消息，如闻晴天霹雳，肝肠寸断，她怎么也没想到恩依瓦雅有了新欢，而且还是自己的妹妹。就像曾经把幸福偷偷地藏在心里一样，谷兰现在也只能默默地忍受痛苦的煎熬。

布蕾斯比图和恩依瓦雅结婚后，日子过得很幸福，可是好景不长，布蕾斯比图因为难产而身体虚弱，健康状况一天不如一天，被丘兹库特接回了众神之家。如此一来，恩依瓦雅与妻子分离，孩子也失去了母亲。这时的恩依瓦雅热切地希望能够重新得到谷兰的爱，与她结婚。但是谷兰对恩依瓦雅的移情别恋一直耿耿于怀，面对恩依瓦雅的纠缠，她感到非常厌倦，就去找巫婆帮忙，她不知道，巫婆其实是丘兹库特幻化而成的。

丘兹库特变成的巫婆问谷兰：“你有什么要求？”

谷兰说："我想像我的名字一样，变成一株小草，根深蒂固，任何力量都拔不起来。"为了考验谷兰，丘兹库特要求谷兰准备一块五颜六色的披巾、五颗蜂鸟的心、五片万年青叶子和一块陨石。

谷兰历尽千辛万苦把这些东西准备齐全了，丘兹库特感叹说：果然凡心尽去！丘兹库特承诺谷兰，在她需要的时候，只要心中默念"丘兹库特显灵吧"，就会得到帮助。

一天，谷兰去打水时，恩依瓦雅又跑过来苦苦纠缠，抱着她的腰不让她走，谷兰难以脱身，便默念道："丘兹库特显灵吧！"这时，她听见一个声音说"终于幡然悔悟了"，然后她的身体慢慢升向空中。地上的恩依瓦雅看见谷兰渐渐消失了人形，变成一株小草，不禁大惊失色，号啕大哭。

谷兰在天上看见恩依瓦雅拼命想把小草拔起来，但是无济于事，便叹息着，与雨神和丘兹库特一起，消失在空中。

十六世纪晚期所绘的特拉洛克画像

小知识

在阿兹特克神话中，特拉洛克是男性的雨神。他在农业中的角色非常重要，主宰了雨季及旱季，也能带来洪水、冰雹或风暴。

吉通贝和奥托雅
——天神相助杀死食人巨魔

创世主帕查卡马克曾经用石头雕刻了许多人像，世间的新生命就是这样诞生的。帕查卡马克留下了其中的两个人，分别叫通巴和通贝，并封其为王族，以奥基为姓。

通巴和通贝带领一路呼唤出来的印第安人到了松巴，在那里聚居，成为大家的首领。看到人们能够安居乐业，两人想起自己的使命，商议后决定由通贝带几个人随行，出海到南方寻找太阳王子，一年后回来报告情况。过了一年后，通贝音信皆无，很久以后通巴才知道通贝死去了，随行的人到达了奇利，建立了奇利之国。此时，通巴也已经年老体衰，不宜远行，但他一直没有忘记自身的使命，临终前留下遗嘱，要后人继续寻找太阳之子，一旦找到，立刻举族迁移，追寻太阳之子。

通巴生了两个儿子，哥哥名叫吉通贝，弟弟名叫奥托雅。父亲去世后，兄弟两人为了争夺家族控制权，闹得部落鸡犬不宁。为了避免兄弟失和，心胸较为开阔的哥哥吉通贝决定远行，去完成父亲临终交代的遗愿。一些愿意追随他寻找太阳之子的人，与他一起远离了故土。他们来到了大海边一块宁静的平原，在那里定居下来。

吉通贝把大家安顿好以后，派人继续远征，既是为了开疆拓土，也是为了寻找太阳之子的消息。很久以后，被派出去的人来到里马克——也就是现在的秘鲁首都利马城。然后他们又从里马克折返，途经了许多风景优美、风调雨顺的地方，都非常适合移民，但是却没有丝毫关于太阳之子的线索。

吉通贝的弟弟奥托雅一个人留在松巴，由于没有哥哥的督管，他变得放荡不羁，整日沉湎于酒色，不理朝政。在这一片混乱时，又雪上加霜，发生了更加恐怖的事情。

有一天，一群形貌丑陋、体型巨大的食人魔从海上乘木筏而来，入侵到了松巴。这些食人魔身形非常高大壮硕，长着一双巨大的脚，仅仅一只脚的长度就相当于一个平常人的身高。他们上岸后建了一个小村落，在山岩上挖了几口深井，随后就开始在附近觅食。由于食人魔胃口惊人，把能够找到的食物都吃光后还是不足以果

腹，他们就开始用巨大的渔网捕杀奥托雅的族人。抓住人以后，男人被吃掉，女人被奸淫、折磨致死。

不仅如此，食人魔还抓走了奥托雅，把他囚禁在山洞里，这以后更加肆意妄为地奸淫掳掠。这种种无耻行径终于惹怒了太阳神。

一次，食人魔正聚集在一起淫乱时，一团烈火从天而降，火光中走出一个全身金光闪耀的天使，手持一把利剑，把食人魔全部杀死。接着，熊熊大火很快吞没了食人魔的残骸，显示了天神的威力和神对勿犯淫乱罪恶的警示。

虽然在天神的帮助下，食人魔被消灭了，但是奥托雅已经死在山洞里了，部落顿时失去了首领。听说故乡被残暴的食人魔侵犯，吉通贝非常恐慌，为了稳妥起见，他命令族人造了很多小船，决定带领大家去海上躲藏。在大海中，他们发现了一座小岛。

古印第安人的随葬品——人像盖四足锅

吉通贝看到这块岛屿土地肥沃、果实丰硕，而且还长着被他们叫做布纳的玉米。吉通贝非常高兴，决定在岛上安居，暂时不回陆地。但是他们很快发现岛上极为干旱缺水，所以听到食人魔被天神歼灭的消息后，吉通贝决定迁移到基图山区，并建立了一个基图村。

基图村也比较干旱，长年不下雨，但是这里有河水，吉通贝带领大家兴修水利，解决了缺水之苦，还为帕查卡马克修建了一座庙宇。这座庙宇华美雄伟，吉通贝的族人们在这里为帕查卡马克献礼祭祀。

到庙宇竣工时，吉通贝也死了，族人们安葬了他。吉通贝有一个叫做托梅的儿子，十分骁勇好战，是第一个利用战争来掠夺土地和别国统治权的人。托梅也是一个严厉并且残暴的人，非常注重军事，下令制造各种武器用于防守和进攻。不久，托梅成为基图国王。

小知识

印第安人埋葬死者的方法很有特色，尤其是部落酋长，死后会受到特殊待遇，遗体被安放在庙宇中。庙宇的形式也颇具特色，庙宇下部被粗大的木桩高高撑起，没有墙壁，四面通风，地上铺着供看管庙宇的祭司休息用的兽皮，上层才用来安放遗体。

死去的历任酋长一个挨着一个放在同一庙宇中。遗体旁还摆放一个木偶当作卫士。印第安人还发明了一种保存尸体使之避免腐烂的方法：将死者的皮剥下，涂油晒干，再将肉刮下，把骨头包在皮革中，然后再包上原来的皮，经过这样加工处理的遗体，看起来完好如初，栩栩如生。

命运女神伊斯琴

——专司人间爱恨情仇

通巴首领的大儿子吉通贝在离开故乡之前，娶了一个名叫伊斯琴的女子。因为身怀有孕，当时伊斯琴没有随行，后来她生了一个男孩，取名叫瓜亚纳依，意思是"燕子"。后来，瓜亚纳依的孙子找到了太阳之子曼科·印加王，成为王族的一员。

话说回来，当年吉通贝走后，伊斯琴在家望穿秋水，苦苦等待丈夫回来。由于吉通贝一直都没有回来，伊斯琴以为丈夫把自己忘了，她心中对爱情的忠贞变成了怨恨。苦于无法报复负心人，伊斯琴带着儿子瓜亚纳依离开了部落，偷偷地跑到唐卡山山顶，跪在地上对儿子讲述了父辈们所受的神谕。然后，她含泪祈求神为她申张正义，惩罚薄情的丈夫吉通贝。

创世主被伊斯琴的祈求惊动了。气愤的帕查卡马克诅咒了吉通贝的另一支后裔阿塔瓦尔帕，使印加王国覆灭在他手里而永遭骂名。伴随着帕查卡马克的诅咒，大海之中顷刻刮起狂风，天空乌云密布，电闪雷鸣，一直持续了几个小时才风停雨住，恢复晴朗的天空。

天主教神甫向阿塔瓦尔帕传教

看到帕查卡马克为自己出了怨气，伊斯琴心怀感激，决定把自己的儿子瓜亚纳依作为祭品献给帕查卡马克，以报答他的公正。她用清水把瓜亚纳依的前额洗净，放在了干燥的柴堆上。

帕查卡马克、太阳神及众神见此情景大惊，急忙商议对策阻止伊斯琴。就在伊斯琴刚刚点着干柴的时候，太阳神命令一只天鹰从高空俯冲而下，叼走了孩子。

伊斯琴见天鹰叼走了孩子，就自己跳进火堆，意欲自焚为报。见伊斯琴性情如此刚烈，帕查卡马克喟叹不已，便封她为命运女神，专司人间爱恨情仇。

从此以后，唐卡山西南部经常狂风大作，附近海域的渔民都说那是命运女神伊斯琴在发怒诅咒，过往的船只只有高喊命运女神的名字——“伊斯琴”才能安然渡过，逃过一劫。

小知识

阿塔瓦尔帕是印加王瓦斯卡尔同父异母的弟弟，同样带有基图王国血统，最后夺取了王位。一五三二年十一月，西班牙殖民征服者皮萨罗率领远征队南下，占领印加帝国北部重镇卡哈马卡，并假称要与阿塔瓦尔帕会晤。届时，皮萨罗要求他接受洗礼信奉天主教，并服从自己。阿塔瓦尔帕拒绝了侵略者的无理要求，于是遭到皮萨罗事前布好的袭击而被捕，印加帝国随之灭亡。

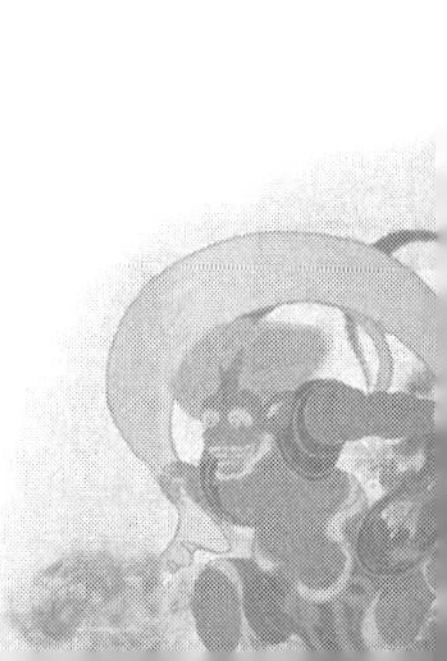

瓜亚纳依逃难

——瓜纳岛上的家园

天鹰从干柴堆上叼走瓜亚纳依后，按照太阳神的旨意，把他扔到了一座小岛上，小岛的名字叫瓜纳。

瓜亚纳依独自一人在岛上，以野果、草根果腹，时间过得很快，转眼他就二十岁了，长成了一个英俊的青年。这时，他决定离开瓜纳岛，一是因为这座小岛漂浮在海上似乎并不安稳，二是他对终日独处的生活也实在厌倦了。

于是，瓜亚纳依乘坐自己动手做的小木筏，漂流到了附近的海岸上。这里群山叠翠尽收眼底，一派大好风光。正当他欣赏秀丽的景色时，大海上突然驶来一艘独木船，船靠岸后，上面的人看见瓜亚纳依，不由分说地把他捆住，作为俘虏带到附近的一个村落，交给了首领。首领决定，把瓜亚纳依作为上等的祭品，在祭祀族神的庆典中使用。为了把瓜亚纳依喂肥，这些人把他关进了一间房子里，每天让他吃好、喝好。

由于年轻时的这些遭遇，瓜亚纳依日后决心革除以人祭祀的恶习，并终生身披兽皮，表示羞于与野蛮人一起身披人皮。

刚满二十岁的瓜亚纳依非常英俊，村子里很多人都跑到监狱里争睹这个美少年的风采，首领的女儿西卡尔出于好奇，也去看了瓜亚纳依。谁料一见之下大为倾心，西卡尔深深地爱上了瓜亚纳依，并决心把他解救出来厮守终生。虽然有这个想法，但是西卡尔一时却想不出好的办法。后来，瓜亚纳依的母亲命运女神伊斯琴托梦给西卡尔，向她传授了锦囊妙计。

西卡尔依计行事，在举行祭祀的前一天，西卡尔去找瓜亚纳依，对他倾诉衷肠。瓜亚纳依允诺西卡尔，将终生把她带在身边，忠贞不渝。当天晚上，西卡尔把部族军令的信物——一把斧头偷了出来，要求看守监狱的卫兵把瓜亚纳依交给她洗刷干净以备祭祀。卫兵信以为真，就这样，西卡尔顺利地把瓜亚纳依带出了牢房。两人匆匆忙忙离开村子，准备逃往远方。没想到在半路上遇到几个巡逻的哨兵，情势所迫之下瓜亚纳依只好用斧头与他们搏斗，其中两个卫兵被他手刃，其余的见势不妙，飞速跑回去报信。

瓜亚纳依和西卡尔飞快地赶到了海边，那里已有西卡尔事先吩咐好的四个侍女在等候，并准备好了小船。

瓜亚纳依熟练地驾驶着小船，伊斯琴女神一路以顺风护送着他们，小船像离弦的箭一样飞快地在海上行驶。

瓜亚纳依把西卡尔和她的四位侍女带到了瓜纳岛上，开始了新的生活。

在这个小小岛国里，到处生长着野果、蔬菜，高大浓密的大树身上可以渗出足够多的淡水供他们饮用。这里的一切，完全可以让他们过上舒适的生活。

瓜亚纳依立下一个规矩，只有西卡尔生的儿女及这些儿女结合所生的子女，才能依照长幼之序，继承家族的领导权，其他四位侍女生的孩子，只是家庭成员，必须听从一家之主的命令。

时间一刻不停地流逝，到瓜亚纳依年老的时候，瓜纳岛上人丁已经十分兴旺。等到瓜亚纳依去世后，他的儿子阿塔乌成为一家之主。在印第安语中，阿塔乌的意思是“快乐幸福”。阿塔乌颇有长者风范，把家族管理得井井有条。到阿塔乌晚年时，岛上的人口已经由开始的六个人增加到八十多人。这时就出现了食物和淡水供应不足的问题，需要按人头定量分配，日子过得渐渐窘迫起来。尽管如此，阿塔

太阳金字塔是古印第安人祭祀太阳神的地方

乌一生都没有停止打探太阳神之子的消息，但是始终杳无音讯。不过，他也借此了解了一些附近海域和陆地的情况。

阿塔乌一直都有迁居到陆地的想法，一开始因为人少力薄，无法与大陆上的野蛮人抗衡，现在人丁兴旺了，但是阿塔乌又年老体弱、精力不济了，所以迁居的愿望一直没能实现。临终前，阿塔乌把长子奥基叫到榻前。奥基当时二十五岁，阿塔乌认为他精明能干，具有远见卓识，而且为人谨慎，待人和蔼可亲，于是指定他为一家之主，并且叮嘱他无论如何都要带领家人离开瓜纳岛，去大陆居住，并继续寻找太阳之子。

小知识

活人祭祀一直是秘鲁文化中的一个必不可少的部分。并且，至今在许多印第安部落还延续着“杀神”的仪式：在新神祭祀典礼上，将一些过时的或被征服部落的神祇姓名，标记在食物上，代表着将他们杀了吃掉。

寻找太阳之子
——第一代印加王

阿塔乌去世以后，奥基一直对家中老幼进行军事训练，等到他三十多岁时，家人已经被训练成为一支勇敢无畏的军队了。这时，奥基便决定实现父亲的遗嘱，离开小岛，到陆地上去发展壮大。虽然他宣布不愿意走的人可以继续留在岛上，但毕竟都是家族宗亲，所有人都遵循他的命令，决定跟他一起离开瓜纳岛。

下定决心后，大家就开始了迁徙的准备工作。按照当时的人力物力，他们全力以赴地制造了一艘可以承载两百人的大船和一些小船。并且靠着这些船只，漂流到了里马克海岸。但是在上岸的第二天，风雨大作，地动山摇。在印第安人的观念里，这种罕见的狂风暴雨是一种不祥之兆，于是他们不再停留，继续上船航行。他们沿着海岸线漂移，几天后在依卡登陆。为了表示安居大陆的决心，奥基命人把船扔进大海，抛弃所有装备，向内陆走去。

一路上，他们迎风沐雨，历尽艰辛，终于来到了一处山地，就是现在的科利亚高原。这里有的的喀喀湖，他们误认为这是海洋，非常惊惧，只有一个人成竹在胸，那就是奥基。因为在出发之前，帕查卡马克和太阳神就为他谕示了明确的方向。

奥基安顿好家人后，自己便要独自离开。他嘱咐大家，如果在最近的月圆之夜他还没有返回，就组织人分成几个小组去找他。如果找不到他，就对路上遇到的人说在寻找太阳神之子。一番叮嘱过后，他就沿着的的喀喀湖出发了。

奥基离开后，家人都急切地等着他回来，一直等到月圆之夜，奥基仍然不见影踪。家人焦急万分，以为他在外面遭遇到了不测。于是便按照他当初的嘱托，分成几个小组去找他。

关于寻找太阳之子的说法，一直是这个家族代代相传的口谕，所以奥基的族人四处寻不到奥基，便逢人就说在寻找太阳之子。瓜亚纳依的子孙们装束奇特，并且每个人都有一双异于常人、硕大无比的耳朵，似乎是验证了帕查卡马克留下的、在大陆上广为流传的预言。所以他们受到了人们热情的款待，越来越多的人加入到他们的队伍中，一起寻找太阳之子。从此以后，寻找太阳之子的说法不胫而走，很快就传遍了的的喀喀湖周边的地区，引起了很大的轰动。

就在这时，一个振奋人心的消息传来，太阳之子在的的喀喀湖出现了！

这件事是湖滨部落最先发现的，他们说："某天早晨，当太阳的第一缕光芒照在的的喀喀湖湖心小岛的山洞里时，太阳之子和一位贵夫人，手牵手从山洞里走了出来。出了山洞后，太阳之子用金弹弓向石头上打了一弹，就把石头打出一个大窟窿，发出震耳欲聋的巨大声响，方圆十里都能听到。"

为了证实这个消息确实无误，各个部落都派使者前去打探。使者们很快就带回了肯定的口信。瓜亚纳依家族和众部落为了这个消息都高兴不已，便相约来到的的喀喀湖边，由太阳王族——瓜亚纳依家族来主持大典，祭祀太阳神。他们宰杀了很多牲畜，并从自己眉心取血祭献。太阳王族阻止众人用活人来祭祀，他们的理由是：既然太阳神给了人们生命，哺育世间万物，又怎么会把生命从人们身上夺走呢？

印加王国的第一任君主曼科·卡帕克

大家心服口服，莫不遵从。祭祀大典完成之后，太阳升起来了，金色的光芒投射在卡巴克托科山洞口，洞口璀璨耀目，美不胜收。这时太阳之子曼科·卡帕克牵着他的妻子奥克略缓缓走了出来。曼科·卡帕克手里握着一根两公尺多长、两指粗的金棒，在朝阳的光辉下愈发显得气宇轩昂，果真不愧为神的子女。

在万民景仰和高呼中，曼科·卡帕克和奥克略来到人们面前，接见了参加祭祀的酋长和部落首领。所有的酋长和首领都吻了印加王和王后的手，表示臣服。印加王带领臣民和瓜亚纳依家族（他们即为印加国的王公贵族）再次祭拜太阳神，感谢他的恩惠。

小知识

在太阳神的神谕中，印加贵族是一群大耳朵的人，西班牙人也将印加贵族称为"orejones"，意为"大耳朵"。这是因为印加贵族均佩戴很大的耳环，把耳垂拉长，借此夸大自己耳朵的尺寸。"大耳朵"贵族在印加国享有许多特权，包括拥有私有土地以及一夫多妻。

太阳神的一对儿女

——印加国王和王后的由来

创世神帕查卡马克创造出人类以后，有很长一段时间，人们都没有固定的住所，没有宗教信仰，甚至连穿衣遮羞都不懂得，像野兽一般过着野蛮的生活。他们不会建房盖屋，不会耕种，也不会放牧畜养，所以只能吃野果和小动物，为了争夺食物每天打斗不休，甚至吃人。男人和女人都没有固定的伴侣，整日群居乱交，不成体统。

太阳神看到大地上的这种情形，每天都在怜悯他们，但是教化人类的时机一直没有成熟。直到瓜亚纳依家族人丁兴旺、繁衍壮大以后，太阳神才感到他们已经可以成为自己的儿子——曼科·卡帕克的有力臂膀。于是，太阳神把一个儿子和一个女儿委派到人间，让他们担起训导之职，让人们认识并敬奉、崇拜自己的父亲——太阳神，并教导他们播种、驯养、建设村落，过文明的生活。

印加王对太阳神朝拜的画像

太阳神把他的这一对儿女送到的的喀喀湖上的卡巴克托科山洞里，并交给他们一根金棒，说："孩子，到人群中去吧！接受他们的拥戴，瓜亚纳依家族已经在大地上传播了我的基本教义，可以作为王族辅助你们。在你们走过的地方试一试脚下的土地，如果金棒能够一下子插进去，就是帕查卡马克选定的地方，你们就要止步，在那里建立城邦。你们对臣民要公正、仁爱，要用宽厚的心和浅显的道理让他们心悦诚服地拥戴你们，而不是用武力去统治他们。一旦有人试图用武力抢夺王位，就意味着你们的统治即将结束。作为人们的家长，你们要有慈父般的心，对所有人都一视同仁，无论他们贫富贵贱，都是你们的孩子。”

太阳神说完，就离开了他的儿女。

就这样，太阳之子和太阳之女就留在了的的喀喀湖心的山洞里，直到人们发现他们，一起举行了祭祀太阳神的大典。三个月之后，印加王曼科·卡帕克和王后带领着他们的臣民，长途跋涉，开始了寻找福地的旅程。

他们从的的喀喀湖出发，一直向北走。每到一个新的地方，印加国王曼科·卡帕克就用手里的金棒插一插脚下的土地，试试能否插进去，但总是失败。一天清晨，曼科·卡帕克从现在的库斯科城遗址附近的一处山洞走出来，恰逢朝阳初升，于是他就为这个山洞命名叫巴卡列克唐波，即“迎日之窗”。曼科·卡帕克下令在这里建立一个村寨，这里的人至今仍在炫耀这个由印加国王亲自命名的地方。

曼科·卡帕克和王后奥克略带领人们继续前行，进入山谷后，他们停留在瓜纳卡乌利山的山脚下，印加王把手里的金棒向地下插去，金棒轻易地就钻进了地里。众人见状，立刻欢呼起来。

这个地方后来就成了库斯科城的中心。

小知识

印加国王必须为王国和臣民履行各种不同的职责，包括管理政府、下令造城、主持婚礼，有时还要率兵作战。另外，印加国王每年都会使用一根金拐杖为农田举行开耕仪式，以恢复土壤的肥沃，同时驱除伴随雨季而来的各种疾病。

太阳之子建立库斯科城

——印加王教化臣民

金棒插入土中之后，印加王对王后奥克略说："依照帕查卡马克神和太阳神的谕示，我们就留在这里建设城市，创建王朝吧！现在我们两人分头去附近召集民众，教化他们，祝福他们，给他们宣讲各种道理。"

于是国王向北走，王后朝南行，各自带领着一批臣民，从瓜纳卡乌利山出发，去召唤居住在山谷和洞穴中的当地人。一路上，无论遇见什么样的人，国王和王后都耐心地对他们宣讲太阳神的神谕，把他们带出荆棘和草丛，给他们穿上衣服，带他们进入村庄生活。当地的野蛮人对印加国王和王后以及印加王公的穿着，感到特别新奇，又见他们长着预言中的大耳朵，气度非凡，容貌出众，就对他们所说的一切深信不疑，并互相传诵，因此有越来越多的人愿意追随印加国王。

臣民越来越多，印加王和王后便吩咐他们中的一部分人负责为大家提供食物，

古印加文化的摇篮——库斯科城

另一部分人按照印加王绘制的图纸建筑房屋。这样一来，人们就结束了衣食无着、风餐露宿的生活，库斯科城也逐渐形成了规模。

印加王把库斯科城分为两个区域，他亲自召集来的人居住在一处，称为上库斯科；王后召集来的人居住在另一处，称为下库斯科。

这样划分的目的，并不是要分高低贵贱，而是为了让人们记住，国王召集来的人和王后召集来的人，应该像亲生的兄弟姐妹一样和睦相处，他们唯一的区别是：上库斯科的居民像大哥大姐一样受到尊敬，下库斯科的居民像弟弟妹妹一样受到爱护。后来，印加王国以此为例，把所有的省市、村庄和家族都分为类似的两个地方。

印加王和王族的男人们，教导印第安男人如何开垦荒地、如何制作和使用工具、如何种植谷物和蔬菜、如何开渠引水……，而王后和王族的女子们，教印第安妇女如何纺织、缝制衣服、照顾家庭、做家事，等等。总之，印加王和王后亲手把人类文明生活的一切技巧，全都传授给他们的臣民。

除了教授生活技巧，印加王还教导臣民，应该礼貌友爱地对待彼此，永远和睦相处，不可以滋生嫉妒、怨恨等种种恶毒情绪。由于印加王严于律己，与大家奉行一样的行为准则，所以他的劝导很能服众，在蒙昧未开的民众中取得了很大的成效。

印加王特别强调，人们要做到尊重彼此的妻女。在女人的问题上，这些人以前一向百无禁忌，有着非常随便的恶习。所以印加王规定，犯有通奸罪的人要被判处死刑，实行一夫一妻制，一个男人只能娶一个妻子，为了避免血统混杂，必须在自己的亲属中选择配偶。而为了能够很好地承担家庭责任，二十岁以上方可结婚。

印加王唯贤是举，重视人才，为每个村落都任命了一名酋长。他还封了一些领主，人选大多是在征服其他部落时贡献最大、最热心为大家造福的人。领主要像父亲对待儿女一样对待属下，属下也要像儿女服从父亲一样对待领主。

在每个人还没有分到土地之前，印加王规定各个村落中收获的粮食和蔬果，实行统一集中保管，然后再按需求分配给大家。

印加王还下令建造太阳神庙，让人们在节日期间祭祀太阳神，以感谢他用光和热普照温暖大地，带给人们福祉。百姓们必须要遵守和执行太阳神的神谕和指令，不可违抗。

对于第一批自愿追随自己的人们，印加王给了他们荣誉和特权，免除了他们的贡品，允许他们戴耳环。如此一来，印加王国迅速发展，很快就扩建了一百多个村落，最小的村落都有上千人；同时，还拥有了一支忠于太阳之子、忠于王室的强大军队，保障了印加王国的秩序和百姓生活的安定。

印加王曼科·卡帕克临终前，把王位传给了长子辛契·罗卡，并立下了王族必须实行族内婚姻的规矩，以保持血统的纯洁。

小知识

印加神话中，将库斯科城的建立归功于第一代印加王曼科·卡帕克，并将他视为一名神祇。之后的所有印加国王全都继承了他的姓氏。曼科·卡帕克的继承人是辛契·罗卡(Sinchi Roca)，意为“战场上的英雄”，他和后几任国王巩固了印加帝国在库斯科的统治势力。

啼血之兆
——第七代印加王的忧虑

从第一代印加王曼科·卡帕克建立王朝开始，到第六代印加王印卡·罗卡任职期间，印加王国不断发展，从未发生过内乱或战争，一派和平，臣民安居乐业。

不幸的是，到了第七代印加王亚瓦尔·瓦卡克时，帝国中却出现了不祥之兆。

在亚瓦尔·瓦卡克还是三四岁婴孩的时候，他哭泣时从眼睛里流出血泪，这让祭司们感到特别惊恐，因为王储身上出现的任何征兆都有可能预示着帝国的兴衰。

经过占卜和推算，祭司们认为这是不祥之兆，可能是亚瓦尔·瓦卡克受到了他的父亲太阳神的诅咒，将会出现大的灾难。但是，亚瓦尔·瓦卡克很顺利地继承了王位，什么灾难都没有发生，还征服了很多地方，于是人们逐渐淡忘了出现在他身上的征兆。

描绘印加人生产劳作的画像

至于亚瓦尔·瓦卡克自己，总是怀着一种战战兢兢的心情，只求自己和王国平安无事，不要招致什么灾祸，以免激怒太阳神，所以他不愿去四处讨伐征战，只想仰仗祖辈留下的基业过平安的日子。但是为了不至于无所事事，他经常巡视王国，大兴土木用壮丽的建筑装点王国，对臣民施予特殊的恩泽，帝国的威望无比强大，国力日见鼎盛。整个国家没有一个乞丐，没有一个游手好闲的流浪汉，也没有人违法犯罪。

十年的光阴很快过去了。亚瓦尔·瓦卡克身为印加王，为了不显得自己过于无能和怯懦，同时国库里的军需物资也堆积得实在放不下了，百姓也需要得到一点必要的军事锻炼，所以他决定去征服西南部人烟稀少的阿雷克帕地区。由于凶兆的阴影一直笼罩着他，亚瓦尔·瓦卡克没有御驾亲征，而是委任自己的兄弟阿普·迈塔为帅，四位印加王公为将军。阿普·迈塔不负重托，很快就完成了使命，把狭长的阿雷克帕地区纳入了帝国的版图。

这次征战非常顺利而且耗费很小，受到鼓舞的亚瓦尔·瓦卡克决定举行一次规模更大的征服行动，把可利亚地区的几个大省收入王国。这几个大省不仅幅员辽阔，而且人口众多，人人骁勇善战，把自己信仰的神看得最为重要，把接受异族的统治和信仰看成是一种莫大的耻辱。印加国的前辈诸王，一直想用怀柔政策去收服他们，让他们自愿接受帝国的统治，但是没有太大的效果。

印加王亚瓦尔·瓦卡克认为，根据征服阿雷克帕地区的进展来看，帝国的实力完全有可能征服可利亚地区，但是因为自己身上有啼血之兆，又担心会在战争中遭遇不测，让自己的国家承受意想不到的危险。这些事情让他苦思伤神，整日闷闷不乐。

小知识

亚瓦尔·瓦卡克于十四世纪时在位，他名字的本意是“啼哭时流血泪的人”，所以在印加传说中是有名的“啼血之王”。根据后来人推测，他在三四岁时泣血，可能是因为有眼病。

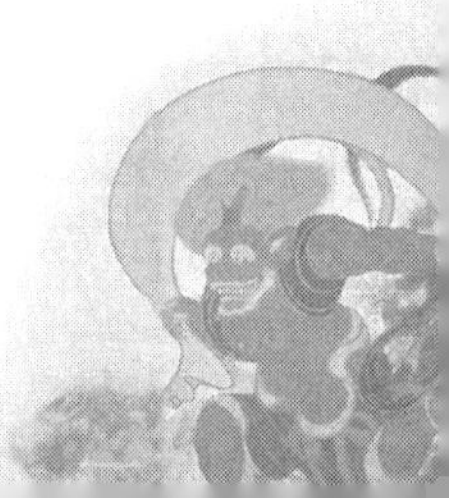

国王的家务事
——被流放的王子

除了战事以外，家务事也让印加王亚瓦尔·瓦卡克心烦意乱。他的长子，也就是帝国的王储阿塔乌脾气乖戾，性情粗暴，从小就很残忍、暴虐，经常冷酷地对待一起玩耍的同龄孩子。多年以来，印加王苦苦教导王子，希望他能学会宽厚仁爱，具有王者的资质。但是国王的希望破灭了，王子不但没有随着年龄的增长而更懂道理，反而脾气越来越坏、越来越怪，毫无王者之风。历代印加王都以仁慈、公正、亲民而受到拥戴，所以王储残暴的性格令他的父亲深感痛苦。亚瓦尔·瓦卡克动之以情、晓之以理，不厌其烦地对王子谆谆教导，费尽了口舌，但一切都是徒劳无功。祖辈的榜样在王子的心中，似乎根本就没有效用。对印加王的这些逆耳忠言，他一个字都听不进去。

印加王亚瓦尔·瓦卡克见无法改变儿子恶劣的性格，极度失望之下做出了一个决定——放逐王子，把他贬斥到别处。这是国王最后的办法，如果王子仍然不能有所收敛，他就决定彻底废除王子的王位继承权，从其他儿子中另找人选。虽然这有违前辈诸王的惯例，但以前也从未有过这样不受教导、冥顽不化的王储。印加王暗自下了决心，怀着沮丧悲苦的心情把王子逐出王宫，这时王子阿塔乌只有十九岁。

在城东十多里的地方，有一块广阔的牧场，叫做奇塔牧场。王子被流放到这里，与其他牧人一起放牧。

印加王亚瓦尔·瓦卡克画像

虽然阿塔乌王子非常伤心，但他无论如何也不敢违背父亲的旨意，只好安心留在牧场放牧。好在这些牲畜都属于太阳神，让王子心中还能有一丝慰藉。这一流放就是三年，阿塔乌王子每天日出而作、日落而息，过着简单而单调的放牧生活，直到他在一块巨石上蒙眬入睡，受到维拉科查神的谕示为止。

在阿塔乌王子被放逐期间，征服可利亚地区的捷报频传，这让印加王亚瓦尔·瓦卡克备感欣慰。虽说将王子流放了，但毕竟不忍心彻底放弃，所以他决定在军队凯旋后，就此停止战争，专心致志地治理国家和管教王储。

但是国王同时又担心，王子能迷途知返还好，如果依然不思悔改，废除他的继承权也绝非良策，毕竟这种惩罚是史无前例的。这种惩罚违背了印加王子继承王位的传统，大臣和民众也未必认可。思来想去，印加王觉得毫无办法，整日心事重重，寝食不安。不过，他并没有因为这些心事将国事荒废，在此期间他仍然为百姓修路架桥、挖渠垒池、开荒造田、兴修水利，等等。虽然他不敢离开首都半步，但是经常派王公贵胄巡视国土，筑行宫、建宫殿，美化国家。

小知识

在今天的印第安部落中，仍然有“流放”的惩罚措施。将犯了严重错误的人，“流放”到一个孤岛，让他在岛上孤身一人生活一段时间。当他表示认罪后，才让他回归“印第安人大家庭”。

维拉科查神谕

——昌卡人叛乱

一天中午，印加王亚瓦尔·瓦卡克正在处理事务，守卫宫门的侍卫突然来报，阿塔乌王子回来了，正在门口要求面见国王，说有急事相告。

国王对这个儿子已经丧失信心，拒不接见，要求王子立刻回到牧场。王子理直气壮地回禀，他是遵从另一位如父亲一样伟大的印加王的命令而来，他要禀报的事情关乎国家的安危。亚瓦尔·瓦卡克听到儿子这样说，感到非常诧异，于是准许儿子进宫细禀。

王子风尘仆仆来到父亲面前，急切但镇定地禀告道："我奉您的命令在奇塔牧场为我们共同的父亲太阳神放牧，今天上午，我靠在一块巨石上休息，蒙眬欲睡之时，突然看见一个人来到我的身边。这个人相貌身材与我们不同，衣着也非常奇特，身着又宽又大的长袍，一直拖到脚面，他脸上的胡须足足有一尺长，还牵着一只被锁链锁住的怪兽。此人对我说：'我是你的第一代先祖印加王曼科·卡帕克的弟弟——维拉科查·因蒂神。今天是奉我们共同的父亲太阳神的旨意而来，要告知你一个警报，请你转告你的父王知晓。下面的话你要仔细听好：已经被印加帝国征服的钦查苏尤诸省的昌卡人及尚未归顺的其他一些地区的人，正在阴谋叛乱。他们目前已经集结好军队，准备重兵来犯，侵犯库斯科城，企图摧毁我们的家园。所以，你必须尽快赶到王宫，将此消息告诉印加王，让他立刻做好应对这次劫难的准备。另外，我要特别告诫你，必须痛改前非，保卫王国、建立功勋的时候到了，你要勇敢向前，义无反顾，才无愧于你高贵纯洁的血统。记住，无论何时我都不会舍弃你，我将永远保护和福佑你，在你需要的时候提供帮助，像对待亲生骨肉一样扶持你渡过难关。'说完这番话，维拉科查神就隐身不见了，我立刻清醒过来，刻不容缓地赶来向您禀告。"

王子说完后，印加王亚瓦尔·瓦卡克深感荒谬，觉得儿子巧舌如簧，为了回归王宫而编造谣言。他怒斥道："这个小畜生完全疯了，竟敢以神的名义编造谣言，亵渎我父太阳神。真是越来越不像话了！"国王勒令王子立刻回到牧场。

侍奉在国王驾前的那些王公贵族却有不同的想法，他们认为这些话不像是王子随意编造的，另外，印加国一向重视神谕和梦中的征兆，所以他们对王子的话深信不疑。贵族们劝告国王说，既然维拉科查神说自己是太阳之子，而且奉太阳神的命令而来，就不应该对此事等闲视之。王子即使再胆大包天，也不敢冒犯太阳神的神威而编造谎言。

但是印加王因对儿子的成见已深，非常固执己见，对众人的劝告感到极其不耐烦。他坚持对王公们说："自从伟大而受人尊崇的曼科·卡帕克王建立王国以来，大大小小的部落和异族，谁敢违抗太阳我父的神威生出反叛之心？从来未有！三年了，这个小疯子不但不安心思过，反而编造神谕，无端跑来胡言乱语，就凭这个罪名，就应该立即废黜他，免除他王子的封号和王位继承权。然后从他的众兄弟中选取一个肯学习先辈、心怀仁爱和怜悯的人来继承王位，才无愧于太阳之子的身份。"

看到国王怒火中烧，王公大臣们都不再开口，但他们心中非常恐惧，预感到要有大祸临头。

小知识

根据典籍记载，昌卡人自诩是狮子的后代，所以把狮子奉若神灵，顶礼膜拜。每逢盛大节日，他们都要挑选二十四个身材魁梧、膀大腰圆的人，让他们身披狮子皮，头伸进狮子头，扮成狮子模样。昌卡这个姓氏下面包括许多部族，这些部族都宣称自己是某个祖先的后代，有的祖先是一股泉水，有的是一个池塘，有的是一座高山……每个部族都把视为祖先的东西奉为神灵，向它敬献牺牲。

神谕应验

——叛军进犯库斯科城

在阿塔乌王子传达神谕的三个月后，从边境传来消息，在阿塔瓦利亚的钦查地区各省发生了叛乱。尽管这个传言也证实了王子梦中神谕的真实性，但是印加王亚瓦尔·瓦卡克仍然不予理睬，他认为那是一些愚蠢的人在附庸神谕。

又过了一段时间，再次传来坏消息，叛军已经封锁了通往库斯科的所有路径，以防叛乱的消息泄露出去，并且试图在神不知鬼不觉的情况下，迅速偷袭库斯科城。等到第三个消息传到库斯科城时，叛乱已经非常确凿了，整个首都人心惶惶。这次传闻称，昌卡族人纠集附近各个部族叛变，杀害了印加派驻各省的大臣和官员，组成几万人的大军以迅雷不及掩耳之势，迅速向京城逼近。

确切的情况到底是怎样呢？

早在上一代国王，也就是第六代印加王印卡·罗卡统治的时代，被王国征服的那些北方部族，十分骁勇好战，并不喜欢受制于人，只是慑于印加王国的强大武力而一直隐忍臣服。他们心里一直存有被剥夺自由和信仰的仇恨，一直等待时机进行报复。如今他们看到印加王亚瓦尔·瓦卡克个性懦弱，因为惧怕神谕而逃避战事，而且因为家务事心烦气躁，又听说国王准备废黜王子的继承权，将太阳之子逐下神位，他们便认为时机已到，正好趁机举兵造反，以摆脱印加王国的统治。于是，这些部落在极短的时间里秘密地相互勾结，召集邻近部族，快速组织起一支三万多人的强旅，向印加国首都库斯科进攻。

这次叛乱的主要策划者，即煽动其他部落领主叛变的，是昌卡族三个大省的酋长。其中一个名叫安科瓦柳，是一个二十六岁的壮年汉子，另外两个是他的亲戚，名叫图迈和阿斯图。

在印加人还没有到来之前，这三个首领的父辈曾经与临近的一些部落，特别是北方五大省份的克丘亚族长年累月征战不止。昌卡人骁勇善战，把这些部族及其邻近的其他部族打得俯首称臣，极其暴戾专横地统治这些部族。印加王朝建立以后，克丘亚人等部族为了摆脱昌卡人的暴政和名目繁多的苛捐杂税，也慑于王朝的赫赫声威，便归顺了施行仁政的印加王，甘愿接受印加帝国的统治，尊崇太阳神。

而对昌卡人来说，印加王朝的出现颠覆了他们称王称霸的地位，使他们从耀武扬威的统治者变成俯首纳贡的臣民，因此在心中一直耿耿于怀。出于这些历史原因，昌卡人怀着父辈们留下的刻骨铭心的仇恨和耻辱，召集发动了这次叛乱。

昌卡人决定采取突袭的战略方法，他们料定印加王毫无戒备，而且无法迅速调动可用的军队，只要突然发动袭击，攻其不备，便可以痛击敌人，速战速决，从此不但可以摆脱印加国的统治，还可以成为整个王国的主宰。

昌卡人被这种强烈的欲望诱惑驱使着，将附近已经归顺与尚未归顺印加王的部族召集在一起，许诺给他们丰厚的战利品，怂恿他们一起发兵叛乱。这些部族的首领权衡利弊，一是贪图重赏，二是知道印加王毫无戒备，而昌卡人准备充分，此次成事有望，三是担心印加王迟早有一天难容他们，四又害怕今朝敬酒不吃吃罚酒，被昌卡人消灭，所以轻易就被说服了。

叛军以勇猛的安科瓦柳为统帅，图迈和阿斯图两兄弟为将军，其他部族酋长分任本部兵马的统领，日夜兼程，轻装急行，直逼库斯科。

小知识

现在流传的有关维拉科查的事迹，最关键的就是他与昌卡人的博弈。但是有关这段历史，却是版本各异。《印卡王室述评》中提到，维拉科查在位期间，开疆扩土、修建水渠灌溉田地、巡视全国、赐赠百姓及严惩渎职官员，取得了显赫声威，总体而言他的统治是顺遂的。史学家则认为，即使维拉科查此人确实存在，但有关他的描述，终究仍是传说色彩多于史实。

王子归来
——劝父保卫太阳神

印加国王亚瓦尔·瓦卡克得知果真有叛军来犯，顿时惊慌失措，一筹莫展。从第一代印加王到现任印加王，印加王国征服了那么多部族和省份，从未有人胆敢发动过叛乱，今天这种情形是亚瓦尔·瓦卡克万万没有想到的。

由于这种盲目的自信心理，再加上不喜欢阿塔乌王子，国王一直没有认真理智地思考王子转达神谕的事情，对王公贵族的劝导也没有听进去。如今事出突然，毫无戒备的印加王根本来不及征调军队保卫首都，久已习惯和平环境的首都库斯科城，不但没有修筑堡垒保护城池，也没有守城的常备军队。国王无计可施，只好任凭叛军一路上攻城略地。叛军势如破竹，向库斯科长驱直入，一路上几乎没有遇到任何抵抗。

见此情势，国王亚瓦尔·瓦卡克带领着一些印加王族向百姓比较忠心的科利亚地区撤退，期望暂时能保全自己的性命和王族元气，日后再做打算。国王弃城而逃，城里的人们尽管也想守卫京城，可惜群龙无首，军心涣散，没有人统领指挥，也就只好一哄而散。一时间，热闹繁华的库斯科成了一座混乱恐慌的逃亡之城。

此时，阿塔乌王子因为传达神谕而被人们尊称为维拉科查·印加王子。城中出逃的人在路上遇见王子，纷纷向他报告昌卡人叛乱的消息，并且详尽地讲述了他的父亲因为无力抵抗，怯懦畏战，已带领王族成员弃城而逃的事情。

维拉科查王子得知这些情况，感觉非常痛心。他当机立断，以王储的身份命令与他一起放牧的几个牧人和这些报信者，向沿途逃亡的库斯科居民传令，要求他们拿起武器保卫国家。而他自己，随后就去把父王追回来。

维拉科查王子下达完命令，便一路疾行，抄近路去追赶他的父亲印加王。很快地，他就在穆伊纳狭长的河谷追上了在那里安营扎寨的国王。

王子手握一支随身携带的长矛，风尘仆仆地来到父亲面前，凄然而又严肃地对印加王说：

“印加王，我敬爱的父亲，仅凭一则真假未辨的消息，连叛军的影子都未见到，您就贸然抛弃了您的王宫和首都，远远地逃到了这里，怎么对得起太阳我父的托付？怎么对得起诸代印加王建立的帝国伟业？您把我们的家园拱手交给那些野蛮的敌人，任凭他们用肮脏的鞋子去践踏我们的土地，任凭他们在那里做着我们的先辈明令禁止的那些野蛮无耻的事情，任凭他们亵渎神明，任凭他们用百姓的鲜血染红神圣的祭坛，这是多么令人痛心疾首！太阳贞女宫里的那些太阳神的妻子，是永保童贞的太阳贞女，如果被我们弃之不顾，任凭野蛮的敌人兽性大发对她们肆意蹂躏，我们如何对得起她们？太阳我父将因此蒙上永远难以洗刷的耻辱，将来我们有何颜面接受太阳我父的召唤与他一同安息？

印加王出征的画像

“我宁可死掉，也不愿苟活着看到那些粗野卑鄙的野蛮行径发生在神圣的帝国京城里。我宁可战死，也要证明我们的身体里流着太阳神纯正高贵的血液！我冒死请命迎敌，愿意跟随我保卫王国的人请跟我走！”

维拉科查王子悲伤地说完这番话，就没有再看一眼他的父亲印加王，立即返回库斯科城。跟随印加王一起出逃的那些印加贵族共有四千多人，其中有他的兄弟、叔侄和其他亲戚，除了老弱病残，其余的人全都决定跟随王子回库斯科。

返城的路上，他们遇到很多从城中逃出来的百姓，跟随王子的王公们告诉大家，王子要回去保卫首都和太阳神的庙宇，鼓励他们一起回去，万众一心拿起武器迎击敌人。

逃亡的百姓听到这个消息，顿时群情激奋，互相转告王子归来的消息，决心追随王子，奋不顾身地保卫国家。王子也愈发有了信心，显示出激昂无畏的气概，并以这种饱满的情绪感染激励着他的追随者们。

维拉科查王子进了城，振臂一呼，应者如云，王子整编队伍，身先士卒地带领大家直奔敌人必经的钦查苏尤王室大道，声称要赶在敌人进城之前进行拦击。

其实，王子心里非常清楚，以自己的实力难以抵御来势汹汹的敌人，他在心里默默地祈祷，不求能够击退敌人，只求战死沙场，用鲜血来洗刷印加王的怯懦带给太阳神和印加王朝的耻辱。

小知识

目前，印加首都库斯科所在的秘鲁共和国，几乎每个省份都有“太阳贞女宫”，但只有库斯科城的贞女地位最高。按照印加人的习俗，贞女必须是从有王室血统的女子中严格挑选出来，以确保没有丝毫的外来血统。除了具备高贵的血统，贞女还必须是容貌美丽、心灵手巧的处女。贞女们负责与太阳神祭祀有关的各种礼节和日常供奉，而她们最重要的职责，就是为太阳神终生保持“圣洁”，一生都不能离开太阳神宫。

维拉科查王子举兵抗敌

——战争拉开序幕

库斯科城北面有一片宽阔的大平原，维拉科查王子决定在这里带领众人安营扎寨，等待其他追随自己而来的人，同时还可以随时收编田野上四处逃散的百姓。军队中的战士都是印加族人，从第一代印加王开始，他们的家族就与王室成员一样受到优待，所以他们人人都决心与敌人决一死战，报效印加王国和太阳神。

尽管昌卡人将自己发动叛乱的消息竭力封锁，但是与之相邻的克丘亚人还是探听到了风声。克丘亚人认为时间紧迫，已来不及向印加王报告并等待他的命令，便迅速征集军队，十万火急地直奔库斯科城，准备救城。另外，因克丘亚人与昌卡人久有积怨，早晚难免要有一战，此次率军平叛不仅可以不再受到昌卡人的欺压，还可以报国恩，可谓一举两得。

这支援军抢在敌人前面，取捷径进城，在库斯科城北的必经之道准备堵截敌人。王子看到援军即时到来，觉得这是出于向他显圣的叔王维拉科查·印加的佑护。于是，王子召集了所有人，把维拉科查神的神谕和诺言陈述了一遍，告诉大家叔王维拉科查神曾对他许诺，在王子的危难时刻，他绝不会舍弃他，而是会像对待亲骨肉那样帮助保护他。听了这番话，军队士气大振，大家都深信在维拉科查神的保佑下，可以稳操胜券，击退敌人。

一些富有作战经验的印加王公们为维拉科查王子当参谋，他们一致认为，既然援军到来，兵力得到了扩充，军队最好不要离城太远，以便可以就近获得城里储存的粮草和武器。

两天后，敌军的前锋部队在里马克但普山坡上露面了。又过了一天，敌人的中军和后卫部队迅速推进，与前锋部队会合，距离王子的军营所在之地仅有二十多里。

形势万分危急，王子却镇静自若，他派使者到敌军军营传达旨意：本着印加王宽宏仁慈的一贯宗旨，为避免百姓遭殃、生灵涂炭，允许他们罢战求和，王国对他们的叛乱犯上行为既往不咎。

但是，昌卡人全军上下仍然陶醉在美好的想象和一路上全无抵抗的兴奋之中，认为国王已经逃之夭夭，王子乳臭未干、势单力薄，率领孤军扼守危城，无异于以卵击石、螳臂挡车，是不可能支撑很久的。他们二话不说就把使者逐回，继续向库斯科进发。

印加王国的统治阶层

维拉科查王子不断派出使者，规劝昌卡人悬崖勒马，狂妄的昌卡人终于不耐烦了，给出了蛮横无理的答复，王子收到回报后，淡然一笑，再也没有派出使者。王子心里当然明白，昌卡人已经箭在弦上不得不发，怎么会因为几句良言就收兵呢？他之所以好言相劝，表示不计前嫌，只不过是为了显示王者风范而已。

大战前夕，这一夜似乎显得特别漫长，不但双方统帅，就连兵卒都倍感紧张。双方阵营均是戒备森严，严阵以待，谁也不敢有半点松懈。印加人的月亮母亲好像也在为她的儿子担忧，徘徊在天际迟迟不肯西下。

天幕刚刚发白，战斗便拉开了阵势，双方军队整伫列阵，每个人都紧握弓箭，穿着明亮的盔甲，刀如林，盾如墙，高声呐喊示威，鼓号螺角如同雷鸣，双方剑拔弩张地向前推进。

维拉科查王子一马当先，第一个把手中的长矛投向敌军将领，敌军将领应声落马。帝国的军队看到他们王子神勇非凡的一击，不由得欢声雷动，将王子视为帝国的保护神，如潮涌一般杀入敌军阵营。

在太阳神炯炯的目光下，一场激烈的大战，在帝国的土地上拉开了序幕。

亚瓦尔潘帕
——染血的原野

这场大战从破晓时分开始，到中午仍是胜负难分。昌卡人早就破釜沉舟，全无后路，所以横下一条心顽强战斗；印加人自恃是太阳神的儿女，有天神的庇佑并且被先辈战无不胜的功绩所鼓舞，也是寸土不让。敌我双方都对彼此有必杀之心，勇猛搏击，无论如何也要置对方于死地。

就在双方难分胜负之时，事先埋伏在山谷树林里的五千名印第安士兵有如从天而降突然出现在战场上，他们嘴里高呼着："维拉科查！维拉科查！"如下山猛虎般切进敌人右翼，将敌军阵形拦腰斩断。

昌卡人猝然腹背受敌，在这突如其来的夹击下乱了阵脚。而王子手下的将士在激战之中，突然听到自己神的名字，不由得信心大增，狂冲猛杀。这一瞬间的强弱易势，使得局势发生了本质的变化。昌卡人伤亡惨重，见难挽颓势，不得不仓皇撤退。

印加武士形陶罐

不久之后，昌卡人又奋力发起了一次冲锋，双方激战大半日，仍是难分胜负。自以为胜券在握的昌卡人在久战未果之后，军心躁动，而印加军队虽然以寡迎众，但士气高昂，愈战愈勇。

早先离开库斯科逃亡的人和库斯科附近村落里的百姓，在得知维拉科查王子率兵回来保卫王国的消息之后，也自发组织队伍前来助战，誓与王子和印加国共存亡。昌卡人见对方军队人数不断增多，士气更加低落。作战经验丰富的印加王公们认为天赐良机，不可错失，于是大力宣扬，奉太阳神和维拉科查神的谕旨，飞禽走兽、花草树木都来助战了！

如此一来，昌卡人军心涣散，士气彻底瓦解。印加王国军队奉王子的军令，齐声高呼着维拉科查神的名字，向已经心惊胆战的昌卡人包抄过去，敌军阵脚大乱，抱头逃窜。这一战决定了最后的胜负，昌卡人大多被歼灭，只有少数人侥幸逃脱。王子心存仁厚，没有继续杀戮，只乘胜追击了一程，把昌卡人残部赶远，便传令收兵。

维拉科查王子还下令释放俘虏，给他们自由，允许他们返乡，宽恕了他们的叛国罪行。

这场战斗史无前例，是印加帝国开国以来最残酷的一次战斗，前后进行了八个多小时。尸横遍野，血流成河，死了三万多印第安人。自此一役，印第安人将这个古战场叫做“亚瓦尔潘帕”，意思是“染血的原野”。

叛军首领安科瓦柳和他的两位将军都负了轻伤，做了王子的俘虏，王子饶他们不死，派人为他们医治，还把原来的领地重新赐给他们。其他参加反叛的部族酋长，也一律获得赦免。酋长们感恩戴德，诚惶诚恐地拜谢王子的恩德，保证日后永做王国的忠诚仆役，再也不敢有大逆不道之心了。

成功平复叛乱以后，维拉科查王子再次派出三位信使。之前每当发生重大事件后，印加国都要派出一位使者，专程到太阳神宫向神祇禀报事情的经过原委，并向太阳神谢恩。依照这个古老的传统习俗，第一位使者赶往太阳神宫，把大捷的消息奏报给太阳神，感谢太阳神的庇佑和帮助，同时吩咐祭司们重新为太阳神敬献供品。第二位信使被派到太阳贞女宫，向太阳神的妻子们通报胜利消息，对她们为太阳之子取得胜利而做的祈祷和美德表示感谢。而第三位信使，则被派到王子的父亲印加王亚瓦尔·瓦卡克那里。信使详尽地对国王报告了平叛战争的始末，并请求国王，在王子回到他身边之前不要离开他目前栖身的穆伊纳河谷。

小知识

在古印第安语中，“蒂华纳科”(Tiwanaku)的意思是“创世中心”。这座古城充满着神秘的气氛。从远处遥看，它恢宏壮观，大批的宗教建筑、绘画雕刻以及高度发达的古文化麇集于此地。古城所在地的高原气压很低，大约只有海平面气压的一半，空气中氧的含量也极少，但是，就是在这样的高原上，曾经出现了一个高度发达的古代文明。

叛乱平复

——维拉科查王子继位

三个信使派出之后，王子带领六千精兵继续乘胜追击昌卡人，并任命他的两位叔父为将军，与之同行。维拉科查王子追赶敌人，不是为了惩罚他们，而是为了安抚，让昌卡人不必为自己的罪过恐惧和担忧。对于追赶上的残兵，王子给予了他们安慰和宽恕，让他们到各省各村，告诉战败的昌卡人不必心存畏惧。

几天之后，当王子的军队到了昌卡人的领地安塔瓦伊利亚省(Andahuaylas Province)时，女人和孩子聚集在一起出来迎接，手里挥舞着绿色的树枝，齐声呼喊乞怜："伟大的太阳之子，我们唯一的君王，求您饶恕我们吧！"

王子派人传话说，此次战乱完全是她们的丈夫和父亲的过错，但所有参与反叛作乱的人均已被宽恕。他之所以亲自来到这里，是为了亲口说出"宽恕"二字，让人们明白他会以仁爱之心善待她们。安抚过后，王子还发给这些人生活所需之物，并且为战死者的孤儿寡母留下粮食。

就这样，王子在反叛的各省巡视了一圈，诸事都做了安排，然后返回首都库斯科，这是他在离城一个太阳月平定叛乱后重新回城。此举令叛乱的昌卡人惊诧万分，以王子过去残暴的个性来看，他们本来还很担心平叛之后的王子会进行屠杀，没想到王子却既往不咎，以德报怨。所以，人人都相信王子在太阳神的感召下，已经改变了秉性，像诸代印加王那样宽厚仁慈。

王子穿戴得像个普通士兵那样，在两位叔父和部下的陪伴下，回到库斯科。百姓举行盛大的仪式欢迎他，人群欢呼雀跃，高呼着他的名字，尊崇他为太阳神的儿子，就连印第安人的长者也对他恭行大礼。

王子的母亲奇克姬王后，在一大群王族妇女的簇拥下，高兴地迎接自己凯旋的儿子。她们载歌载舞，向王子身上抛撒鲜花和香草。在这样快乐祥和的气氛中，王子来到太阳宫，感谢太阳神赐予的胜利，接着又去贞女宫看望太阳神的妻子。

拜谒完这两座宫殿后，王子出城赶往穆伊纳谷地，去见他的父亲印加王亚瓦尔·瓦卡克。

在印加王与王子的这次公开会面中，父子两人只有三言两语的简短交谈。后来，国王和王子又进行了一次私下的会面，谈了很久。至于谈话的内容，除了父子两人以外，别人无从得知。这次秘密谈话之后，当王子离开国王时宣布，他的父王已经做出决定，既然自己当初弃城而逃，就不能再重新回到库斯科城的王宫了。

印加王亚瓦尔·瓦卡克审时度势，认为王族和民众都倾向于王子一边，即使自己想发动内战来保住自己的王位，也是不可能的事情。所以，他索性让出了王国的统治权。

国王和王子达成协定后，国王继续留在穆伊纳谷地。王子为他的父亲在这里建造了一座王宫，王宫设计得非常精美，里面不但有果园花圃，还修建了狩猎垂钓的场地，一切设施应有尽有，供国王娱乐消遣，打发光阴。

安排妥当以后，维拉科查·印加王子回到王国首都，取下头上的黄色流苏，戴上红色流苏。红色的流苏象征着印加王位，是帝王的标志。穆伊纳山谷的宫室完工后，王子派了很多奴仆去侍奉自己的父亲，还送去王宫需要的各式各样用具，办得十分妥帖周到。除了没有实权以外，印加王亚瓦尔·瓦卡克可以说什么都不缺，仍然过着帝王般的生活。

印加王维拉科查即位之后，按照当时的许诺，给予克丘亚等部族封赏，以嘉奖他们的护国之举。国王不但给了他们丰厚的赏赐，而且准许这些部族酋长从此以后可以享受如同第一代印加王给予自愿追随者一样的特权，可以留短发、系发辫。

除此之外，印加王维拉科查还做了一件大事，就是在库斯科城南一百里处、一个风景怡人名叫卡查村的地方，为维拉科查神修建庙宇，以供后代和百姓世代瞻仰祭祀。从此，维拉科查神就成为印第安印加帝国中地位仅次于帕查卡马克神和太阳神的第三位神，常常显圣。

而印加王维拉科查本人，在位时就受到臣民们的狂热崇拜，认为他是太阳神派来的，来拯救印加国免遭毁灭，保护太阳宫和贞女宫免遭异族侵犯，因而也奉他为神。

小知识

关于昌卡人起事，历史典籍上有另一版本。历史学者指出，有关昌卡人起事，除了相传发生在亚瓦尔·瓦卡克任期内之外，该动乱也许是发生在下一任君主维拉科查在位时，并由其子帕查库特克击退，维拉科查则被废黜。

王国的恐惧
——印加王亵渎太阳神

印加王维拉科查预言说，在印加王朝的统治持续一段时间后，必然会有一些前所未见的人来到这方土地，推翻他们的统治，夺取他们的王国，废除他们的偶像。于是，他下达旨意，让后代诸王将这个预言世代相传并铭记于心，但不得泄露到民间，以免扰乱民心。因此，在以后的两百多年里，没有人再提起这个预言。

由于无人提及，这个可怕的预言很快就被印加诸王们忘掉了。在他们的统治下，印加帝国日益强大繁荣，版图一再扩充，国力极其强盛，没有一丝一毫即将毁灭的预兆。所以，他们对一向敬之为神谕的印加王维拉科查预言的准确性，产生了怀疑，甚至还连带着怀疑起他们的父亲——太阳神的威严。由于这种可怕的想法，他们常常在祭祀时流露出满不在乎的神情。这种行为在印加王国中是大忌，一些印加王公贵族对此深感恐慌。更令他们惊恐万状的是，伴随着这种渎神行为，各种不祥之兆接踵而至。

随着时间的流逝，越来越多的征兆显示印加帝国的历史已经临近尾声。到了印加王图帕克・尤潘基执政时，这位国王亵渎太阳神的行为变本加厉，这令很多印加人心头罩上了浓重的阴影。

有一天，印加国照例举行祭祀太阳神的典礼，典礼结束后，图帕克・尤潘基瞻仰太阳神宫中的月亮宫时，莫名其妙地突发其谈。

他对周围的祭司们说："人人都说太阳神是世间万物的创造者，可是当一个人创造某种东西时，他本身不应该在现场吗？可是世界上很多东西在形成时，太阳却不知所踪。所以，我认为他根本不是世间万物的创造者。另外，人人都说太阳神永生，在我看来更是荒谬，太阳常年旋转，从不停歇，如果有生命，难道从来都不会感到疲惫吗？所以我说他并无生命。人人都说太阳是自由的，看起来是这样，他能够在无边无际的苍穹中任意遨游，但是你们想过吗？他从来都没有到过别处。在我眼里，他倒更像是一头被捆缚的牲畜，身不由己地总是围着一个圆圈打转转。"

这番话在祭司们听来，犹如五雷轰顶。他们头皮发麻，没有一个人敢接话搭言。有人担心国王再说出什么大逆不道之言，便婉言劝他尽快离开。

国王前脚刚走，晴天中突然响起一个霹雳，一团灼热的火球把宫室的石顶击穿一个大洞，落在国王刚刚站立过的地方。祭司们见太阳神震怒，急忙把那块地方封锁起来，划为禁地，并匆匆回到太阳神宫中祷告，请求太阳神宽恕自己不肖之子的不敬之词。

这件事以后，帝国平静了一段时间，没有发生任何灾难。但是这并不等于灾难已经消失，到了第十二代印加王瓦伊纳·卡帕克国王任职时期，伴随着他对太阳神越来越不敬的言行，各种不祥之兆已经极其明显。

不敬太阳神的印加王瓦伊纳·卡帕克

印加王瓦伊纳·卡帕克继承王位后，征服了基图王国，确立了帝国的北部边界，将基图国王的公主纳为妃子。

征战结束后，国王开始长达数年的帝国巡视，其中有一年，他照例返回库斯科城，举行了为期九天的“拉伊米”太阳节盛典。

在祭祀典礼上，像他的父辈一样，这位印加王又随随便便地注视着太阳神。他的叔父，也是最高的祭司，斥责他：“印加王，独一无二的君主，请不要这样！随意注视太阳我父是违禁的冒犯之举，难道你不明白这种行为有失体统吗？”

国王转身对他的叔父说：“如果你能够回答我的两个问题，我再来回答你的话。作为你们国王和天下的主宰，你们之中是否有人胆敢命令我从宝座上起身，去走很长的一段路？”

他的叔父回答：“哪有人敢如此胆大妄为呢？”

国王接着问：“假如我命令某个酋长立即由此地飞速赶往某处，即使这位酋长非常强大，他敢不敢违抗王命？”

“不会的，敬爱的印加王，你即使命令他去死，他也不敢违抗。”

于是，印加王得意扬扬地说道：“如此我就要告诉你们，我们的父亲——太阳神，想必也要受命于人，在他上面有一个更尊贵、更强大的主宰，或许就是帕查卡马克，他命太阳神每天必须要走完这段路程，不许停歇。如果太阳神真的是至高无上的主宰，他大概早就照自己的意志停下来歇歇脚了。”

印加王瓦伊纳·卡帕克的这番话，像暗流汹涌的波涛一样，把在场的每个人都卷进了恐惧的漩涡。国王把自己造成的恐惧留给了祭司和他的王公们，便大摇大摆地走了，开始了他的最后一次帝国巡视。

至于在印加王中代代相传的那个可怕的维拉科查神谕，印加王瓦伊纳·卡帕克早已忘到了脑后。

小知识

根据《印卡王室述评》所载，约于一五二七年中的某一天，印加王瓦伊纳·卡帕克在基多的一个湖中沐浴，因着凉而发了烧，他自觉很难康复，便对身边的人说出他对西班牙人入侵的顾虑：“多年以前我们就从太阳神父亲的启示中获悉，他的子孙经历十二代国王之后，将有一些我们从未见过的新人来到此方，他们将占领我们所有的王国和其他许多地方，并入他们的帝国。我推测这些人就是我们得知的已在我们沿海活动的人。”

当时，西班牙人已经在太平洋东岸一带频繁活动，瓦伊纳·卡帕克认为他们可能就是印加传说中要来统治印加的“新人”。

凶兆连连

——月亮神三道圆环的警示

在印加王瓦伊纳·卡帕克冒犯太阳神的言行发生的一年后，库斯科又发生了一件怪事，这件事被当成是受太阳神诅咒的凶兆，使得国王惊愕不已，也使整个帝国万般恐慌。

印加国一年一度的太阳神庆典照期举行，在盛典过程中，人们突然看到一只雄鹰从高空中盘旋而来，后面追着五六只红隼和五六只小游隼，它们群攻雄鹰，凶狠地啄咬它，雄鹰难以招架，跌落在城中大广场中央，向举行典礼的人们求救。

人们急忙捧起雄鹰，发现它病得很严重，全身的毛都脱落了，像是生了疥疮，满身都是皮屑。人们为它医治，并精心喂养照顾，但是几天之后，雄鹰还是死去了。

印加王和印加王公们都认为这是一种不祥的凶兆，很多占卜师也对此做了各种解释，但他们一致认为，印加帝国面临着衰亡，国家将要被占领，信仰将要被颠覆。

除了这次雄鹰事件之外，王国还发生了很多大大小小的灾害，比如大小不断的地震，导致高山坍塌、树木死亡。另外，居住在海边的印第安人还发现，海潮的涨落也远远超过了正常的频率，天空中频繁出现令人们感到心胆俱寒的彗星。

这些征兆让印加人惴惴不安，可是有一天，更可怕的现象出现了。在一个晴朗安谧的夜晚，人们仰望夜空，看到月亮周围围绕着三道大圆环，第一道圆环为血红色，第二道是黑色，夹杂着一点暗绿色，第三道好像是一圈朦胧的烟雾。一位占卜师认真观察了月亮周围的三道圆环后，走到瓦伊纳·卡帕克国王面前，脸上凄苦焦虑，泣不成声地说道：

“伟大的君王，您是否已经看到，您仁慈的母亲月亮女神正在向您提出警示：世界的缔造者和维护者帕查卡马克发出诅咒，可怕的咒语在威胁着您的王族和帝国，巨大的灾难将降临到您的王国。您的月亮母亲身边的第一道血红色圆环，昭示着您去太阳神那里安息以后，您的后辈将遭遇惨绝人寰的战争，王国将要血流成河，王族成员也将灭绝，因此您的月亮母亲满心悲痛；她身边的第二道黑色圆环显示，王族成员之间的自相残杀和争斗，会将我们的国家引上绝路，我们的国土将要沦丧于外族之手，宗教遭到毁灭；而第三道云烟般的圆环，意味着一切都将烟消云散。”

印加王听闻，大感惊骇，但作为一个君主，他不愿意在别人面前显得慌乱脆弱，就装出满不在乎的态度说：“荒唐！不要把你那些荒诞不经的梦话，说成是我母亲的警示。”

占卜师泪流满面地说道：“印加王，请到外面亲眼看看您母亲所发出的警告，就可以知道我并非在信口开河地胡说。”

印加王走到夜空下，看了看月亮周围的圆环，然后召见王国所有的占卜师。王国中修行最高的占卜师来自瑶尤部族，他经过仔细的观察和分析思考，得出的结论与第一个占卜师的解释如出一辙。

其实，这个凶兆与印加王自己心中的想法也不谋而合，但是为了安定民心，使臣下不要因此而垂头丧气，国王依然故作轻松地对各位占卜师说：“我绝不可能相信你们的这些妄论，除非是我亲耳听到帕查卡马克这样说。太阳我父怎么可能厌恶自己的亲骨肉，忍心让自己的子孙遭遇灭顶之灾呢?”

国王振振有词地斥退了众占卜师。当他独自一人的时候，想起自己从先辈那里得知的那道可怕的神谕，与今日占卜师们的解释简直一模一样；再把占卜师的话、神谕及几年来屡屡发生的一些奇异事件联系起来，加上最近又有传闻说有一艘船载着一些不曾见过的怪异的人来到这里，他愈发忧心忡忡、提心吊胆，身边总是簇拥着一支精锐卫队保护着他。

文中所提到的“怪异的人”是早期的西班牙殖民者，印加的繁荣盛况在这些人的入侵后彻底不再了

自从出现月亮神的警示过后，三四年的时间过去了，王国里并未发生什么大的祸事，担惊受怕的人们渐渐恢复了平静的心情，安然度日。

一日，忽然传来卡兰克省发生叛乱的消息。卡兰克省位于基图王国边界，那里的人极其野蛮残忍地对待国王派驻在当地的省督和官员，把他们全部杀死，吃了他们的肉，还把心脏、人血和人头用于祭祀。

瓦伊纳国王闻讯极其愤怒，立即派使者前往劝服，但那简直是对牛弹琴，使者在卡兰克省受尽侮辱，险些丧命。

国王征集军队前来，下令发动战争，他亲自指挥作战，很快就击败了叛军，叛军伤亡数千，被迫投降。瓦伊纳国王对俘虏进行了严厉残酷的惩处——将他们全部斩首，弃于一个大湖中。俘虏们的鲜血融入湖水，整个湖俨然成为一泓血湖。

小知识

根据历史典籍记载，印加王瓦伊纳·卡帕克在位期间发生的叛乱，其实是今天厄瓜多尔地区的卡兰克人发动的起义，是对印加国对西北方向进行征服的强烈抵抗。当时卡兰克人死守堡垒，印加大军久攻不破，后来使计佯败，引诱卡兰克人进攻，再发起伏兵将之击溃。卡兰克军队的大部分战士战死在亚瓦尔科查湖(Yahuarcocha)，此湖也因此次殊死一战而得名“血湖”。

违背祖训

——印加王为爱子谋求封国

严厉地惩罚了叛军后，瓦伊纳·卡帕克国王心里很难过，在他在位期间，竟然不得不违背自己祖辈仁爱宽厚的本性，对这种严重的罪行进行了残酷的惩罚。即使在维拉科查时期对昌卡人叛乱的平复中，也没有进行杀降之事。

所有这些事，都像是不祥的凶兆，似乎预示着未来还会有更大的血腥屠杀。作为印加王，他能够把背叛他的人灭绝于血湖，那么如果他得罪了太阳神，太阳神会不会毁灭了他的国家和家族呢？

国王的担忧不是多余的，很快地，太阳神对不肖子孙的诅咒开始应验。而印加王瓦伊纳·卡帕克鬼使神差的一个举动，为日后印加帝国和印加王族的毁灭埋下了祸根。

国王有一个儿子，是他与基图王国的公主所生，名叫阿塔瓦尔帕。这个少年聪明老练，谨慎稳重，骁勇善战，而且容貌俊美，气度不凡。国王很喜欢这个儿子，无论走到哪里都带着他。而且在国王私心里，甚至想把帝国的统治权传给他，但是按照祖制，国王无法剥夺他的长子瓦斯卡尔·印加合法继承人的权利。印加王前后思量，准备以某种合理的借口——并有物归原主的意思，把基图王国交给阿塔瓦尔帕，其实这也是违背祖训的。

当时王子瓦斯卡尔·印加在库斯科监国，国王将他召来，并当众对他说：“根据祖辈流传的规矩，基图王国自然是应该属于你的，并且所有已经征服的王国和省份都已纳入帝国的版图，应接受你的管辖和统

治。虽然以前一直如此，但是我非常喜欢你的弟弟阿塔瓦尔帕，实在不忍心看着他一无所有。作为你们的父亲，我希望你们两人都好。所以，我想把基图王国的所有权和继承权给他，基图王国过去原本属于他的外祖父，现在则本应属于他的母亲所有。所以，他已经具备了国王的合法身份。我已经为你赢得了大片土地作为补偿，现在求你的这点小事，应该是可以的吧？我承诺你，日后在征服其他国家和省份的过程中，你的弟弟将身先士卒为你效命。作为你的好弟弟，他有了基图王国做依靠，不再一无所有，一定能够听从你的一切吩咐，更好地为你效劳。这样，到了与太阳我父一起安息的那天，我也能够满意、放心地去了。”

王子闻言，爽快地答复国王：“独一无二的印加王，作为你的儿子，我非常愿意遵从你的一切旨意和父亲对我的吩咐，别说是一个基图，即使还需要再让出几个省，让父王将更多的土地赐予我的兄弟阿塔瓦尔帕，我也会绝对赞同。”

印加王瓦伊纳·卡帕克听了王子的话，心里高兴极了，立刻着手办理阿塔瓦尔帕接管基图王国的事宜。并且除了基图王国之外，国王又给阿塔瓦尔帕加了几个省份，还命令一部分训练有素的军队留驻在当地为他效力，让一些身经百战的领主辅佐他。

虽然国王所做的一切已经明显损害了王储的利益，但是为了心爱的儿子阿塔瓦尔帕，为了表达自己的舐犊之情，国王在所不惜。但是，令他始料未及的是，他的这些行为，为阿塔瓦尔帕日后篡夺王位、掀起内战和血腥屠杀，埋下了隐患。

小知识

大部分传说都认为，印加王瓦伊纳·卡帕克迎娶了前基图王国的公主，并生下阿塔瓦尔帕。学者 Mar a Rostworowski de Diez Canseco 则认为，有资料显示，阿塔瓦尔帕的生母 Tupa Palla 是出自“上库斯科”贵族，而非基图王国公主。

帝国覆灭

——太阳神的诅咒应验

印加王瓦伊纳·卡帕克忙着为阿塔瓦尔帕办理接管基图事务的时候，有人向他报告，说发现了一些前所未见的外来人乘船而来，在印加国的沿海地区活动。

这个消息使国王再次变得焦躁忐忑，不由自主地又想起前辈诸王传下来的那条古老神谕：经过若干代印加王之后，有朝一日将会有一些从未见过的外来人出现，夺走他们的王位，毁灭他们的帝国和偶像。

国王想要了解那是些什么人、到底来自何方。其实，这些外来者就是第一批西班牙人。

为了排遣心中的愁绪，有一天印加王瓦伊纳·卡帕克到一个湖中沐浴，没想到着了凉，紧接着发起了高烧。这时印加国的天空上出现了很多令人生畏的彗星。其中的一颗特别大，绿光幽幽，煞是恐怖，它的绿光正好投射到印加王的王宫上。这种现象使得占卜师和祭司们十分惊骇。他们预感国王来日无多，将不久于人世，此外还有其他的灾难即将降临，印加王族会在国王死后惨遭屠杀而毁灭殆尽，帝国终将落入外族之手。

国王瓦伊纳·卡帕克自己也感到朝不保夕，于是，把子女和亲属以及一些王公贵族、文武官员召集到身边，交代了后事，立下了遗嘱：在他辞世之后，按照祖例，将他的身体剖开，取出五脏六腑，身体在库斯科与他祖辈一起安放在太阳神宫，而五脏六腑全部埋葬在他亲自征服和建设的基图国，以表示对这块土地的眷恋；印加王位由他的长子、法定继承人瓦斯卡尔王子继承；他最心爱的儿子阿塔瓦尔帕为基图国王，治理基图王国及附近各省，以及那些他亲自统兵征服和扩大的全部领土，他将作为印加王瓦斯卡尔的兄弟和藩属向帝国效忠。

做了一番详尽的交代之后，国王最后又说了一番话："很久以前，伟大的维拉科查先王就有过一个预言，并作为祖训代代相传，预言说印加王朝在经历了太阳我父的子孙十二代的统治之后，将会出现一些我们从未见过的人。他们来到我们这里，会将我们的王国纳入他们的帝国版图。从最近这些年发生的种种征兆中，我猜测这些人已经来了，他们就是目前在我们帝国沿海活动的那些人。我甚至可以断言，在我离开你们几年以后，这些新人就会把太阳神对我们的诅咒变为现实，成为我们帝国的主宰。因为他们是优秀卓越的人，在各方面都比你们强，法律比我们的好，武器比我们的有威力，所以我命令你们都顺应太阳我父的神谕吧！和来到这里的人做朋友，不要以敌对的态度对待他们，应该服从他们，为他们效劳。”

这些话记录在已逝印加王的遗嘱中，令所有印加人都严格遵守、严格照办。

末代印加王之死

果然，在瓦伊纳·卡帕克国王死后的第六年，基图国王阿塔瓦尔帕发动了内战，囚禁了他的哥哥印加王瓦斯卡尔，夺取了王位，并将所有的印加王公和省督等四代以内的王室成员，齐聚在一起一网打尽。至此，太阳神儿女的血统——印加王室血统荡然无存。

没多久，当上国王的阿塔瓦尔帕又把整个印加帝国奉送给西班牙人，曾经辉煌一时的印加帝国宣告终结。

小知识

阿塔瓦尔帕在一五三三年被西班牙人法兰西斯科·皮萨罗在卡哈麦卡(Cajamarca)处死，印加帝国灭亡。

美丽的少女
——冰清玉洁的恰斯卡

印加帝国的克丘亚省居住着一个二十四岁的小伙子，名叫卡尔卡。这个年轻人相貌英俊，头脑聪明。卡尔卡在乡邻之中口碑很好，因为他聪明能干，乐于助人，经常把自己收获的谷物和采摘的果实敬献给维拉科查神。

由于他经常向神贡献祭品，又喜欢帮助别人，所以他自己的生活非常清贫，只有一间破烂不堪的茅屋，里面既没有家具，也没有什么生活用品。

在卡尔卡的村子里，有一位库拉卡（印加帝国分封的领主）。这位库拉卡非常富有，国王曾经赏赐给他很多财产，他除了拥有很多土地，还有几头牛和几百只羊。

库拉卡有一个很美丽的女儿，她的一双大眼睛就像晶莹的星辰，又像含情脉脉的春水，因为这双迷人的眼睛，大家都称她为"恰斯卡"——晨星。除了这双明眸，她修长的玉腿、丰满的胸脯、曼妙的腰肢，无不散发着青春少女迷人魂魄的魅力。

这个部族中有一个传统，少女们都信奉淫荡女神图拉索图尔特，到了含苞待放的年龄，个个都是勾引男人的行家。少女们整日与小伙子们厮混在一起，她们的父母对这种行为也是睁一只眼闭一只眼，因为按照部族的习俗，人们认为未婚女子在出嫁前情人越多，就越容易嫁出去。而那些冰清玉洁的女子则被认为是古怪木讷，不讨人们喜欢。在这种观念下，每个风华正茂的少女都把放荡当成一种荣耀，认为越是放荡不羁代表越有魅力。虽然印加国王尽力教化她们，屡次废止这种恶习，但仍然不见起色。

但是恰斯卡与其他的女孩大不相同，尽管村里的小伙子都对她怀着倾慕之心，甚至有人被她迷得神魂颠倒，但她举止端庄，深居简出，很少到人多的地方抛头露面，从来不给任何人一亲芳泽的机会。

按照村子里代代相传的古老习俗，女人和男人们都要在月圆之夜，聚集在田边，在苇笛的伴奏下唱歌跳舞，谈情说爱，同时保护庄稼不受野兽的糟蹋。但是，这样的聚会恰斯卡从来都不参加。而到了秋天收获时节，青年男女们又可以聚在一起，翩翩起舞放声歌唱来感谢太阳神的赐予。这个时候，恰斯卡还是待在她的闺房里。

人们一年之中只有一次机会能够见到恰斯卡的芳踪，欣赏到她秀美的身姿和高贵的气质，那就是在祭祀的节日里。在印加帝国，祭祀是每个子民都必须履行的宗教义务。但是，即使恰斯卡来了，也不像其他女孩那样载歌载舞、与小伙子们谈笑逗趣。小伙子们也不敢主动去逗引恰斯卡，她天性清高孤傲，总是给人一种拒人千里的感觉。

但是，与恰斯卡相反的是，几乎在村子里的任何节日庆典场合，都能看到热情洋溢的卡尔卡。因为他勤劳又聪明、乐善好施，而且对神特别崇敬慷慨，所以无论什么庆典，库拉卡总是要请他来帮忙。

就这样，在一次宗教节日里，卡尔卡认识了恰斯卡，而且还有幸拉着她的纤纤玉手跳了一曲瓦依努舞。这简直令其他小伙子嫉妒得要发疯了。恰斯卡的美丽娴雅和含情脉脉的温柔风韵，把卡尔卡彻底地征服了。卡尔卡的心完全属于了恰斯卡，卡尔卡对她朝思暮想，常常以听库拉卡讲述旧时战士的英勇战绩和将领们的雄才大略为借口，到恰斯卡家去串门子。但是他常常在听了老人一晚上的唠叨之后，还是见不到梦寐以求的心上人。他只要能偶尔看到恰斯卡在闺房门口对他嫣然一笑，便感到莫大的满足和欢喜。

卡尔卡日复一日地被这种渴望和思念折磨着，很快就消瘦了下去。他经常坐在恰斯卡家不远处的山坡上，用笛子吹奏忧伤深情的乐曲。

恰斯卡也经常在月光如水的夜晚，伫立在小窗前倾听卡尔卡的笛曲。笛声中传达出的绵绵相思之情像一双温柔的手，拨动了少女的心弦。而且卡尔卡也是卓尔不凡的英俊小子，他品行端正、言词谨慎，从不拈花惹草。美丽的女孩就这样爱上了卡尔卡，经常在笛曲飘扬的夜晚去山坡上和卡尔卡约会，两个徜徉在爱河里的年轻人悄悄地订下了终身。

库拉卡身为领主，在部族中称得上是贵族，但是他除了行使国王赋予的职责和特权之外，并不耀武扬威，更像大家庭中宽厚仁爱的家长。但是在女儿的婚事上，他也做不到完全开明地摒除门第观念，毕竟作为父亲，他想要对女儿的终生幸福负责。当卡尔卡终于突破心中的樊篱，想要克服一切障碍，向他提出求婚时，库拉卡并不完全同意。

虽然库拉卡知道卡尔卡是一个相貌、品行都很好的青年，对他的女儿也是一片痴情，但是在卡尔卡对他提出有关婚事的请求之后，他和颜悦色地对小伙子说：

“卡尔卡，实话实说，你也知道，我的女儿恰斯卡从小过着养尊处优的舒适生活，可能很难适应清贫的生活环境。爱情是花前月下的浪漫，但婚姻需要金帛粟食。小伙子，以你的聪明智慧，一定能理解我对女儿未来人生的一番苦心。”

卡尔卡怎么会听不出库拉卡的弦外之音呢？但爱情能让男人变成勇士，卡尔卡坚定而郑重地承诺："敬爱的领主，请您给我一年的时间，在这个期限里，我一定要为您的女儿——我未来的妻子，创造一个美好的生活环境。如果到时候我达成心愿，一定来迎娶恰斯卡。但若事与愿违，我将忍痛割爱，为了恰斯卡的幸福，遵从您的吩咐和安排。"

库拉卡大赞卡尔卡的勇气和志向，他祈求维拉科查神保佑卡尔卡如愿以偿，并发给卡尔卡一张路引。卡尔卡在一大早就离开了村子，不知道去了哪里。

临行之前，一对恋人达成了默契，恰斯卡忍受着离别的痛苦，在家里坚贞地等待心爱的人回来。

小知识

"路引"，是印加王国时期为了杜绝出现游手好闲的流浪汉而采取的硬性规定，任何人没有它而离开部族土地，便会被视为懒汉而受到人们的耻笑和羞辱。有了它，外出后才能得到最起码的接济，而不致被饥渴所困扰。一般只有在受领主委托充当信使或公干时，才能申领路引。

阿其拉纳

——为了美丽的女孩而奔流的清水

就在卡尔卡离乡的那一年，印加国的王储尤潘基和印加王公卡帕克·尤潘基辅佐印加王征服了尤凯依谷地。在班师回朝途中，印加王帕查库特克巡视了克丘亚族诸省，与他的父王上一代印加王维拉科查一样，他对这几个省的百姓格外恩宠。

帕查库特克国王下榻的地方，就是恰斯卡的父亲库拉卡的田庄。他在这里住了一周，恰斯卡也受到了国王的接见。

国王一见到美丽的恰斯卡，立刻就爱上了她。作为一位伟大的君主和征战南北、威震四方的强大征服者，帕查库特克国王以为能轻易地俘获恰斯卡的芳心，却不知道恰斯卡早已另有所爱，她的全部感情都已寄托在了卡尔卡身上。在国王表达完爱意后，恰斯卡拒绝了国王的求爱。

虽然库拉卡出于对国王的忠诚自愿向他奉献自己女儿，但是印加国向来有尊重妇女的祖训，而且国王也不愿意让自己心爱的女孩痛苦，所以他婉拒了库拉卡的好意。在离开庄园的时候，国王为了表达自己的一片深情，在临别时送给恰斯卡一个心愿。恰斯卡跪在地上亲吻着国王的斗篷，求他给这片土地一点水。

这是十六世纪时所绘的帕查库特克像

跟随国王出征的勇士们很快开凿出一条水渠，这条水渠横贯在尤凯依山谷和恰斯卡的家乡之间。国王亲自为这条水渠赐名为“阿其拉纳”，意为“为了美丽的女孩而奔流的清水”。

国王对恰斯卡的青睐和深情使恰斯卡的艳名传播到很远的地方。每天都有许多小伙子慕名前来，以一睹她的芳容为荣幸。

这时，恰斯卡又有了一个追求者，他就是本部族酋长的儿子。这个小伙子在部族里也颇受尊敬，在恰斯卡的父亲库拉卡看来，这位酋长之子倒也有资格做他的女婿。虽然库拉卡是恪守诺言的人，但是他私心里也不能不为自己的爱女打算。他不愿意让自己的女儿错过幸福的机会，所以做了两手准备。

一方面，他没有答应酋长儿子的求婚请求，因为他知道恰斯卡性格执拗，心里只有卡尔卡一人，在一年之内是不会同意的。另一方面，他也希望卡尔卡在一年后能衣锦还乡——虽然这个可能性非常小，很多人的财富和地位都是在战场上出生入死几十年才获得的，在一年之内卡尔卡能得到什么呢？

但是，酋长的儿子总是借故到库拉卡家里来，以便能够经常与恰斯卡见面，恰斯卡对此感到十分厌烦，对酋长之子非常冷淡。

时间久了，酋长之子失去耐心，求他的父亲亲自屈尊来与库拉卡商量儿女婚事。库拉卡面对酋长，也只能委婉地说明，由于女儿的性格非常固执，在他与卡尔卡约定的一年期限未满之前，无法替女儿应允任何人的求婚请求。但是如果一年之后卡尔卡不能如约归来，或者回来后依然是个穷光蛋，那么他一定会将自己的女儿嫁给酋长之子。

酋长听了以后认为也只能如此，既然恰斯卡连国王的求婚都敢拒绝，自然也能拒绝自己的儿子。他与库拉卡的看法一样，认为卡尔卡在短期内绝没有成功的可能。所以，两位父亲决定悄悄地筹备婚礼事宜，等到一年期满如果卡尔卡爽约，他们则顺理成章地结成亲家。而如果卡尔卡能够成功归来，则把这个婚礼作为贺礼送给他。

一年的时间很短暂，每个人都在怀着不同的心情细数光阴。转眼一年的期限就剩最后一个月了，恰斯卡望穿秋水，朝夕盼望着亲爱的卡尔卡能在第十二个月满载财富和荣誉归来。酋长和他的儿子却暗暗希望卡尔卡永远不再回来。而库拉卡想的却是一旦卡尔卡爽约，他该如何说服女儿答应另一桩婚事。

小知识

印加帝国虽然位于高达四千米的高原中，但具有丰富的水源，有着先进的水利系统，阳光充足，农产丰盛，国家富饶。他们还有当时颇为进步的政治制度，能够推动施行完善的法律来治理百姓，绝不以严厉刑罚进行统治。

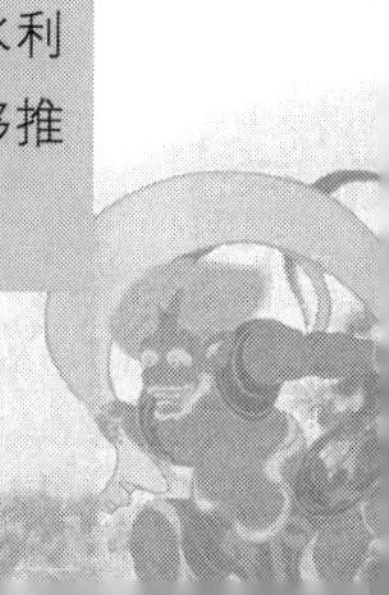

回乡路上遇险

——卡尔卡遭遇洪水

离开家乡之后，卡尔卡去了哪里呢？现在的状况又如何呢？

卡尔卡辞别心爱的恰斯卡之后，在印加帝国沿海的一个属于卡帕克·尤潘基亲王的盐场做盐工。

卡尔卡以他一贯的勤劳美德，在盐工中脱颖而出，很快就成为一名十人长。这时，美女恰斯卡拒绝国王求爱的新闻轰动一时，也传到了这里。卡尔卡在感动之余，更加勤奋努力地工作，但是谁也不知道这个小小的盐工就是国王的情敌，人们知道的，只是他对维拉科查神异乎寻常的崇拜。

上司非常欣赏卡尔卡的品德和才能以及对神的虔诚，于是把他推荐给尤潘基亲王，想要任命他为盐场的新库拉卡。尤潘基亲王经过仔细了解之后，才知道这就是那位让国王也败在情场的卡尔卡。为了成全印加王宽容仁爱的美德，也为了表彰和奖赏卡尔卡对维拉科查神的忠实，亲王决定成全这一对有情人，颁赐给卡尔卡象征荣誉和地位的库拉卡拐杖和数不胜数的金银珠宝，并批准给他两个月的假期。

此时距离一年之约还有一个月，而回家乡需要的时间是五天，为了报答亲王的恩宠，卡尔卡在只剩七天即满一年的时候才告假启程。卡尔卡认为，按照五天的路程，时间可谓是绰绰有余。

可惜天公不作美，人算不如天算。此时恰逢雨季，道路被接连不断的暴雨冲断了，卡尔卡只能赤足涉水，越过一条条深深的水沟，踩着满脚泥泞，踉踉跄跄地赶路。

尽管他昼夜不停地赶路，一刻也不曾停歇，但是道路实在是太难走了，他精疲力竭，赶路的速度越来越慢，距离最后期限只剩一天的时候，他来到了尤加拉河边。

因为暴雨肆虐，尤加拉河的水位比平日上涨了很多，已经到了极限。想要只身渡过是不可能的，那简直是一种白白送死的自杀行为。为了安全考量，最好能够等到水位下降。如果时间不是这么紧迫，等一下倒也无妨，但是此刻卡尔卡心急如焚，而且倾盆大雨昼夜不停，没有一点停歇的征兆，这样等下去不知要等到哪一天。

面对着前所未见的特大洪水的阻隔，卡尔卡的心备受煎熬，但是他不敢贸然过河，翻腾咆哮的河水卷起一个接一个的漩涡，把巨大的浮木和淹死的牲畜都卷得无影无踪。他知道恰斯卡还在家里苦苦等待着他，他要留着自己的生命与她相会。

心爱的人就近在咫尺，他却被意想不到的洪水阻隔在这一边，卡尔卡的心被绝望侵蚀，忍不住流下了热泪。他多想能飞过这滔天巨浪，回到恰斯卡身边，牵着她的手厮守终生……

卡尔卡一筹莫展，只能仰天向维拉科查神伸出了双臂，虽然他常常为这位神奉献祭品，毫不吝啬，但是从未向神祈求过什么。在他的心目中，伟大的维拉科查神已经施予给人们太多的恩赐，是人们永远都无法报答的。但是现在，绝望的他已经没有任何办法，他不得不流着泪水乞求神的帮助，他请求神能够显圣，让这肆虐的暴雨停止，让水面下降，好让他涉水过河，去与心爱的恰斯卡相见。

可是，不知道神是否听到他的祈祷，时间又过去了几个时辰，大雨还是没有停歇，河水仍旧在不断上涨。

小知识

印加王国有制盐等方面的多项发明。这里所说的制盐，并不是简单的海水制盐，而是开辟巨大的盐场，动用数千名奴隶，用先进的技术制作出洁白晶莹的盐晶。印加大陆上的印第安人，对这种纯盐有着一种虔诚而神圣的崇拜。

神魔智斗

——鸡鸣前的约定

卡尔卡颓然地坐在河边，徒劳地等待雨停。时间一分一秒地过去了，大雨没有停止，夜色却降临了。撕裂夜空的霹雳，照亮了远山的剪影，雷鸣声如同万马齐鸣，带来了巨大的雨点，敲打着卡尔卡孤独的身影。

这时，卡尔卡的耳边响起了一个低低的声音："马里克魔鬼来了，它会帮助你的……"

卡尔卡几乎不敢相信自己的耳朵，因为马里克魔鬼是他们的弃神。他万分崇敬的维拉科查神怎么可能会让他倚靠魔鬼的帮助呢？他百思不得其解，甚至不敢再想下去，以免亵渎神灵。卡尔卡还不知道，他的祈祷正引来了神魔之间的一场智斗。

又有一个声音在他耳边响起，但是这是一个和蔼可亲的声音，令卡尔卡感觉十

分温暖和安心。这个声音说:“我的孩子,没有关系,你就让马里克帮助你脱离困境吧!”

卡尔卡想,虽然他不愿求助于魔鬼,但事已至此,也只好这样了。这个想法刚刚在脑海里闪过,他突然闻到一股硫黄味,感觉后背像被火灼烧一样,一只巨手在身后拉住了他的肩臂。这是马里克魔鬼的手!

“我的孩子,”魔鬼的声音喑哑恐怖,“我来了,我现在饶恕你弃我而去的罪过,满足你的任何要求,但是在鸡鸣之后,你必须把灵魂交给我。”

卡尔卡同意了。他要求魔鬼马里克迅速在河上架一座长桥,以便让他通过。如果魔鬼能够在鸡鸣之前把桥架好,就可以主宰卡尔卡的灵魂。否则,两人的约定就算无效。达成协定之后,魔鬼和卡尔卡都咬破自己的中指,把血抹在一块石头上,向宇宙间最崇高的法官——帕查卡马克神起誓。

魔鬼马里克显然认为这桩买卖十分划算,他乐不可支地立即动手架桥。在很短的时间里,马里克搬动了好几座大山,铺好了一块又一块的桥板,拌好灰浆筑起两岸的基石……

等待在一边的卡尔卡,这时候反复思考着失去灵魂的后果。桥架好以后,他就可以沿着大桥来到恰斯卡身边,与她成亲白首偕老。他知道痴情忠贞的恰斯卡会永远爱着他,但是为了这个结果,他却失去了灵魂,没有了自己的灵魂,他仅仅能给恰斯卡一具躯壳,这与行尸走肉有什么区别呢?

卡尔卡心里觉得很悲哀,他再也不敢想下去了,只有两行泪水悄悄地顺着脸颊流了下来。这时,那个和蔼的声音又在他耳边低语:“别伤心,我的孩子,一切都会好起来的。”卡尔卡突然心有所动,冥冥之中他感觉这是维拉科查神的声音。他的心情好多了,安下心来等待魔鬼筑起大桥。

这时天快亮了,桥也就要完工了,只剩下最后一块桥板,安上以后就大功告成了。魔鬼马里克挑选了一块自认为合适的石头,敲打成石板,搬起来想安到桥上去。奇怪的是,不知为何,这块石板特别沉重,魔鬼使出全身力气也没能搬动它。

其实,是维拉科查神在下面拖住了石板。

魔鬼放弃了这块石板,又敲打了另外一块石头做成石板,情况依旧如此,石板纹丝不动。魔鬼感到很纳闷,忙来忙去,最后好不容易搬动了一块石板,把它挪到了桥上。就在魔鬼把石板推到大桥的空隙里的那一瞬间,鸡叫了。

由于魔鬼并没有能够在鸡叫之前建好大桥,卡尔卡的灵魂就不能交付给他。马里克胡搅蛮缠地争辩说,远处的鸡叫不能算数,只有在此地的鸡打鸣才行。然后便去抢那块沾着两人誓血的石头,想要强行取出卡尔卡的灵魂。可是此时马里克的身体突然发出一声巨响，像气球一样爆炸了。

原来维拉科查神早就想要除掉害人的魔鬼马里克，这一切都是他事先安排好的除魔手段。

这是一年期限的最后一天，库拉卡的家中张灯结彩，人人喜笑颜开，沉浸在一片热闹气氛中。恰斯卡和酋长之子的婚礼就要举行了，很多客人远道而来，村子里的居民们也一大早就赶来了，因为婚礼必须要在太阳初临人间的时刻开始。

库拉卡的家中宾客成群，川流不息。甜玉米酒和美味佳肴应有尽有，摆满了宴客的大厅。新郎和新娘的新房更是装饰得富丽堂皇。

在这快乐的气氛中，只有一个人闷闷不乐，那就是新娘恰斯卡。一大早她冷静地任由侍女们为她梳洗打扮，其实心中已经想好了，除非奇迹出现，否则想必卡尔卡是不能在最后关头出现了。她决心誓死捍卫自己的爱情，绝不嫁给酋长之子。

恰斯卡提前在裙角藏了一把小猎刀，那是她与卡尔卡的定情信物，她准备用这把刀来结束自己的生命。送亲的队伍簇拥着恰斯卡和酋长之子，朝着太阳神庙走去，神庙旁有一个大厅，是专供少女和青年举行婚礼用的。恰斯卡走在人群之中，觉得心中悲苦，眼前发黑。她紧紧地扯着父亲的衣角，苦苦支撑着不让自己昏死过去。

人们在大厅里围成一个圆圈，新郎、新娘站在中间，主婚人是王室贵胄。等待大家全都安静下来，主婚人准备向两位新人送上祝福，这时恰斯卡取出了小猎刀，暗暗地抵到了自己的小腹上。只要主婚人一开口说话，她就立即自杀。

就在此刻，太阳升起来了，它的第一道光芒照进了大厅，寂静的人群之中爆发出一阵欢呼。大家一起高呼着："卡尔卡！卡尔卡！"

卡尔卡出现在大厅门口。他手执王室颁赐的库拉卡拐杖，太阳的光芒为他镀上一道金色的光环。恰斯卡看见自己的心上人身长玉立，是那样英姿勃发、高贵俊逸。恰斯卡扔下手里的刀，流着眼泪跑过人群，小鸟一样投进卡尔卡的怀抱，卡尔卡百感交集，紧紧地拥抱着心爱的女子。

来自王室的主婚人，代表太阳神和印加王，向这段传奇的爱情和这对苦尽甘来的新人送上了最美好的祝愿。

小知识

在印加帝国时期，每个婚礼都由散居各地的王室贵胄主持，以表示婚姻的合法和太阳神及印加王对臣民的恩宠和祝福。

第二章

阿兹特克神话

——神是统治天地的根本力量

光照宇宙
——日月神的由来

起初，天地混沌初开，一片黑暗，没有一丝光明。

看到这种情形，众神决定想个办法将宇宙照亮。他们聚集在特奥蒂华冈，商量选派一位神祇去完成这个任务。这时，一位叫乔吉卡特利的神，勇敢地自荐说："让我去吧！我愿意把宇宙照亮！"

众神又商议，除了乔吉卡特利，还有谁愿意承担此重任，大家面面相觑，再无人应承，毕竟这需要非凡的能力和胆识。

众神之中有一位名叫纳纳华冈的神，整天病恹恹的，没人将他放在眼里。此刻他沉默地坐在角落，倾听着诸神的议论。

突然，有一位神祇对他说："纳纳华冈，你愿意承担这个伟大的使命吗？"

纳纳华冈很高兴，欣然表示同意。众神立刻派出了两位神祇参加一个长达四天之久的忏悔祈祷仪式。仪式在特奥蒂华冈山上举行，这座山后来被称之为"众神之山"。

在典礼中，乔吉卡特利敬献了许多珍贵的贡品：他用一束凯瑟利鸟的美丽羽毛代替鲜花，用金子制成的大球代替稻草扎的小球。他敬献的香树脂也是最上等的。滴血祭时，他用的是尖端嵌着宝石的、红贝壳磨成的针刺，而不是寻常的龙舌兰的尖刺。

相对而言，病神纳纳华冈的贡品很寒酸，他供奉的不是树枝而是九根芦苇和九根稻草制成的小球，以及做血祭的龙舌兰刺。他没有香树脂，供奉的是自己身上的脓水和伤痂。

祈祷仪式在一座摆满鲜花和供品的金字塔上举行，这座金字塔是诸神启动神力大法，特地为两位神祇建造的。

子夜刚过，仪式正式开始。乔吉卡特利身上披着各种缤纷羽毛制成的豪华大氅，穿着闪闪发亮的软布缝制的上衣。纳纳华冈却头戴纸冠，大腿上缠着纸带，身上披的斗篷也是纸制的。

众神点起一堆篝火，分成两列站在火堆旁。乔吉卡特利和纳纳华冈走过来，站在众神中央，面对篝火站立。

诸神群情激昂地对着乔吉卡特利高喊："乔吉卡特利，请投身火中！"

乔吉卡特利看着熊熊的火焰哗啦啦地燃烧着，不禁倒吸一口凉气，后退了一步。在诸神的鼓励声中，他鼓足勇气，打算投入火堆，可是每当一走近，又开始犹犹豫豫。如此重复了足有四次。

于是，众神转而对纳纳华冈喊道："纳纳华冈，现在轮到你了！"

诸神话音刚落，病神纳纳华冈便纵身跃起，投入熊熊的火焰，火堆中立刻响起了噼里啪啦的声音。乔吉卡特利见状，也竭力一跳，飞身入火。

众神相信纳纳华冈很快就会腾飞，升上天空。他们围坐一圈，等了好久，终于看到天空中出现万道霞光。众神跪倒，迎接纳纳华冈的驾临。此刻，朝霞从四面八方将光芒洒满大地，所以诸神并不知道太阳会从哪个方向升空，他们分为四组，面朝四个方向的天际跪拜。只有几位神祇深信太阳会从东方升起，所以他们一直凝望着东方。

果然，太阳从东方升起。初升的太阳是鲜红的，很快就转为金黄，强烈的光芒使人眼花目眩，没有人敢正眼看他。月亮很快也跟在太阳的后面升起来了，这个排序就像他们当初投火的顺序。

太阳和月亮升空以后，新的问题出现了。他们应该各自发出不同的光芒才好，但是他们同样明亮，该怎么办？众神之中有一位神祇比较聪明，抓了一只兔子扔到了乔吉卡特利的脸上。于是月亮失去了一部分光芒，变暗了一点，成了现在的模样。

阿兹特克大神庙中的月亮女神浮雕

当太阳升到正对着众神头顶的上空时，突然停住了。大家吓坏了："如此，万物岂不是会被烤焦了吗？我们哪还能活命？"有一位名叫肖洛特利的双生子神胆子很小，他号啕大哭地向太阳神纳纳华冈祈求活命，哭得眼泪都干了。

这时，面朝东方迎接太阳升空的那些神祇决定献身，变成强劲的风，把那些怯懦之神的生命都带走。当风神吹到胆小的肖洛特利身边时，肖洛特利吓得拔腿就逃，钻进玉米里变成双秆玉米的内芽，后来人们便把这种玉米叫做肖洛特利。但是风神在玉米芽里找到了肖洛特利，他又逃到龙舌兰丛中，变成了一株双茎龙舌兰，人们将这种龙舌兰称为麦肖洛特利。风神又追到龙舌兰丛中，肖洛特利跳进河水，变成了一条鱼，人们把这种鱼叫做阿肖洛特利。风神吹起狂风，掀起巨浪，把肖洛特利卷到岸上杀死了。

那些胆小怯懦和自私自利的神祇被杀死了，可是太阳还是站在原地。风神用力地吹啊吹，终于吹动了太阳和月亮，使其按照自己的轨道移动起来。

从此以后，月亮始终是跟随在太阳后面，等太阳走完了自己的路，它才向前走。就这样，太阳和月亮在不同时段出现在天空，将光明带给人间。

小知识

特奥蒂瓦坎古城建造于公元一世纪至七世纪，位于现在的墨西哥首都墨西哥城北约四十公里处，是印第安文明的重要遗址，有着“众神之城”的美称。据现存的建筑遗址和文物判断，在公元五世纪的全盛时期，特奥蒂瓦坎是西半球最大和最繁华的城市，是当时世界上最重要的大城市之一。

其实，这座城市最初的名字已经无从知晓了。公元十二世纪，阿兹特克人到达这里时，它已成为一座空城。阿兹特克人把这片广阔的废墟命名为“特奥蒂瓦坎”。在印第安语中，这里是“众神信徒得道之地”，或者说是“众神之城”，因为在他们的观念中，只有神才有如此的手笔，才能建造出这样俊美雄伟的城市，世界就是在这里被创造出来的。

死神的阴谋
——挂人头的葫芦树

很久以前，有一对印第安人兄弟，哥哥叫乌·渥纳普，弟弟叫布库·渥纳普。他们心地善良，才学渊博，能够占卜未来。

有一天，兄弟俩做了一个十分离奇的梦。他们同时梦见两人身处在一片混沌之中，有一个声音似乎贴在耳边，又似乎是从很遥远的地方传来，对他们说："我是宇宙之心，万物之灵！世界万物皆是我创，爱恨生死皆由我管，现在我要借你们的口传达号令，要靠你们来重整乾坤，并成为我的化身——社稷之神！"

当时，弟弟布库·渥纳普还没有娶妻，只有哥哥乌·渥纳普生有两个儿子——巴兹和琼恩。兄弟俩把自己的一身本领都教给了这两个孩子。

在闲暇时间，兄弟俩会在一条路上玩球，这条路恰好是通往冥国的路。死神们感到他们打球的声音很吵闹，想要惩治兄弟俩。而且，死神们也很希望能够得到渥纳普兄弟巧手制作的那些球具，比如皮手套、球环、面罩，等等，于是，他们派猫头鹰给兄弟俩送信，约两人到冥国来打球。

死神卡梅兄弟是冥国里职位最高的法官。此外，其他死神各司其职：巴特和杰克使人流血；布琪和加纳使人生病、浮肿、流脓；巴克和奥龙则让人骨瘦如柴，病弱而死；梅斯和托克给人带来无妄之灾，使人意外死亡；米克和巴当使人猝死、暴亡。

这些死神们坐在一起，商量惩治渥纳普兄弟的坏主意。

这时猫头鹰已经将死神们的口讯带给了渥纳普兄弟俩。兄弟两人向母亲道了别，就去冥国赴约了。他们跟着猫头鹰，跋山涉水，穿过流着鲜血的河，来到死神们身边。在冥国的大厅里，他们看见了十位死神，其实这些都是木头人，是死神们布置好来欺骗他们的。

兄弟俩对着木头人问好："你们好！"木头人没有理睬，死神们忍不住得意地哈哈大笑起来。卡梅兄弟开口对渥纳普兄弟俩说："既然你们来了，明天就开始比赛吧！"然后指着一条石凳请他们坐下，兄弟俩刚一坐，屁股就感到奇痛无比，幸好起来得快，不然屁股就被烤糊了。原来那条石凳已经提前被火烧得炽热。

看到自己的诡计得逞，死神们笑得肚子都痛了。

然后，死神们安排兄弟俩去一间小屋里休息，并说有人会去送火把和卷烟给他们。乌和布库走进去一看，原来是一间黑屋子，伸手不见五指。他们只好在黑暗里蹲了下来。

过了一会儿，果然有人给他们送来一根已经点燃的松树火把和两根卷烟，并对他们说："死神命令你们一整夜都点着火把和卷烟，天亮后原样交回，不许有丝毫减损。"

阿兹特克人留下来的典籍中，记载了许多当时的生活细节。此图中，年长者正在饮用仙人掌汁制成的酒

这怎么可能呢？天亮时，火把和卷烟都燃尽了。

第二天早上，死神卡梅兄弟问："昨夜送给你们的火把和卷烟呢？"

"已经烧完了，阁下！"乌和布库如实回答。

卡梅兄弟恶狠狠地说："那么，你们兄弟的末日到了！我们要把你们碎尸万段，还要清除你们的思想和记忆。"

就这样，兄弟俩被死神们杀害了。死神们还把乌·渥纳普的头砍下来，挂在了路边的一棵树上。

不久以后，发生了一件奇怪的事，挂着乌·渥纳普人头的那棵树，结满了形状奇怪的果实。这种果实就是现在的葫芦，人们将其称之为"乌·渥纳普的头"。

小知识

阿兹特克文化是印第安文明的一部分，史料记载，他们的历史开始于十二世纪中叶。根据神谕，一只鹰站在仙人掌上啄食一条蛇的地方，就是阿兹特克人定居的地方。阿兹特克人在墨西哥的平原和高地上辗转徘徊了近两个世纪，一直到十三世纪初，他们到达墨西哥盆地。当时的墨西哥盆地土地肥沃、水草丰茂，阿兹特克人在那里定居下来。

葫芦里的心脏

——死神的女儿脱险

死神卡梅兄弟看到树上结满果实，也很惊讶，这种圆形的葫芦结得密密麻麻，似乎与乌·渥纳普的头没有什么区别。

卡梅兄弟下令谁都不许接近这棵树，更不能去摘树上的果实。后来，乌·渥纳普的头突然不见了，也变成了果实，与树上的其他葫芦一模一样。

死神杰克有个女儿，名叫伊斯基克。有一天，这个女孩无意之中得知了事情的来龙去脉，感到十分好奇，就来看那棵树。

站在树下，她自言自语说："如果摘下果实，会怎么样呢？"

这时，藏在树叶间的头颅接话道："树上的果实其实都是人的头颅，你确定自己真的敢要吗？"

伊斯基克心想，树上明明都是葫芦，这分明是在吓唬我，于是说："我敢要！"

头颅说："伸出你的手。"

伊斯基克伸出了自己的右手。

树上的人头吐出了一口唾沫，落在女孩的手心上。

这时，伊斯基克感觉有点怪，好像有什么东西突然钻进了她的身体。她受了惊吓，急忙回家了。从那以后，她的肚子竟然一天比一天大。

原来，伊斯基克怀孕了，肚子里面正是乌·渥纳普和布库·渥纳普。

当然这些事情都是"宇宙之心"的精心安排，否则怎么会有这么多的巧合呢？

几个月后，死神杰克发现了自己女儿的秘密，勃然大怒，盘问是谁让她怀孕的，无辜的伊斯基克什么都说不出来。愤怒的杰克为了惩罚女儿，命令四只猫头鹰把她带到遥远的地方杀掉，把心装进葫芦里带回来。

猫头鹰们找来一个葫芦，提着刀带走了女孩。

路上，伊斯基克对猫头鹰们说："我没有做任何可耻的事，你们不能杀我。"

猫头鹰也很为难，可是如果不能把伊斯基克的心装在葫芦里带回去给死神，它们是无法交差的。

伊斯基克让它们从树上摘一颗果实。猫头鹰刚摘下果实，树干就喷出了鲜红

的树汁，红色的汁水流到葫芦里，立刻变成了红彤彤的球，非常像人的心脏。从这以后，这种树就被称为“血树”或“红脂树”。

伊斯基克又吩咐猫头鹰们停到地上去，并且说在那里它们会受到欢迎，会得到想要的一切东西。

猫头鹰们答应了，带着葫芦里的假心脏去向死神杰克复命。

“完成任务了？”卡梅兄弟问猫头鹰。

“是的，伊斯基克的心脏就在葫芦里。”猫头鹰们齐声回答。

古代阿兹特克人的墓葬品

众死神很高兴，卡梅兄弟托起葫芦并把它敲碎，里面的鲜血立刻流了出来。随后，卡梅兄弟把葫芦扔进了火堆。其他的死神们闻到一股特别的气味后都围过来看，不知为何，他们觉得葫芦里血的味道非常甜蜜。正当他们凝神认真思考这个问题的时候，猫头鹰们展翅飞落地面，全都变成了伊斯基克的侍从。

小知识

在阿兹特克人看来，最好的力量之源就是人的血液，他们将之称为“最珍贵的水”。正因为如此，他们才经常用活人来进行祭祀，而对祭祀牺牲品的需求不断加大，便成为战争的起因。根据学者们考证，阿兹特克人在祭祀中所杀掉的人数每年都不同，但在整个帝国的历史上可达两万人之多。

乌纳普和伊斯布兰克

——用魔法惩罚哥哥

很快地，伊斯基克的孩子要出生了，她来到渥纳普的家里。伊斯基克进屋后对渥纳普的妈妈说:“妈妈，我是你的儿媳妇。”

“我的儿子已经死在地狱里，你滚出去!”老人对她大喊。

“不，他们兄弟俩没有死，很快就会回来的，你很快就能看到他们的模样了。”

乌·渥纳普的两个儿子巴兹、琼恩和他们的祖母住在一起，他们听了这话很生气。

老太婆又说:“你才不是我的儿媳妇，你是个大骗子。”但接着，她又改变了主意:“如果你是我的儿媳妇，那好，现在去为我们做饭，取一筐玉米。”

伊斯基克答应了，提着篮子来到玉米田里。没想到田里只有一株玉米，而且只结着一根玉米穗。伊斯基克急坏了，只好坐下祈祷，向掌管收获的大地女神祈求帮助，然后从大地女神给的那株玉米上摘了几颗放在筐里。这时，周围出现了好多动物，都来抬筐，帮她把筐里的玉米抬回家，倒在一个角落里。老太婆走过来一看，伊斯基克果然摘了满满的一筐玉米，她立刻跑到玉米田里去查看，发现那株独一无二的玉米仍在那里，结的玉米一根都没少。

老太婆回家后对伊斯基克说，“孩子，你很能干，足以证明是我的儿媳妇。你肚子里怀着的孩子以后肯定聪明。”

伊斯基克分娩的日子到了，她跑到山上去分娩，乌纳普和伊斯布兰克就这样出生了。她把两个孩子带回家后，他们又哭又闹，不肯好好睡觉。

老太婆感到孩子吵闹很烦人，就命令巴兹和琼恩把孩子们扔到蚂蚁窝上面，可是两个孩子被扔到蚂蚁窝上后却睡得很好。巴兹和琼恩又把他们放在荆棘堆上，两个小孩依然安然入睡。

时间慢慢过去，乌纳普和伊斯布兰克长大了，虽然祖母和哥哥们很讨厌他们，但是他们总是默默地忍受着，从不发火生气，因为他们对自己在家中的地位心里有数。他们每天出去打猎，带一些猎物回家，可是猎物全都被巴兹和琼恩吃掉了。吃饱以后，他们两人就整日玩耍，什么也不干。

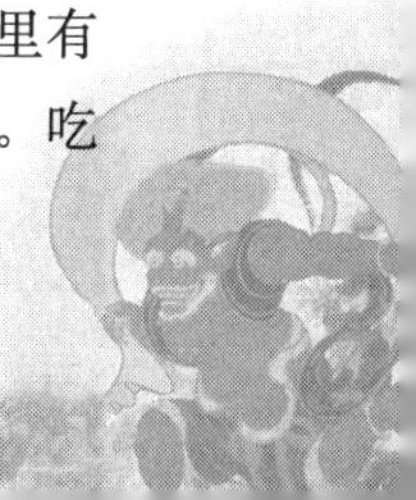

有一天，乌纳普和伊斯布兰克又出去打猎，但是一无所获，两手空空地回到家里。

祖母生气地问他们："为什么空着手回来?"

他们回答祖母："我们打了很多鸟，但是都挂在树上了，我们个头小无法拿下来，要是哥哥们愿意，就帮我们取下来吧!"

他们两个哥哥爽快地答应了。

其实，这是乌纳普和伊斯布兰克想出的一个计策，他们早就商量好了对付两位哥哥的办法，打算给他们一点教训。

第二天，巴兹和琼恩跟着他们来到树林，树上的鸟真多啊！多得数不清，可是都挂在树上，一只也不落到地上。

乌纳普和伊斯布兰克对两个哥哥说："鸟很多，但是不掉下来，你们去把它们弄下来吧!"

两个哥哥看到这么多鸟，贪念遂起，于是爬上了树。可是，当他们好不容易爬到树顶以后，树突然长高了，树干也变粗了，他们完全下不来了。

他们向下一看，吓坏了，大嚷："这棵树怎么这么奇怪，太可怕了，让我们下去!"

弟弟们在地上出主意："你们把裤子脱下来绑在腰上，互相在后面拉着裤管，就能轻松地爬下来了。"

两个哥哥依照弟弟的话去做，互相一拉裤管，没想到裤子立刻变成了尾巴，他们也变成了猴子。两个哥哥在树枝上蹦蹦跳跳，抓耳挠腮，看看彼此的样子，感到很惭愧，一溜烟地跑到树林里去了。

巴兹和琼恩终于因为虐待弟弟得到了惩罚。

陶罐上精美的武士雕刻

死神之约
——说出真相的老鼠

用魔法将两个哥哥变成猴子后，乌纳普和伊斯布兰克回家对祖母和妈妈说：“以后我们天天去种玉米，来养活你们。”

此后，他们果然天天扛起锄头、斧头和吹箭筒下田去工作。到了玉米田里，他们先用锄头松土、除草，然后把斧头朝树干上一砍，斧头就自动开始伐木，一棵棵大树整齐地被砍倒在地上。

他们命令斑鸠说：“你看着点，我们的祖母一来，你就唱歌报信。”

然后，他们便拿吹箭筒来玩耍，什么工作也不做。中午的时候斑鸠叫了，因为他们的祖母送饭来了，他们赶紧抓起锄头和斧头，故意将泥巴涂了满脸，好像是两个真正的农夫在辛苦劳作。

第二天一早，他们又来到田里，发现昨天被砍倒的树又重新长好了，田里面依旧杂草丛生。

他们很纳闷，心想：“谁这么坏，这样欺负我们，而且一夜就完成了这些事，一定是老虎、鹿、兔这些坏蛋干的！”

他们再一次给土地松土、除草、砍倒大树，并想了个办法，晚上悄悄地躲在一边，看看到底是谁在干坏事。

深更半夜，他们找了一个隐秘的地方藏了起来，过了一会儿，各式各样、大大小小的动物都跑出来了，它们念着各式各样的咒语：“大树站起来吧！杂草长起来吧！”

乌纳普和伊斯布兰克跳出来想抓住它们，但动物们飞快地溜了，一只也没抓住，只有一只老鼠跑得慢了，被他们逮住了。他们把老鼠包在一块布里面，用火烧它的尾巴，所以至今老鼠的尾巴都是秃秃的。

乌纳普和伊斯布兰克打算把老鼠的眼睛也挖出来，老鼠慢条斯理地开口了：“我不应死在你们手里，你们的本分也不在玉米田里。”

“什么意思？”乌纳普和伊斯布兰克问。

“我有个真相要告诉你们。你们的父亲是那个死在冥府里的乌·渥纳普，他和

他的兄弟的所有财产就是橡皮球、打球的手套、球环和面具，现在这些东西就在你们家的屋顶上。”

兄弟俩听了以后，特别想看到那个小橡皮球。他们把老鼠带回家，一看家里的水缸是空的，就对祖母说：“我们好渴，你为我们弄点水吧！”老太婆就提着水罐去打水了。

随后，他们又命令蚊子把祖母的水罐凿了个洞，所以老人打来的水怎么也装不满水罐。等了半天，他们又对母亲说：“妈妈，我们渴死了，祖母怎么去了那么久也不回来，你去找找吧！”

兄弟俩把祖母和妈妈都支走后，让老鼠爬上屋顶，咬断系着橡皮球和打球工具的绳子，他们得到了这些东西，并把这些东西藏在了通往球场的路上。

第二天，乌纳普和伊斯布兰克把父亲和叔叔曾经打过球的球场扫得干干净净，然后便开始高高兴兴地打球，他们兴致盎然地玩了很长时间。

地狱的死神们听见打球声后说：“谁又到我们的头顶上打球？吵死了！莫非渥纳普兄弟还没死？”于是他们派人去找玩球的人，把他们叫到地狱里来。

乌纳普和伊斯布兰克听到冥国使者的传唤，欣然赴约。临走前他们与母亲和祖母告别，祖母和母亲难过地哭起来。兄弟俩对她们说：“你们别难过。我们每人在家里种一棵甘蔗，这是我们命运的记号，假如它们枯萎了，说明我们已经死了；如果它们发芽生长了，就表示我们还好好地活着。”

兄弟两人种好两棵甘蔗，就带着球具出发了。

小知识

千百年来，故事里的人鬼之争就没有停息过。阿兹特克神话中有很多人类与神鬼斗智斗勇的情节，反映了人们依靠智慧、不畏恶势力的想法和愿望。

与冥王斗法
——兄弟同心战胜困难

乌纳普和伊斯布兰克向冥国走去，随身带着球具和吹箭筒。

兄弟俩沿着父亲曾经走过的路，来到了血河，他们踩着吹箭筒通过河水，脚没有被沾湿，否则就中了死神的毒计，双脚被河水侵蚀。

涉水过河以后，他们到达了四条交叉路口。兄弟俩派蚊子进去侦察，叮嘱它从冥王殿中第一排座位咬起，一个接一个地叮咬那些死神。

蚊子偷偷飞到冥王的议事大厅，看见第一个死神坐在那里，蚊子过去叮他，他却毫无反应，于是蚊子去叮第二个，同样没有反应，蚊子不停地叮咬第三个、第四个，听到了叫声，接着又去叮第五个。

第五个人问："卡梅兄弟，谁在咬我们，你知道吗？"

蚊子就这样一个接一个地叮咬过去，死神们也在被叮咬过之后，一个接一个地把前面那位死神的姓名给叫了出来。蚊子当然不是专程为了来叮咬他们的，而是为了完成乌纳普和伊斯布兰克兄弟俩交代的任务，来打探死神们的姓名。

蚊子完成任务后，兄弟俩来到了冥王殿。

一个小鬼头指着坐在那里的第一个死神对他们说："你们必须问候冥王！"

兄弟俩讥笑道："这是冥王吗？不过是个木头人。"

一直走到第三和第四个死神面前，兄弟俩才开口致意："你们好，卡梅兄弟！"随后他们一一问候了十二位冥王，姓名和次序都准确无误。

冥王们从来都不愿意别人知道他们的姓名，所以这一回合兄弟俩胜出。

冥王知道这次他们是来者不善，可能不好对付。于是放缓了口气，请兄弟两人坐下。

"我们不坐，这不是凳子，是滚烫的石头。"兄弟俩冷冷地拒绝了，死神们又输一招。

"既然这样，你们就到黑屋子里去休息一下吧！"冥王故作和蔼地说。

黑屋子才是地狱闯关的第一关。死神们认为，在那里乌纳普和伊斯布兰克将必败无疑。兄弟俩走进黑屋子以后，冥王就像对待他们的父亲一样，依然派人送来

松树火把和烟卷，照例要求他们明天一早完好无损地原物归还。

“没问题。”兄弟俩拍着胸脯回答。

他们在火把头上放了一根金刚鹦鹉尾巴上火红的羽毛，在烟卷上放了几只萤火虫。所以，虽然他们并未点燃火把和烟卷，但从黑屋子外面看，就好像火把和烟卷已经在燃烧。

第二天一大早，一个小鬼头过来一看，松树火把和烟卷完好无损，惊慌地去向死神们报告。

死神们也大感诧异，但他们不甘心就此失败，于是又想出一个坏主意。他们要求兄弟俩采摘红、白、黄、蓝四色花朵各一束，送来给他们。这样的花朵只有在死神的花园里才有，他们为了防止乌纳普和伊斯布兰克偷花，在花园门口加强了守卫，便高枕无忧地去睡觉了。

到了晚上，兄弟俩把蚂蚁召来，悄悄地吩咐它们：“你们趁着夜色把冥王要的四色花朵全采来。”蚂蚁们遵照命令，集体出动涌向地狱中的花园。守卫在那里的士兵压根儿想不到蚂蚁会偷花。蚂蚁们把花茎咬断，用牙叼着四种颜色的花，运到兄弟俩提前准备好的四个葫芦里。

第二天一早，兄弟俩把四束花交给了死神，花瓣上还沾着新鲜的露珠呢！

死神们气得脸色铁青，他们不甘心就此认输，于是把两兄弟关进了寒气逼人的冷宫里。冷宫里日夜下着冰雹，待上一夜就会冻死。

死神们心想，这一次两兄弟不可能活命，可是乌纳普和伊斯布兰克并没有冻死，因为他们躲进了冷宫里的一棵死树干里。清晨冷宫大门一开，兄弟俩精神抖擞地出现在冥王殿上。

十二死神一计不成又生一计，把兄弟俩推上老虎成群的虎山。饿虎们饥肠辘辘，一看见他们就要上去扑食，兄弟俩便向它们扔了一些骨头，老虎们忙着去抢骨头，没时间顾及他们了。

就这样，乌纳普和伊斯布兰克若无其事地走下了虎山。

小知识

在印第安神话中，人们具有役使各种动物的天赋能力，这也表现了古代印第安人认识世界、征服自然和思考自身生存的一种方式。

逃过劫难

——重生的孪生兄弟

一向蛮横霸道的死神们接二连三地败在乌纳普和伊斯布兰克的手下,怎么会甘心呢?他们对这对孪生兄弟恨得牙痒,恨不得立刻就杀死他们。

经过商议,死神们决定使出最阴毒的一招,把兄弟俩带到地狱中的最后一个魔洞——蝙蝠洞。蝙蝠洞里栖息着一个可怕的嗜血魔鬼,名叫卡门索特斯。

为了躲避凶猛的蝙蝠,兄弟两人躲进了吹箭筒里。

魔鬼卡门索特斯发出一声声可怕的怪叫。嗜血蝙蝠们一只接一只地飞落在吹箭筒上,兄弟俩一直躲在里面,一直安睡到黎明。

伊斯布兰克对乌纳普说:“天似乎已亮了,蝙蝠怎么没有动静,你探出身子瞧瞧怎么回事。”

乌纳普把脑袋探出吹箭筒,想观察一下外面的情况,却被一只暗中监视的蝙蝠咬掉了脑袋。

伊斯布兰克悲痛欲绝,他自语道:“难道我们还是败在了这帮恶魔手里吗?”

天亮以后,死神们走进蝙蝠洞,从地上捡起被咬下来的乌纳普的头颅,一个个得意非凡。

乌纳普的头惨白得没有一点血色,血已经被吸尽。死神们光顾着高兴,谁也没有注意到蜷缩在角落里伤心的伊斯布兰克。

天黑以后,伊斯布兰克唤来一些小动物,吩咐它们说:“我需要你们把吃的东西全部拿来。”小动物们匆匆离开到处去寻找食物,伊斯布兰克在石洞里等了整整一天,第二天傍晚的时候,小动物们才带着五花八门的食物陆续回来。

伊斯布兰克将小动物们带到乌纳普的遗体旁边,默默地坐了下来,然后拿起一个葫芦,在葫芦上凿了几个小孔,两个是圆的,酷似双眼,另一个宽的很像嘴巴,另一个长的又好像是鼻子。凿好以后,他向葫芦里不停地吹着热气,如同在灌输生命……

慢慢地,一股细弱的绿光从这些窟窿里射出,乌纳普的头开始颤动,伊斯布兰克把乌纳普的身体从地面上扶起,让他摆出环抱双臂、交叉双腿的姿势,仿佛将要从睡梦醒来。

兀鹰用翅膀挡住了黎明的到来，以便让伊斯布兰克专心工作。

其他的小动物看到伊斯布兰克的所作所为，吓得胆战心惊，屁滚尿流地跑进森林里去了。

只有天真的兔子站在那里一动也不动。

眼看天亮了，伊斯布兰克就对兔子说："你能陪我很好，现在你立刻去站在球场外的围墙上，我玩球的时候如果球飞到了围墙上，你就把它接住，立刻带走，藏在一个秘密的地方，别让死神追上！"

兔子后腿一蹬，就跳上了球场的围墙。

兔子刚离开，死神们就来到洞里，对伊斯布兰克说："跟我们打最后一场球吧！你的死期快到了！"

伊斯布兰克回答："没问题！"

死神们拿起橡皮球，奋力地抛向空中。伊斯布兰克接过球，违规把球抛向球场的围墙，球滑过死神们的头顶，飞到了球场的围墙上。早已守候在那里的兔子抓起球，纵身一跳，迅速地消失在草丛中。凶狠的死神们立刻追了上去，想夺回橡皮球，但是他们怎么能够追得上兔子呢？兔子跑到很远的地方，在地上挖了个洞，把橡皮球埋了进去。

因为这个突发事件，球场上一片混乱。

趁此空隙，伊斯布兰克用葫芦代替乌纳普的脑袋，安在他的身体上，就这样，乌纳普死而复生。

随后，兄弟俩冲着死神和恶魔们骄傲地一笑，扬长离去了……

小知识

相对于恐怖的地狱来说，阿兹特克神话中的天堂也没有什么永恒的幸福。人们如果能够进入天堂，即成为太阳神的随从，四年之后，灵魂会受到最高的奖励——回到地面上成为小鸟和蝴蝶，吸吮甘露和花蜜。对好战的阿兹特克人来说，死后所追求的并不是奖励和享受，仅仅是变成小鸟，由此可见他们对大自然的尊重和追求自由的人生观。

杀死十二冥王
——“宇宙之心”的谕旨

从地狱返回以后，有很多巫师和先知从遥远的地方赶来，乌纳普和伊斯布兰克兄弟俩秘密地会见了他们。

在赠送给巫师和先知们一些贵重的礼物后，兄弟俩对他们说：“冥王一定会邀请你们去地狱，当你们到达冥国时，他们一定会探问我俩的行踪，你们不要多讲，如实告诉他们曾经遇到我们就可以了。”

巫师和先知们答应了下来。

第二天，兄弟俩碰到两位预言家，一个叫苏鲁，一个叫巴康。

乌纳普对两个预言家说：“死神终究未能战胜我们，但是我们兄弟预感到会被他们设法烧死。如果我们被烧死，他们一定会问你们把我们的骨灰扔进深渊如何，你们就回答不好；再问你们把骨头挂在树上怎么样，你们也说不好；如果问你们到底该怎么处理我们的骨头，你们就说把骨头磨成粉末，倒入河里，骨灰就会分散到四野，永远也无法聚拢了。”

果然，不久以后死神们再次邀请兄弟俩去地狱。他们提前准备好了篝火，火边堆放了很多粗壮的树木。

“我们准备了美酒，大家一醉方休，然后痛快地玩一场吧！”大冥王卡梅兄弟对乌纳普和伊斯布兰克说，“谁要是能在火上飞几个来回，就算谁赢。”

“别再耍花招了，你们只是存心要弄死我们而已。”说着，兄弟俩手拉手一起跳进了熊熊的火焰，被烧死了。地狱的死神和恶鬼们欢喜雀跃。

不出兄弟俩所料，死神们果然请来了预言家苏鲁和巴康，问他们应该怎样处理兄弟两人的尸骨。经过两位预言家的建议，冥王把他们的骨灰撒进了冒着泉水的河里。

令死神们没有想到的是，骨灰很快就聚积在了河底，变成了两位英俊的少年，模样与乌纳普和伊斯布兰克别无二致。五天后，人们发现了他们，他们像人鱼一样在河水里游来游去。

不久之后，两个身着破衣烂衫的穷人出现在地狱里。他们行为怪异，会变各种

戏法,比如把东西烧毁,再让它恢复原状,甚至还可以把自己切成碎片或把对方杀死,还能起死回生。

死神们听说后,感到很有趣,就派人去把他们找来。

“你们来自哪里,为什么有这样的本领?”死神问他们。

“我们是孤儿,不知道自己的父母和身世。”这两个人悲苦地说。

死神命令他们表演把戏,许诺会给两人报酬。他们先把地狱里的狗砍死,再让它复活,又把死神的官邸烧掉,再重新建起。

死神们看得瞠目结舌,问他们是否能够把对方杀死再复活,他们轻松地演示了一遍死而复生的本领。

这两个人不停地用各种方式互相残杀,再把对方弄活。死神们看得忘乎所以,最后竟然下了一个愚蠢的命令,要求亲身试验一下两人的魔法。这两个人承诺说:“我们很快就能让你们复活。”于是十二死神全部被剁成肉酱,可是,这两人并没有让他们死而复生。

地狱里的小鬼们见状,吓得魂飞魄散,跪地求饶。

这时,两人道出了自己的身份,原来他们就是乌纳普和伊斯布兰克兄弟。

阿兹特克人信奉的神

兄弟俩以神的名义宣布判决:“你们杀害了太多无辜的人,从此以后你们的权势、家族和领地都将化为乌有,永远生活在沙漠或野草中。你们必须释放文明和智慧的善良人,但是可以把犯下重罪的人、沾染恶习的人以及被天神所弃的人带走。总之,再也不可以伤害无辜。”

说完以后,兄弟俩就把这个深渊里的罪恶冥国摧毁了。

自从他们离开家以后,他们的祖母和妈妈整日牵挂担忧,在他们被大火焚烧的时候,种在屋子里的那两棵甘蔗枯萎了,祖母和母亲痛哭失声,肝肠寸断。但是,后来甘蔗又发出新芽复活了,她们心里倍感安慰,于是甘蔗被她们当作神明敬奉。

乌纳普和伊斯布兰克回家以后,早已死去的渥纳普兄弟也获得了重生,他们终于可以一家团聚了。

小知识

阿兹特克人信奉许多神祇,在雕刻和绘画文书中留下了诸神的形貌。在他们看来,神是产生自然现象的根本力量;同时,神界与人世的关系也是按照宇宙论的方式构筑的,所以尽管有着众多的神,但有一位“未为人知,未为人见”的神是唯一至高无上的。

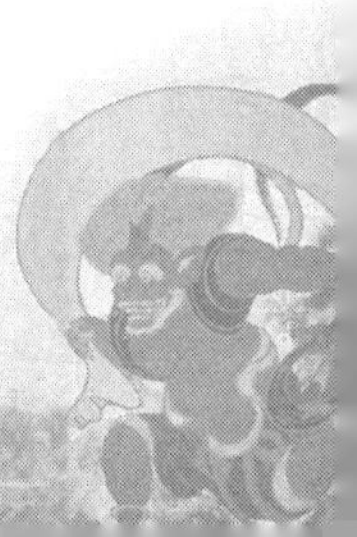

惠齐洛波契特利诞生

——战神、大地女神和月亮女神的由来

有一座名叫库杰别克的蛇山，位于图兰城附近，山上住着一个名叫库特利奎的女人。

库特利奎一共生有四百个儿子，被称为四百兄弟，只有一个女儿，叫做科约夏坞琪。

蛇山上有一座神庙，库特利奎每天都要去清扫一次。

有一次，她正在清扫神庙的圣殿，突然从天上掉下来一个插着羽毛的小球，库特利奎把小球放进衣服里。等到清扫完毕，库特利奎想起小球，想要拿出来看看时，却怎么也找不着了。

不久以后，库特利奎就发现自己怀孕了。

她的四百个儿子知道了这件事，非常愤怒，认为这是一种奇耻大辱。她的女儿科约夏坞琪也趁机怂恿说："弟弟们，妈妈太让我们丢脸了，索性把她杀了算了！"

库特利奎得知儿女的想法后，感到非常伤心，也很尴尬。正当她心烦意乱的时候，肚子里的孩子惠齐洛波契特利说话了："妈妈别急也别怕，这件事我来处理！"库特利奎闻言心里稍感安慰。

四百兄弟对自己的母亲越来越不满，再加上大姐的不断挑唆，终于有一天他们决定杀死母亲。他们全副武装，手执长矛，全身佩戴着棉饰品和贝壳饰物，个个都装扮得像个武士，在大姐的带领下，向山里母亲的住所走去。

在四百兄弟里有一个叫做魁特里亚克，他提前赶到山中，把兄弟们的计划通报给了母亲和惠齐洛波契特利。

惠齐洛波契特利问魁特里亚克："他们到了哪里？"魁特里亚克回答他，已经走到错班吉特兰；过了一会儿，惠齐洛波契特利又问："现在到了哪里？"魁特里亚克看了看说，在库沙尔柯。四百兄弟越走越近，最后惠齐洛波契特利被告知，他们就在眼前了！

就在四百兄弟即将进门的瞬间，惠齐洛波契特利诞生了。他全身披挂马甲，一手拿盾，一手执矛。他的头上插着羽毛头饰，脸上布满黄色斑纹，左脚比右脚薄，上

面覆盖着羽毛，大腿和双手涂着蓝色，与他的盾和长矛同一颜色。

这时，惠齐洛波契特利拿出一条木蛇，命令他母亲的一个侍卫将它点燃，燃烧的木蛇直冲向带头的大姐而去，大姐被火焰包围，在哀嚎中死去了。四百兄弟发动进攻，把木蛇剁成几段，直到今天，蛇头还留在蛇山上。

惠齐洛波契特利与哥哥们交战

惠齐洛波契特利手持武器，勇猛地打退了哥哥们，把他们赶下山去，又乘胜追击，追赶着他们绕着蛇山跑。四百兄弟死伤大半，无力还击，只好投降认输。

但是，惠齐洛波契特利对失败者毫不怜悯，发誓要把他们杀得片甲不留。于是他到处追杀逃亡者，用他们的血来洗刷弑母的罪恶。

惠齐洛波契特利把四百兄弟杀死之后，将他们的武器和领地占为己有，从此阿兹特克人尊他为战神，他的母亲库特利奎成为了大地女神，他的大姐科约夏坞琪在大火中升空，成为了月亮女神，四百兄弟则成为天上的星星。

小知识

1978年，墨西哥城铺设电缆，负责工程的工人挖掘出一块巨大的、又平又圆的石头，直径约十一英尺，上面雕刻着花纹——一个女人断开的头、四肢和躯干，摆成了一个圆圈。她佩戴着珠宝，腰间系着装饰着人头骨的腰带，除此以外全身都是赤裸的。专家辨认出，这就是月亮女神科约夏坞琪。这个圆盘有一个令人毛骨悚然的用途，就是祭祀时接住牺牲的尸体。用作祭祀的尸体翻滚跳跃着从金字塔的台阶上滑下来，横七竖八地躺在科约夏坞琪的雕像上。

太阳贞女

——阿钦波娜公主复活

阿兹特克国的国王有一个妹妹，叫做阿钦波娜。阿钦波娜美丽温柔，深得国王喜爱。国王和王后死后，兄长继承了王位，负责照料小公主。到了二十岁，公主出落得非常漂亮，却每天都闷闷不乐。她的哥哥非常着急，就去请教巫医。巫医说，公主着了魔，只有灵魂纯洁，忧郁之症才会痊愈。于是，国王决定让公主以太阳神的妻子的身份到太阳神庙去静养。

在太阳神庙里，公主丝毫不见好转，仍然恍恍惚惚，终日不见笑容。

这一年，阿兹特克王国发生了一件改变整个王国命运的大事。当时的战神惠齐洛波契特利统驭的阿兹特克豹族兵团非常强大，已经征服了北部高原。战神派遣他的哥哥魁特里亚克来到阿兹特克，商谈与阿兹特克王国建立同盟。

阿兹特克王国的鹰族首领们反对与豹族建立同盟关系，把魁特里亚克和随行的图兰国贵族全部扣押，没收了他们带来的礼物，准备敬献给太阳神。

正当魁特里亚克在被押送到王宫的途中，阿

战神惠齐洛波契特利画像

钦波娜公主正在花园里散步。公主看到一个俊美的男子骑马走过，心儿狂跳，由于过于激动，竟然昏倒了。

无论侍奉她的宫女们怎么救治，公主都没有苏醒，大家只好向国王汇报并把她抬回太阳神宫。

公主久久不醒，人们很伤心，以为她死了，于是痛哭着为她举行了盛大的葬礼。

此时，魁特里亚克被关押在太阳神庙附近的监狱里，他很喜欢这个古老的王国，于是忧心忡忡地向太阳神祈祷，希望他能促成阿兹特克的鹰族和豹族之间的和平。他许诺，如果太阳神能达成他的心愿，他将让自己的儿子永远守护尊贵的太阳神宫。

祈祷完毕，魁特里亚克坐在监狱的石壁边，哪知他刚刚倚靠上去，石壁就裂开了，他仰面摔进了一条幽深的通道。魁特里亚克认为这是太阳神给他的启示，便小心翼翼地沿着通道走进去，竟然发现自己来到了庄严肃穆的太阳神殿，魁特里亚克惊喜万分，用银刀刺破胸膛，将滚烫的热血供奉给太阳神。

这时，一阵若有若无的呻吟声传到他耳中。

魁特里亚克循声继续走下去，推开寝宫的大门，被眼前的情景吓得目瞪口呆：一个美丽的少女躺在鲜花丛中，正微蹙着眉头轻吟着。魁特里亚克走到少女身边，正欲开口，却发现少女轻轻地睁开了双眸。少女满怀期待的神情令人怜惜，魁特里亚克犹豫了一下，很快做了决定，他怀着敬意和几分不安，拉住女孩的手，吻了一下。

天很快就亮了，两个年轻人相约第二天晚上再见。

第二天，阿钦波娜公主复活的消息传遍了整个王国。美丽的公主头戴鲜花，脸色如玫瑰一样娇艳欲滴，人们看到美丽的公主终于露出了笑颜，都非常惊叹。

阿钦波娜与魁特里亚克一起度过了四个甜蜜的夜晚，对彼此奉献了一切。由于公主曾经死去，被人们认为她已经与太阳神解除了婚约，所以在她复活之后，可以与任何人相爱，开始新的生活。

公主向国王捎去了口信，要她的哥哥亲自来一趟，有要事相告。国王驾到后，阿钦波娜对她的兄长说："我死后见到尊贵的太阳神，他命令我回来规劝你，不要与邻国为敌，因为我们出自同一祖先……"国王正在为此事忧心，闻言生气极了，根本听不进公主的劝告。

接着，国王召开紧急会议，商讨如何处置阿钦波娜和邻国使团。国王主张处死亵渎了神明的公主，祭司们却认为不能违背太阳神的旨意……最后大家认为必须另想办法处置公主。

第二天早上，国王命令阿钦波娜回到首都。公主忧伤地哭泣着，预感到要有可怕的事情发生。

到了晚上，一艘巨大的独木舟漂浮在月光下的湖面上。船上坐着魁特里亚克和阿钦波娜，此时这对情人的心情很平静，只要还能够让他们在一起，还怕什么惩罚呢？就这样，他们被流放到奎纳亚克城附近的山谷里，在那个神秘莫测的地方过着与世隔绝的生活。

一次，他们梦见一条带着美丽羽毛的蛇向他们飞来，当天夜晚，他们的孩子诞生了，是个男婴，取名奎兹尔科亚特尔，意思是"美丽羽毛裹着的蛇"。

后来，阿兹特克联盟建立，两国握手言和，和平共处。消息传来，阿钦波娜和魁特里亚克忍不住抱着彼此流下了感慨的泪水，也在这一天，他们含笑逝去。

阿兹特克王国以最隆重的仪式，恭迎奎兹尔科亚特尔回到全国最大的太阳神庙，他被奉为太阳神的大祭司和守护神。

小知识

阿兹特克人有三大武士集团：豹武士（虎武士）、鹰武士、弓箭武士，其他还有黑曜石刃枪兵、骷髅武士等。由于阿兹特克人彪悍的特性，武士们通常都十分好战。

寻找极乐世界

——塔可比艰辛的冒险

夕阳慢慢落到了远山的后面，饱经风霜的老酋长安静地躺在树下的吊床里，默默地看着天边的红霞，他感到生命力正在缓慢地从自己衰老的身体里流走。

这时，从附近的棕榈林里走出来一个印第安人孩子。他叫塔可比，是老酋长的儿子。父亲派人急召他，说有要事相告。塔可比预感到要有大事发生，飞快地跑回家，来到父亲身边。

老态龙钟的父亲对塔可比说：“我就要不久于人世了，我们现在的居住地已经被战神惠齐洛波契特利占领。我们的保护神羽蛇神在与战神的一场赌博失利之后，抛弃了我们跨海而去。我们的部落很需要一块美丽而肥沃的土地来繁衍生息，这要依靠你来寻找。你一直向南走，走十天十夜，然后就可以到达一个地方，那里很高很高，接近天空，一伸手就可以够到云朵……”

父亲的话给塔可比带来了勇气和力量，让他对最艰辛的冒险也毫无畏惧。

“那块南方的乐土有我们所需要的一切，唯一缺少的就是水。”父亲告诉他。

“那……”塔可比心里明白，世间生灵都是要依靠水生存的。

“别发愁，只要你照我教你的方法去做，就能把那里变成世界上最富饶的家园。带上这个葫芦，用羽蛇神的大水壶里的水把它灌满，到了南方的极乐世界里，再把水全部倒出来。”老酋长说。

在塔可比准备动身之前，父亲送给他一个能够驱除邪恶的护身符，叮嘱他用树胶膏堵上耳朵，不去听大嘴鸟的叫声，否则就会在森林里迷失方向。

塔可比带着护身符、葫芦和弓箭出发了。他来到森林里，鹦鹉和大红鸟唧唧喳喳地问他：“塔可比，你去哪里？”塔可比取下耳朵里的树胶膏，邀请它们一起去寻找极乐世界。

后来，他又遇到了一群猴子，这些动物陪伴着他热热闹闹地往前走，塔可比一点也不孤单。

走啊走啊，突然传来一阵阵邪恶的声音：“塔比可，塔可比，你去哪里啊？”

这是大嘴鸟的问话。但是塔可比没有取出耳朵里的树胶膏，所以什么也没有听见，顺利地走出了森林。

森林之外是一片令人惊叹的锦绣景色，远远地可以看见一座酷似水壶的大山。鹦鹉告诉塔可比，这座山叫做特拉巴兰山，正是老酋长所说的羽蛇神的大水壶。白云飘荡在特拉巴兰山巅，仿佛真的触手可及。但是大山却陡峭如壁，塔可比爬不上去，他十分沮丧，难过地哭了起来。白云听到塔可比的哭声，十分同情，也痛哭不止，于是倾盆大雨从天而降。就这样，特拉巴兰山溢出一股清泉，塔可比郑重地将葫芦里盛满了水。

日子一天天过去，塔可比走了很久，依然没有到达极乐世界。

有一天，他们发现了一只受伤的鹞鹰。这只巨鹰的翅膀折断了，只能趴在乱草丛里。虽然塔可比葫芦里的水已经不多了，他自己都舍不得喝一口，但他还是倒出一些清水替鹞鹰清洗了伤口，再把猴子们采的草药敷在巨鹰的伤口上。

鹞鹰恢复力气以后，开口说话了，它是羽蛇神派来寻找塔可比的。鹞鹰让塔可比骑在它的背上，驮着他去极乐世界。

羽蛇神庙台阶上的雕刻

原来，极乐世界就在特拉巴兰山的山顶上。就在巨鹰即将降落的时候，鹦鹉用嘴咬断了塔可比系着葫芦的绳子。葫芦掉下来，摔落在山坡上的岩石中，一股清澈的泉水从葫芦落地的地方涌了出来，在岩石间蜿蜒而下，水越来越多，最后变成一股巨流，沿着山间峭壁一泻千里……

从此以后，塔可比带领着羽蛇神的子民在这个极乐世界中快乐地生活。

小知识

印第安人崇信太阳神，他们认为带羽毛的蛇是太阳神的化身。在库库尔坎神庙朝北的台阶上，工匠精心雕刻了一条带羽毛的蛇，蛇头张口吐舌，形象逼真，蛇身却藏在阶梯的断面上。在每年春分和秋分这两天的下午，在阳光的直射下，墙被光照到的部分棱角渐次分明，那些笔直的线条也从上到下，交织成了波浪形，酷似一条飞动的巨蟒自天而降，逶迤游走，似飞似腾。

羽蛇神回归故土
——黑暗之神的诡计

羽蛇神奎兹尔科亚特尔统治世界时期，物产十分丰盛，人们的生活很富裕。雨神、水神、玉米神、花神等神祇帮助人们丰收，玉米、葫芦都像人的手臂一样粗壮，棉花不需要染色，长出来就有各种颜色，而黄金、白银和宝石遍地都是。羽蛇神护佑人们安居乐业，天下太平。

但是好景不长。这种和平安乐的生活受到其他三位神的嫉妒，他们就是好战的战神惠齐洛波契特利、黑暗之神狄斯克特里波卡和妖神特拉克胡潘。

黑暗之神狄斯克特里波卡变成一个白胡子老头，来到奎兹尔科亚特尔的王宫前，要求见羽蛇神。侍卫们告诉他，奎兹尔科亚特尔生病了，不能会客。

但是狄斯克特里波卡竭力恳求侍卫转告羽蛇神，他是专程来为羽蛇神治病的。侍卫们禀告后，羽蛇神同意会见狄斯克特里波卡。

白胡子老头——狡诈的黑暗之神装出对羽蛇神非常关心的样子，说："我带来了一种灵药，喝了它百病都能痊愈。"

于是羽蛇神喝了一点那种药，立刻觉得精神好多了，老头就劝羽蛇神再多喝些。其实那不是药，是刚刚酿造出来的龙舌兰酒。羽蛇神很快就醉倒了，神志不清，只能任由敌人摆布。

羽蛇神除了自己统治国家之外，还任命了一位治理图兰国世俗事务的国王——威马克王。黑暗之神用烈酒迷倒羽蛇神之后，又去勾引威马克王的女儿。他化身为一个英俊健美的印第安男子，编造了一个名字叫图威育，来到图兰国王宫。

公主见到这个图威育，不由得被他的矫健和野性深深吸引，生出男欢女爱的欲望，以至于神魂颠倒，一病不起。

威马克王得知以后，为了自己的女儿，召见了图威育。图威育假装惊恐地跪在地上认罪。国王心想，如果杀了这个人的话，自己的女儿肯定也好不了，恐怕也难逃一死。万般无奈，只能问图威育："你有没有什么办法可以让公主恢复健康？"

"小人不懂医术，只有身体可供公主役使。"图威育心怀叵测地说。

国王别无他法，便命图威育到公主宫中去侍候。公主的病很快就好了，而且气色变得更加亮丽，整日在宫中与图威育缠绵，这件事传遍了全国，国王只好准许他们成亲。

这个决定使所有臣民不满。他们在背后议论纷纷，说图威育肯定是个妖魔，专门来蛊惑公主的。国王听到后，觉得颜面尽失，在黑暗之神的怂恿下，决定向邻国科特庞克开战，以分散国人的注意力。

阿兹特克人的一支——托尔特克人被征召入伍，他们有意让图威育打头阵冲锋，希望借敌人的手把他杀死。但黑暗之神大发雄威，一路攻城略地。人们再也不敢小觑他。黑暗之神决定实施第二步计划。

他以威马克王的名义，举行了一个盛大的宴会，邀请邻近国家的年轻男女来参加，载歌载舞，大肆狂欢。就在这时，黑暗之神唱起奇妙的死亡之歌，人们听到歌声越舞越快，到最后都发了疯，不由自主地跟着歌曲的节拍，滚进深渊变成石头。

然后，黑暗之神与他的同伙妖神特拉克胡潘来到图兰城最大的市集。黑暗之神狄斯克特里波卡的手掌上托着一个很小的婴孩，这个婴孩会跳舞和玩魔术。其实，这个婴孩是战神惠齐洛波契特利化身而成的。大家都涌上来看热闹，因为拥挤，很多人被踩死了。这件事令托尔特克人很生气，在妖神特拉克胡潘的挑唆下，他们把黑暗之神和战神杀了。

这两个神死后，尸体发出难闻的气味，使无数托尔特克人得了瘟疫。于是，妖神又唆使人们把尸体扔掉。但是人们发现尸体非常沉重，他们只好把尸体用绳子捆住，聚集几百名勇士一起拉，但是绳子一拉就断，拉绳子的人也倒地

波旁尼克手抄本中所绘的羽蛇神像

身亡。

在特拉克胡潘的妖法下，图兰国日渐衰败，羽蛇神感到非常失望和愤怒，他决定离开图兰国，回到故土特拉巴兰国去。于是，他一把火焚毁了自己的宫殿，将所有财宝都埋藏在地下。

羽蛇神离开以后，田地荒芜，树木枯萎，兽类和鸟儿都迁往南方……

在路上，羽蛇神遇到了与他为敌的众神，他们幸灾乐祸地问：“你要去哪里？”

“从哪里来就回哪里去。”羽蛇神说。

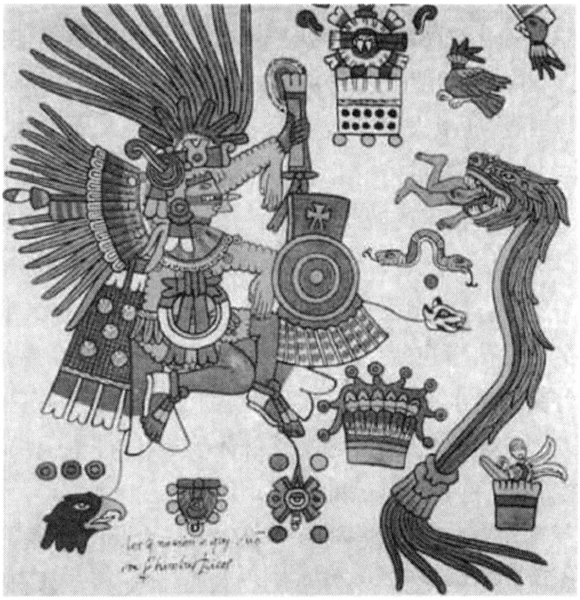

战斗中的羽蛇神

“为什么要回去？”众神不停追问。

“我要到我们的父亲那里，”羽蛇神说，“终将有一天你们也必须回去。而到了那时，我还会返回到这里。”

“既然如此，请把你的技能传授给我们吧！”众神说。

“你们不需要这些，你们需要的是屠杀、战争和破坏。等我从海上返回的那一天，人们才会需要我的技能。”羽蛇神凛然回答。

说完，他踏上一条由蛇编成的筏子，从海上漂流到特拉巴兰去了。

小知识

在印第安神话中，羽蛇神奎兹尔科亚特尔是带给人类富足与太平的善神，也是阿兹特克神话中最重要的神祇之一。羽蛇神主宰着晨星，发明了书籍、立法，而且给人类带来了玉米，还代表着死亡和重生，也是祭司们的保护神。这种具有“生有羽毛的蛇”形象的神明，最早出现在奥尔梅克文明中，并普遍见于中美洲文明的神话中。

勇敢的男孩
——凭借黑曜石杀死食人魔

有一对阿兹特克老夫妻，住在一个牧场里，他们晚年得女，视为掌上明珠。

在女儿出生前，她的妈妈做了一个梦，梦见自己的女儿未婚生子。因为害怕梦境成真，所以夫妻两人整天陪伴着女儿，从不让她独自出门。女孩平安无事地长到十七岁，母亲的梦并没有应验，夫妻两人深感幸运。

在他们家的院子里，有一个喷泉。

有一天，女孩沐浴之后，坐在喷泉边，望着那清澈的泉水里照映出的自己秀美的脸庞，这时她手指上的一枚戒指突然滑落到了水里。

女孩伤心极了，这枚戒指一直以来都陪伴着她。正当她哭得梨花带雨时，有条鱼突然从水里钻出来，嘴里衔着戒指，女孩喜出望外，高兴地接过戒指重新戴好。

没想到，从那天起女孩就怀孕了，这件事很快就被老两口发现了。他们虽然很生气，但是相信自己的女儿是纯洁的。

在一个寒冬的早上，女孩生下一个男婴。老两口做了个小木箱，将婴儿放在里面放到河中，他们以为箱子会下沉，谁知箱子却一直漂在水面上。

箱子顺水漂到邻村，被一个砍柴的老头看见了，打捞上来一看，里面躺着一个小男孩。他把小男孩抱回家，他老婆看了也十分高兴，这对老夫妻无儿无女，就把小男孩当成了自己的亲生儿子。

一转眼，小男孩长大了。他不仅箭法百发百中，还会制造武器。他每天出门打猎，带回来很多猎物，有鸟雀、兔子，还有鹿。

那时，有一个专门吃老人的食人魔，名叫肖契克里特里。

这天，肖契克里特里的仆人跑来通知小男孩的养父，要抓他去当食人魔的点心。

生死离别就在眼前，老两口伤心不已，暗自垂泪。小男孩一听，愤怒地跳起来对养父说：“让我来代替你！”

他的养父说，你太小了，他们不会要你的。

“你放心，我有办法对付肖契克里特里。”小男孩信心满满地说。

于是，食人魔的仆人就带走了男孩，一路上小男孩把他们走过的地方暗暗记在心里，还兴致很高地给这些地方取了名字。他们在一个地方中途休息，小男孩为那里命名为“亏亏奇卡特兰”，意思是“此地有小奔马”。

走了很远以后，终于来到了食人魔家里。仆人们正在忙着架柴生火，火堆上面吊着一个大桶，准备把老人们放在里面煮。食人魔看到小男孩，嫌他太小，大骂了仆人一顿。不过肖契克里特里那天胃口好，还没吃饱，便打算把小男孩生吞活咽了。

食人魔张开了血盆大口，一口就把小男孩吞了。小男孩早有准备，他的手心里偷偷地攥着几块黑曜石。他在肖契克里特里的肚子里，用黑曜石把食人魔的五脏六腑割得乱七八糟，食人魔痛不可支，不久便哀嚎着死掉了。

小知识

古代印第安部落常用黑曜石制作工具和武器，其中祭祀时用的刀是最常见的一样物品。他们还用这种岩石为神像安装眼睛。最具特色的应该是阿兹特克人雕琢的黑曜石杯子，由于黑曜石又硬又脆，制造这种杯子非常不易。

聪明的猎人

——用木头少女做女儿的替身

有个猎人名叫库安东，虽然他狩猎技术高超，但是有一天他到丛林里去打猎，却直到天黑也没有收获。

回家的路上，他忽然发觉有人跟在他身后，当他发现跟着自己的是豹王尼祖恩格列和他的手下时，不由得又惊又怕。他知道自己无法逃脱，便急中生智，对豹王说："我有两个漂亮女儿，正想把她们许给大王做妻子呢！"

豹王听了很高兴，吩咐随从不要伤害猎人。库安东回到家里，想起自己对豹王的许诺，忧心忡忡。

第二天，他把事情经过对两个女儿一说，女儿们苦苦哀求，不愿意离开故乡去做豹王的妻子。

库安东见女儿们不肯，只好另想他策。他带上斧头，到树林里砍了两棵大树，又花了几天时间，把它们雕成两个女子，这两个木头少女就和真人一模一样，五官、四肢甚至指甲都一应俱全。

猎人库安东把木头少女放进密室，没有任何人发现这个秘密。有一天，库安东又心血来潮做了三把椅子，好让自己和两个木头少女坐。第二天他来到密室时，惊讶地发现，两个木头少女变成了五个！原来在天亮之前，两个木头少女睡醒了坐在椅子上休息，椅子就变成了一模一样的少女。

库安东欣喜若狂。接着，他煞费苦心地尝试用很多东西为少女们做头发和牙齿，但那些东西不是不美观，就是不坚固。最后他用玉米须和湖里的水藻为木头少女们做头发，用曼加巴果实白色的核为少女们做牙齿，撕下树皮为少女们做腰带。

少女们微笑的时候，露出洁白整齐的牙齿，头上有茂密的秀发，身体也被遮掩起来了，不再赤身露体，库安东感觉很满意。

装扮好的木头少女与真人没有什么区别了，库安东就告诉她们，要把她们送到遥远的浮库。她们中有两个要嫁给住在那里的豹王尼祖恩格列，剩下的少女则嫁给豹王的侍从。

库安东让她们收拾好食物和衣服，第二天黎明就动身出发。

为了不误事，库安东抓了一只猫头鹰报晓，猫头鹰不停地叫了一天一夜。第二天库安东一走进密室，少女们都奇怪地问，为什么有一只猫头鹰不停地叫。库安东才想起来，天亮的时候忘了送她们上路。

隔一天，天色刚蒙蒙亮的时候，猫头鹰又开始叫了。库安东走进密室，卷起木头少女们的吊床，给她们带足路上吃的蜂蜜和木薯，送她们出发了。

小知识

现在居住在南美亚马逊河的印第安人仍在使用吊床，对他们而言，吊床是日常生活中不可或缺的。他们家里有很多吊床，每个吊床只供个人使用，如果有客人来访，则加挂吊床。吊床可以预防地上的爬虫侵扰，如果想防蚊虫叮咬，还可以在床上加罩网。

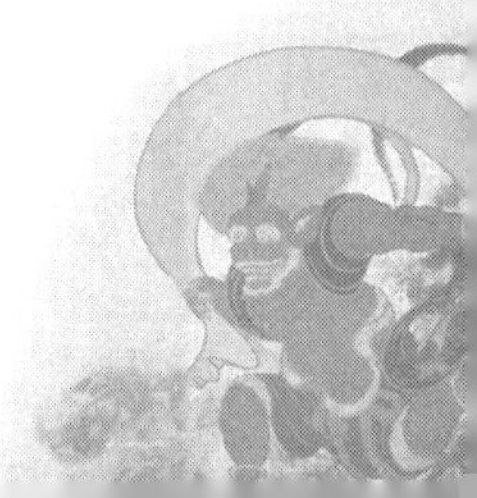

木头少女出嫁

——艰难的路途

库安东制造的木头少女们出发后，很快就走到了树木稀少的草原上。草原上有一个大湖，少女们走得口干舌燥，第一个少女喝了一点湖水，觉得又苦又涩，就劝她的同伴们不要喝。有一个木头少女渴极了，把头伸到湖里喝了很多水，结果摔倒在地，死了。

剩下的四个木头少女只好继续赶路，又走了很远的路以后，她们遇见一只貘，貘变成人形，问她们："女孩们，你们这是去哪里呀？"

"去浮库。"少女们诚实地回答。

"一直朝前走，别转弯，前面就是浮库了。"

貘说完，便要求一个少女留下来陪他睡觉。有一个少女愿意留下来，但是这只貘太莽撞了，少女被他折腾成两半。貘发现少女是木头人，吃了一惊，蹿到丛林里溜走了。

只剩下三个少女了，她们难过地继续赶路。过了一会儿，她们又遇到了一只变成人形的翠鸟。翠鸟请饥肠辘辘的少女们吃鱼，不过作为交换，也要一个少女留下来陪他睡觉。这次，少女们拒绝了。

在漫漫长路中，她们又遇上一只黄鼠狼。这只黄鼠狼是一个蜂房的看门人。黄鼠狼热情地请少女们吃蜂蜜，但是也有一个要求，让一个少女留下陪他睡觉。

少女们气坏了，居然每一个人都要对她们提这种要求。于是她们约定，绝对不能答应这种事情。说着她们来到一个高高的棕榈树下，有个少女出主意说，用棕榈树叶子编成带子把腰带绑紧，就再也不用陪谁睡觉了。

想出这个主意的少女爬到棕榈树上，砍掉树尖，摘了一些嫩叶。编好带子后，这个木头少女在往下爬的时候，不小心滑了一下，肚子刚好戳在锐利的树枝尖上，立刻就死了。

一路走下来，五个少女只剩下两个了，她们两人一边伤心地哭泣，一边用棕榈叶带子把腰带绑紧，继续向浮库的方向走去。

走啊走啊，一条清澈见底的河流出现在她们眼前。少女们走了一路，又累又脏，很想洗个澡，却看见有个人影远远地走了过来，她们急忙藏在河边的野草里。

原来是一只母鹤到河边来打水，母鹤把罐子装满水之后顶在头上，便站在水边搔首弄姿地孤芳自赏起来。少女们趴在草丛里强忍着笑，这时候一只牛虻飞过来，在一个少女的背上叮了一口，少女觉得背上疼痛难耐，挥手把牛虻赶走，没想到刚好打在顾影自怜的母鹤身上。母鹤吓了一跳，水罐子掉到地上摔成了碎片。她喊着痛，一瘸一拐地回家了。

两个少女洗完澡，精神抖擞地继续前行，很快她们来到一处三岔路口，停住脚步，不知道该往哪里走了。

她们一个说该往左，一个说该向右，争论不休。这时一只郊狼走了过来，出主意说："你们都可以坚持自己的选择，一个往左，一个往右。"

印第安人的头饰

少女们也没有更好的办法，只好分道扬镳。往左走的少女顺利到达了浮库，见到了豹王，向右走的少女却落入了郊狼的巢穴。

见到少女前来，豹王尼祖恩格列迎出来问："这位小姐，你是谁？来这里做什么？"

少女回答："我是库安东的女儿，来这里给你做老婆的。"

豹王尼祖恩格列很开心，但是他好奇地问："库安东许诺将两个女儿都嫁给我，你的妹妹呢？"

少女伤心地回答："我的妹妹被郊狼骗了，走到另外一条路上去了。"

豹王尼祖恩格列听完原委，气得大骂："郊狼这坏家伙竟敢骗走我的老婆，真是胆大包天！"他立刻抓起弓箭，径直赶往郊狼的住所。

豹王朝天射了一支响箭，刚好落在他的第二位新娘身边，郊狼讪讪一笑，偷偷地溜了。

豹王尼祖恩格列走到少女身边，拉着她的手说："走，跟我回家吧！"

小知识

印第安男人头上都戴着用羽毛做成的头圈。这种头饰也很有讲究，酋长的头饰不仅样式和别人的不同，而且羽毛也有别于其他人。当酋长有事离开部落时，只有他的儿子才可以戴他的头饰。

月亮的守护神

——兄弟复仇

一下娶了两个妻子，豹王尼祖恩格列感到很满足，很快地，两姐妹中的姐姐为他怀上了孩子。

几个月后，孕妇的身材日渐臃肿，不能外出收割木薯了。豹王把她留在家，每天带着另一个老婆外出工作。

有一天，豹王的母亲堆了很多垃圾在屋子里，大老婆觉得很脏，就向地上吐了一口口水。老太婆看到了气愤不已，跑过去打她，没想到竟然失手将她打死了。老太婆很害怕，急忙溜之大吉。豹王的二老婆回家时，发现姐姐死了，伤心地大哭，急忙命令林中助产妇前来，从姐姐的肚子里将还没出生的两个孪生兄弟剖了出来，他们是里吉和乌涅。

豹王回到家里，不知该怎样安葬死去的妻子，最后把她放到了屋顶上。

这对孪生兄弟长得很快，他们按天按时辰生长，而不是像一般的小孩那样按年份长大。

一次，他们的姨娘让他俩到田里去挖点花生回来。

这块花生田是沙鸡吉纳姆负责看管的，正当兄弟俩翻地的时候，沙鸡吉纳姆回来了。她看见陌生人在挖花生，气急败坏地要赶他们走。她说，花生是她种的，只归她一人所有。

哥俩走进树林，哥哥里吉悄悄对弟弟乌涅说："土地上的物产都是父王的，谁敢占为己有，我们就把她宰了！"

沙鸡听到后，心里非常害怕，她急忙冲过去献殷勤说："不知者无罪，既然是豹王之子驾到，爱拿多少就拿多少好了。"

哥哥里吉并不领情，抓住沙鸡脖子，狠狠地揍了她好几拳。沙鸡被打得鬼哭狼嚎，为了活命，她哀求说要告诉兄弟俩一个秘密。

"什么秘密？"里吉和乌涅很好奇。

"现在你们家里的那个女人是你们的姨娘，不是你们的妈妈。你们的妈妈早已经死了，现在躺在房顶上呢！她是被你们的奶奶打死的，那个老太婆就躲在附近的大河边。”

兄弟俩听了大哭起来，哥哥一气之下把沙鸡扔到了荆棘丛里。可怜的沙鸡，自从那次挨打，脖子被捏得又细又长，再也没能恢复原状。

两个男孩回到家，仍旧痛哭不止。他们对姨娘说道：“你是姨妈不是妈妈，我们的妈妈已经死了。”

然后兄弟俩离家出走了，他们决定找到奶奶，为妈妈报仇。他们沿着一条大路走了很久很久，终于走到尽头，看到一座破烂肮脏的小房子。房子里爬满了蛇，还有很多跳蚤，屋顶上有胡蜂的巢。哥哥里吉叫来一只鹞，吃掉了所有的大蛇；弟弟乌涅叫来一只貘，抓光了所有的跳蚤。一只跟过来的啄木鸟把屋顶上的胡蜂窝啄光了。

老太婆回来后，她看见兄弟俩，请他们坐在自己的吊床上，问长问短，嘘寒问暖，装得非常慈爱。

里吉对她摊牌：“是不是你杀死了我们的妈妈？”

做贼心虚的老太婆一听，拔腿就跑，兄弟俩早有防备，立刻冲上前一把抓住，合力把她打死了。兄弟俩燃起了一把火，把房子烧了，将老太婆的尸体扔进火堆里。老太婆的骨头被火一烧，向四面八方迸射，里吉急忙拉着弟弟躲到大树后面。

火势很大，老太婆的骨头在火里烧得噼啪作响，弟弟乌涅很好奇，趁着哥哥不备，悄悄地把脑袋从大树后面探出来看。说来也巧，恰好有几块骨头从火堆蹦出来，打在乌涅的鼻子上，乌涅不但鼻子立即被打塌，而且还被强大的冲劲顶到了天上的月亮上面。

由于乌涅的孝心和悖逆，他被封为月亮的守护神，从此寸步不离地看守月亮。

小知识

相传有一个印第安酋长的外孙女刚满周岁就死了，印第安人按照习俗，将这个叫玛尼的孩子埋葬在母亲的帐篷附近。几天后，一棵不知名的植物长了出来。印第安人就用手将土刨开，发现这种植物的根部粗壮发达，就像玛尼那胖嘟嘟的身体，于是就为这种植物取名叫“玛尼奥卡”，印第安语的意思是“玛尼的家”。奥地利植物学家伊曼纽尔·波埃根据这个发音为其取了一个名字，就是现在国际上通用的木薯这一学名。

豹王之子复仇

——铲除罪恶之根

打死奶奶、失去弟弟以后，里吉忧伤地回到家中，把母亲的尸体从房顶上取下来安葬。失去了母亲和弟弟，他觉得很孤独，每天闷声不语，只有明月当空的时候，才会坐在月亮下喃喃自语，其实，他是在与弟弟谈心……

弟弟乌涅从月亮上传话给他，要他打起精神振作起来，把奶奶留在父亲身边的余孽彻底铲除干净。

时间一年又一年过去了，里吉长成了一位健壮的青年。一天，他说要去打猎，向父亲豹王尼祖恩格列要了很多的弓箭。不久以后，他又要了长矛和棍子。豹王不知道儿子为什么要这么多武器，里吉解释说那些武器打猎时都遗失在森林里了。

接着，里吉焚烧了一片竹林，把灰烬收好，悄悄地撒在姨娘的食物里。随后姨娘怀孕了，身体很沉重，是里吉的魔法使姨娘肚子里怀上了印第安武士。为了铲除罪恶之根，他需要姨娘的帮助，于是里吉对姨娘和盘托出自己的计划。姨娘虽然觉得惊愕，但还是答应了他的请求。

几个月后，姨娘找到他，告诉他阵痛已经开始，肚子里的印第安武士快要出生了。

条件已经成熟，里吉趁着父王身体不舒服时，把姨娘带到丛林里去分娩。黄昏日落时，一群印第安武士诞生了，他们迎风生长，快得就像竹子爆节一样。里吉分配给他们武器，让他们全副武装，变成一支强大的军队。他们全部带着鹰头标志的装饰，成为鹰族战士，尊奉里吉为他们的父亲。

里吉送姨娘回村的路上，姨娘发现了一个小山洞，里面住着很多袋鼠。姨娘从洞里拎了一只小袋鼠回家，对她的丈夫尼祖恩格列说，这就是她生的孩子。豹王惊讶万分，但没有怀疑妻子的忠贞。

里吉派遣他的战士们天亮时袭击浮库。在黎明之前，里吉把父亲尼祖恩格列和姨娘安放在弓弦上，送到了天上，住进弟弟乌涅在银河的住所。他害怕战争会伤害父亲和姨娘，因为那些鹰族战士六亲不认——只信奉他本人。

这场战斗进行得很惨烈，持续了几个小时，豹王尼祖恩格列麾下的豹族战士几乎全部被消灭了。

战事取得大捷之后，里吉将所有的鹰族战士安置在兴古河两岸，从库鲁艾纳河源到库林秀河和摩林纳河之间的广阔土地上，让他们在那里建立一个强大的王国，并叮嘱他们要与邻邦友好相处，永远不要离开丛林。

一切都安排妥当之后，里吉挑选了一只强而有力的兀鹫，坐在它的翅膀上飞上了天空，和他的弟弟、父亲和姨娘团聚。路上，他还抓了一只鸳鸟索柯，作为礼物送给他的父亲尼祖恩格列，让它在天上为父亲捕鱼。

一直到现在，每天晚上在银河中不但能够看到尼祖恩格列和他的妻子，还可以看到他们身边索柯的身影。

小知识

印第安神话故事中的自然界不是僵死的，而是生机勃发的，一切生命都带有灵魂和神力，人与万物在这神奇莫测变化多端的世界中，互相可以转化，你中有我，我中有你。

原冉和蛇族
——寻找黑夜女神

在远古的年代，每天都亮如白昼，没有日夜之分，所有的人都无法安眠。

听说这是因为黑夜女神被毒蛇苏鲁古古霸占的缘故，于是一个名叫原冉的人对自己的族人们说：“我要去把黑夜女神找回来！”

原冉说到做到，带着弓箭就上路了。

他找到苏鲁古古，站在她的门口说：“我带来一个铃铛，想和你交换黑暗女神。”

苏鲁古古说：“你帮我把铃铛绑在尾巴上，我需要的时候就可以摇响它。”

从此以后，苏鲁古古一生气，就会把尾巴摇得铃声大作，向人们发出警告，这就是响尾蛇。

但是苏鲁古古食言了，拒绝交出黑暗女神。原冉只好又去找了好多毒药，他想，苏鲁古古大概会对这个有兴趣。苏鲁古古一看到毒药果然就眼睛一亮，同意用毒药交换黑夜女神。她把黑夜女神装进篮子，交给原冉，还交代他，在月亮升起之前千万不能把篮子打开。

原冉回到部落，他的族人看到他背着一个篮子，全都跑来，七嘴八舌地问道：“苏鲁古古真的交出黑夜女神了吗？”

“是的，”原冉大声回答，“不过现在还不能打开篮子。”

谁知他的族人们太好奇了，一定要看看黑夜女神到底是什么样子。原冉被纠缠得没有办法，终于把篮子揭开了。刹那间，黑暗女神飞身而出，世界变得一片乌黑，人们不但没有看清楚女神的样子，连回家的路都找不到了。天地全被黑暗笼罩，人们心中万分恐惧，哭泣着、呼号着，像瞎子一样四处摸索逃窜……

瞬间只有原冉孤身一个人站在原处，他大声呼唤着月亮："月亮，快出来吧！"

这时，苏鲁古古的亲戚们偷偷前来，团团围住原冉，苏鲁古古的妹妹札拉拉克在他的脚上狠狠地咬了一口。

原冉感到一阵剧痛，他猜到是札拉拉克咬了他，便大声警告："可恶的札拉拉克，你等着，我的族人会找你算账，为我复仇的。"说完后便毒发倒地死去了。

一片混乱之后，月亮终于升起来了，但是黑夜女神又被蛇族抓走了。

原冉的族人们找到原冉的尸体，在他的全身上下擦满药汁，于是原冉起死回生了。原冉只好又一次送给苏鲁古古大量的毒药，作为交换来赎回黑暗女神。

因为担心人们找妹妹报仇，苏鲁古古搜罗了人世间所有丑恶和狠毒的东西，掺上日尼班树浓黑的液汁，倒在黑夜女神的衣裙上，把她染得更加浓黑。

从那以后，每到夜晚，很多人便感到腰酸背痛，喉咙发紧，身体很不舒服。一些丑恶龌龊的事情，也总是发生在夜晚。

小知识

在美洲，由于森林里常有毒蛇出没，毒蛇常常进到印第安人的房子里，他们特地研制了一种对付毒蛇的药物。被毒蛇咬了之后，只要立刻把这种药物涂抹到伤口上，可以起到立竿见影的效果。他们还利用森林里的药用植物，自制了一些专门对付蚊虫的药。这些药物同样非常灵验，一旦将药物放在屋里，任何蚊虫都不再靠近他们。

冥国寻妻

——短命的印第安人

有个印第安人很爱自己的老婆，但是他的老婆却生病死了，他十分难过，整天哭哭啼啼：“我的老婆呀，你在哪里啊？没有你我该怎么办，谁为我洗衣做饭，谁能照顾我啊？”

有一天晚上，他又来到妻子的墓前，扑倒在地大哭小叫，伤心不已。一抬头，突然发现面前站着一个陌生人，此人相貌奇特，衣着古怪。

陌生人问：“你为何哭得如此伤心？”

印第安人吓了一跳，抽噎着说：“因为我老婆死了，扔下我一个人好孤独，我很想再见她一面。”

陌生人说：“这不难，你若是真的想见她，我就带你去好了！但是你得紧闭双眼，没叫你睁开你不能睁开。”

印第安人很高兴，什么条件都能答应。

过了一会儿，陌生人在耳边对他说：“可以睁眼了。”

印第安人睁开眼睛，陌生人已经不见踪影，这时他所处的地方是冥王统治的地下王国。

冥王对印第安人说：“如果你想见你老婆，走到那条河边，河岸上有一匹马，你把她带到这里来。”

印第安人急忙走到河边，但河岸上只有许多女人在那里洗衣和洗头发，连一匹马的影子都没有，他只好回到冥王那里，对他说没有看到马，只看到一些女人。

冥王告诉他：“你再去一次，问她们谁是马。开口告诉你她是马的女人，就是你的老婆。你套住她，把她牵到这里来。”

这个印第安人只好又来到河边，对着女人们大声问：“你们谁是马？”话音未落，其中一个女人就变成了马。印第安人上前用带子拴住她，马不停叫痛，对印第安人说：“带子勒得太紧了。”

印第安人解下自己腰上宽宽的腰带，松松地缚住她，把她牵到了死神那里。

路上他们经过一个大坑，里面白骨成堆，大火焚烧着骨头。印第安人的老婆对他说，她每天都要去河里洗澡，然后砍一些木柴，洗澡的时候是人，驮柴火的时候变成马，一走近火坑，立刻就变成一堆白骨。

“死神为了惩罚我才每天用火烧我，等到我罪赎清了，死神就会用骨灰把我变回女人的。”女人哭泣着对她的丈夫诉说。

女人在地狱中有一个小屋，她把丈夫带回去，丈夫拿来食物。冥国中只有黄玉米和红豆子。鬼魂们吃不到白玉米，因为白玉米是智慧的结晶，也吃不上黑玉米，因为黑玉米是活人肉体燃烧的产物，黑豆子也不能给他们吃，因为那是印第安人的眼珠。吃饱之后，印第安人的老婆对他说：“这里不同于凡尘，我们不能睡在一起。”

于是印第安人睡在炉子边，女人睡在木床上。但是印第安人非常想跟老婆亲热一下，所以，他爬上床躺到她的身边，但他一伸手摸到的却是一个骨架。

让阿兹特克人满怀敬畏之情的诸神雕像。

早上，女人愤怒地对印第安人说：“本来我受的罪快要到头了，都是因为你的缘故，死神会更严厉地惩罚我，你干吗非要碰我？”

终于有一天，印第安人要返回人间了，他的老婆对他说：“本来你还可以有很久寿命，因为到这里来找过我，所以你回去后过了两周也会死的。”

印第安人说：“没有你，死活对我来说都一样。”

印第安人在返回人间的两周后，果然死去了。

小知识

除了战死或者在祭祀中牺牲的武士，以及在生产中死去的女人，如果只是一个普通人，又是自然的老病而死，对阿兹特克人来说，死亡恰恰意味着战斗的开始。在灵魂到达最终的安息地之前，必须穿越阴间，那将会是一段漫长而痛苦的旅程。阿兹特克神话所描绘的阴间，是一个充满着黑暗和恐惧的地方，即使能够成功穿越那里，他们的安息之地也不会如天堂那样美好。

农夫分鸡

——一视同仁的死神

一个贫苦的农夫住在萨克特卡斯城附近。他每天为了养家糊口辛苦劳作，但是收获的粮食连一家人的温饱都维持不了。随着孩子越来越多，收成却越来越少，他几乎把所有的粮食都给了妻儿吃，自己却总是忍饥挨饿。

每天都吃不饱肚子，这种痛苦令这个农夫终于铤而走险，偷了一只鸡，想找个僻静的地方饱餐一顿。

为了不被别人发现，农夫带着一个小锅，跑到离村子很远的一个山坡上，找了一块平坦的地方，生起一堆火，采了几根香草放在锅里，准备煮一锅香喷喷的鸡汤。

鸡汤很快就煮好了。农夫把锅从火上端下来，放在一边等待它放凉，打算大快朵颐，饱餐一顿。

就在他刚想喝汤吃肉的时候，突然看见一个人向他走了过来。农夫急忙端起鸡汤，把锅藏进了树丛，自言自语地咒骂："真是倒霉，想吃顿饱饭都不成，跑到这么远的地方还是会遇到生人。"

那个奇怪的陌生人走过来了，客气地向农夫问好："早安，我的朋友。你在这里做什么呢？"

"我只是在这里休息一下，你要去哪里？"农夫心里暗暗盼望，"你快点走吧，快走吧！"

"我路过此地，肚子很饿，是否可以向您讨点吃的？"

农夫心想：怕什么来什么，但我怎么可能同意呢？于是他说："你看我这么穷，哪里有食物给你，连我肚子都饿得咕咕直叫呢！"

"既然这样，你为什么要生火？"

"为了烤烤火，暖和一下而已！"

"我的朋友，你在说谎。我看到你把一个小锅藏在树丛里了，小锅里鸡汤的香味我都闻到了！"陌生人揭穿了他的谎言。

"我是有一锅鸡汤，不过不能分给你吃，连我自己的妻儿老小都不能给。我的一生从来没吃过一顿饱饭，偷偷到这里就是为了饱餐一顿，哪怕就这一次，我死都甘心了。”

陌生人生气地说:“你若是知道我是谁,就不会这样拒绝我了。”

“任凭你是谁,说不给就不给。”农夫倔强地说。

“我是神,万物的主宰,你的主宰者。”

“那么,我就更不能分给你了,你如此狠心,把一切都给了你喜欢的那些人,而对我却极其吝啬,一毛不拔,你凭什么享用我的食物呢?你从未让我吃饱过肚子,为什么要求我来供奉你呢?”

神觉得理屈词穷,只好讪讪地走了。

打发走了神,农夫抓起小鸡刚要吃,又来了一位陌生人,他脸色苍白,骨瘦如柴。

“我的朋友,早安,”来者同样向农夫致意,“你这里有什么吃的吗?”

“没有,什么都没有。”农夫干脆地说。

“我知道你有一锅鸡汤,别那么小气,分一点给我吧?”

“不可能!”

“如果你知道我是谁,绝对不会拒绝我的。”这个人也有同样的说辞。

“是吗?难道你会是神?我的主宰刚刚向我讨要食物,我连他都没给,何况是你。”

“你肯定会给我的,只要你知道我是谁。”

“那么你是谁?”

“死神。”

“是的,你说得对。”农夫说,“我应该把鸡汤分给你,因为你是最公平的。你召唤一切人,无论他们贵贱贫富、高矮胖瘦、年老年少。你对人们都是一视同仁,因为这一点,我倒真该送一块鸡肉给你。”

于是,农夫撕下一块鸡肉,送给死神分享。

小知识

阿兹特克国有比较发达的农业,主要作物有玉米、南瓜、马铃薯、棉花、豆类、龙舌兰等,其中龙舌兰是其特产。阿兹特克人善于利用特斯科科等湖泊修建人工灌溉系统,据说在特诺奇蒂特兰城南的索奇米尔科,曾有一万五千条人工管道,至今仍存有九百条。

果实之子
——伊西升天

一群女人相约来到贝尔美约河边拜神，希望能够延续她们的种族，因为她们的男人都是废物，根本不能传宗接代。

她们在河边遇到一位巫师，对他诉说了她们的苦闷。

“你们会有孩子的，这是小事一桩。”巫师说，“只要到河里去洗个澡就好了。”

女人们高兴地跳进河里，当她们洗完澡出来后，果然都怀孕了，是水中的一条大蛇使她们怀孕的。九个月后，所有的女人都在同一天分娩了。其中，一个女人生下了一个脸蛋红彤彤的小女孩。

小女孩长大后，出落得非常俊俏，前来求婚的小伙子们络绎不绝，几乎踩破了她家的门槛，但是女孩谁都没有看中。

有一天，女孩去树林里玩，看到了一棵很大的瓦古树，一群猴子正在吃着树上的果子。

看着它们吃得津津有味，女孩也想吃一点，于是猴子抛给了她一些果子。女孩吃啊吃啊，果汁顺着她的嘴角流了下来，像小溪一样流过她的身体，又向下流到“孩子的通道”里去了。

从那天以后，女孩就怀上了孩子，她的肚子一天比一天大。无论大家怎么盘问，甚至威胁要杀死她，她也说不出孩子的父亲是谁。十月怀胎，一朝分娩，她生了一个儿子。可是，在某天早上她醒来时，发现儿子不见了。她急忙到处寻找，眼睛都哭肿了，也不见孩子的踪影。

晚上，她来到那棵瓦古树旁哭泣，突然听到婴儿的啼哭声。她在树下坐了一整夜，醒来后发现自己胀痛的乳房变空了，似乎是在她熟睡的时候，孩子把奶吸光了。

从那天开始，她每天都到树下给儿子喂奶。

后来，她没有了奶水，但是仍然每天准时坐在树下。许多年过去了，她已经老了，有一天在树下坐着的时候，一个年轻的小伙子走到她身边说：“妈妈，我是您的儿子，我们回家吧！”

这位苦命的母亲终于等到了自己的儿子，他如今已经是堂堂男子汉了，双手和发际之间，有一道亮光在闪耀。

村落里所有的人都跑来迎接他们。巫师也走了过来，他对着小伙子吹了一口气，为他取名叫伊西，就是“果实之子”的意思。大家都拥戴这个神奇的孩子做他们的首领，但是小伙子说：“在征服纳纳斯石（月亮神石）之前，我不能做你们的首领。”

纳纳斯石就在月亮升起的那座山顶上。所有人都想陪伊西上山，去寻找神石。据说太阳神曾经给了伊西一个小口袋，只见他从小口袋里掏出一个装着树脂的小陶罐，把它放到火上烤。罐口飘出很多烟雾，烟雾中蹿出一群会飞的带羽毛的蛇、夜莺、猫头鹰和燕子。烟雾逐渐变浓，最后飞出来的是鹰王。

小伙子捉住鹰王，对它说：“只要你把我载到月亮升起的那座山顶上，回来后我就封你为百鸟之王。”

鹰王振翅把伊西驮到了月亮升起的那座高山之顶，见到了月亮神，月亮神对伊西说：“纳纳斯石是权力的象征，把它拿回去，你就是大家拥戴的首领，谁胆敢违背你的旨意，就把他杀死。”

伊西拿着神石回到部族，召来老人和巫师，把月亮神的话告诉了他们，还特意交代他们不可以说出去。

但是女人天生就有强烈的好奇心，她们太想知道伊西都说了些什么。几个漂

亮女孩来到了老人们的住所，决心不惜一切诱惑他们，让他们泄露秘密。

老人们经不住诱惑，把伊西的全部秘密都告诉了女人。伊西得知后，严厉地惩罚了泄密的老人。命人烧死了他们，把他们挫骨扬灰。这些老人的骨灰有的变成了霉虫和有毒的植物，有的变成了爬虫，生生世世都躲在阴暗的角落里，不敢见光。

他还处罚了打探秘密的女人，把她们杀死，用她们的血为神石祭祀。

随后，伊西把全族的人都召来，三令五申，严禁女人再打听男人的秘密。他说："从此以后探听男人秘密的女人，一律处死；任何泄露秘密的男人，也一律处死。"

话音刚落，伊西忽然放声痛哭。原来他的妈妈就在这时变成了石头，因为她也曾经探听过男人的秘密。

哭完以后，伊西跳起了古怪的舞蹈，慢慢升上天空，渐渐消隐了。

小知识

在印第安神话中，处女怀孕的故事比比皆是。她们可能会因为花草树木、果实种子等而受孕。妇女怀胎生育被看作是大地生殖力的一种表现形式，妇女的神圣性依赖于大地的神圣性，在这一点上，妇女象征性地被视为与大地合二为一。

仇恨的种子

——复仇之神吉利

从前，尤拉卡雷人遭遇了一场毁灭性的大火，放火的是一个名叫萨拉鲁马的恶魔。大火将一切都毁灭殆尽，只有一个人逃脱了这场大火。他孤零零地躲在地底很深的一个洞里，侥幸保全了性命。

他在地洞里待了很久，直到饿得受不了才爬上地面。他在被烧焦的荒野上四处徘徊。这时恶魔萨拉鲁马出现了，对他说：“虽然我烧毁了你的家园，但是很可怜你，给你个活命的办法吧！”萨拉鲁马一挥手，他们面前出现了一片茂盛的森林，萨拉鲁马还给了他一把农作物种子。

这个人开荒垦地，种了农作物维持生存，后来还娶妻生子。他有一个女儿，长大后总是感觉很孤单。有一次，这个女孩在树林里看到一棵乌列树，长得挺拔俊秀，一树紫红色鲜花轻轻摇曳。

女孩心说：“这么美丽的树，如果是个男人我一定会爱上你的。”她经常在身上涂满红色颜料，把自己打扮得漂漂亮亮到树前去晃荡，总希望奇迹能够发生。

有一天，大树真的变成了一个男子，从此女孩再也不是孤身一人了。每当天黑时，男子就会陪伴她，但是天一亮，他就不见了。

女孩害怕有一天这个美男子会消失，就把自己的心事告诉了母亲。母女俩一商量，决意用计把这个美男子留下。

第二天晚上，男子又来了，女孩趁他不注意，用一根藤条把他紧紧捆住，小伙子一连被捆了四天，他松口同意永远留下来做女孩的丈夫。

他们在一起过了一段美满的日子，有一天，男子和女孩的几个兄弟一起去打猎，被豹子给吃了。女孩听说后，伤心欲绝，去草地上找到了丈夫的遗骸。她边哭边把支离破碎的尸骨收拢成一堆，没想到男子在她眼泪的浇灌下又复活了。

在夫妻俩一起回家的路上，男子感觉口渴，就俯身到河面上喝水。这时，他看到自己脸上有一块肉被豹子叼走了。男子很难过，觉得自己英俊的容貌被毁了，不愿再回家。不管女孩如何哀求，他还是坚持要离开，并嘱咐女孩独自沿着小路一直往前走。

可怜的女孩在林中迷了路，晕头转向，再也找不到家了。她来到了一座房子前，没想到那竟是豹子的窝。

豹妈妈很喜欢她，但是几个豹儿子回来后，非常想要吃掉她，但是碍于母亲的情面，便对女孩说："我们的头痒得很，你为我们抓一抓吧！找到什么就把它吃掉。"

豹子的头上全是毒蚂蚁。豹妈妈偷偷递给女孩一把南瓜子，她一边磕着南瓜子，一边把毒蚂蚁悄悄扔到地下。前三只豹子都被她骗过了，但是第四只有两双眼睛，脑袋后面的那双眼睛发现了女孩的小伎俩，就扑过去把她撕成了碎片，还挖出了她肚子里的小孩。

豹妈妈背着儿子们，把这孩子偷偷藏了起来，并给他取了个名字叫吉利。

在豹妈妈的抚养下，吉利很快就长成了一个青年。他每天辛勤打猎，把猎物都交给养母。有一次，他听养母抱怨说啮鼠偷吃了她的南瓜，就射了啮鼠一箭，射断了它的尾巴。啮鼠转头对他说："你要来杀我，还不如杀死那些害你妈妈的家伙，为她报仇！"

吉利追着啮鼠问，啮鼠就把事情的始末原原本本地告诉了他。听了啮鼠的话，吉利感到十分震惊和悲伤，当下决定要为母亲报仇。苍天不负有心人，吉利一直苦苦等待，终于等来了机会。有一天，豹兄弟打猎回来的时候，吉利躲在暗处，用箭一连射死了其中三只。第四只美洲豹生有两双眼睛，看到有箭飞来，连忙向月亮呼救，月亮把它抓到自己身边藏了起来。

吉利看到失去儿子的豹妈妈年老无依，便划出一块丛林供她使用，不许任何人和飞禽猛兽去骚扰她。

超常的胆略使吉利获得了一种超自然的神力，他成了大地上一切生灵的主宰。

有一天，吉利独自在森林中散步时，随意撕下一块指甲，扔进路边的一个小坑里，没想到他的指甲竟变成了一个人。吉利于是为这人取名叫卡鲁，从此卡鲁就给吉利做伴。

两个人的生活依然很寂寞，于是他们便各娶了一只火鸡。很快火鸡就为他们生下了孩子。

很不幸地，卡鲁的儿子死了，卡鲁只好把他埋了。吉利想让卡鲁的儿子起死回生，就对卡鲁说："我要让你的儿子活过来，你现在去墓地看看他还在不在，不过当心别把他吃了。"

卡鲁翻遍了墓地也没找到自己的儿子，只看见墓地边长了很多花生，他就把花生全部吃了，然后拔光了花生苗。这时，吉利来了，生气地说："那些花生就是你的儿子，你吃了自己的儿子，以后你和所有经我之手造就的人，都将终日奔波劳累，有生有死。”

有一次，吉利和卡鲁发现了一个山洞，里面有一条巨蛇，吉利把蛇打死了。这时从山洞里走出许多许多人，大地都快被塞满了，还有人不断地从洞里往外走，于是吉利急忙把洞口堵住了。

吉利对这些人说：“你们将互相为敌，彼此争斗不休。”

说完，给了他们很多武器。这些人纷纷把自己武装起来，为了各种纷争，打个没完没了。直到现在，这种仇恨的种子，在人类中还在不断发芽。

小知识

印第安人曾经遭遇到最可怕的地质剧变，一连七千年，地震、火山爆发、大洪水和诡异的、间歇出现的宁静，主导着西半球人类的日常生活。也许就是为了这个原因，他们的神话故事一再描述大火、洪水、黑暗、太阳的创造与毁灭等。阿兹特克人的神话，也充满了对创造世界的欣喜与灾难来临的恐惧交织下的末世情结。

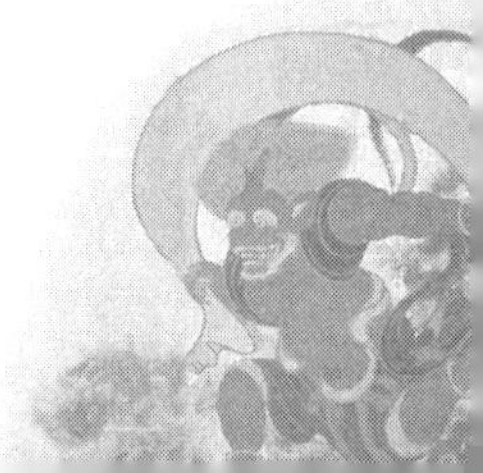

塔西那冈大神
——金星教会卡拉查人农耕

从前，在卡拉查人的丛林里，只住着一户人家。这家人有两个女儿，姐姐名叫伊玛，妹妹名叫杰娜。

有一天晚上，姐姐伊玛望着夜空上巨大而又闪耀着美丽光芒的金星塔西那冈，非常倾慕，情不自禁地对父亲说："爸爸，金星真美丽，如果他属于我，无论白天或黑夜，我都会和他长相厮守，永不分离。"

父亲觉得女儿的想法纯属异想天开，他说："金星离我们太遥远了，谁能够将他占为己有呢？"

夜深了，一家人进入了香甜的梦乡。伊玛在蒙眬之中，仿佛觉得有人来到她的身边。她很惊恐，大声质问："谁在那里？想做什么？"

一个声音亲切地回答她："我就是金星塔西那冈，我听到了你的心愿，就来到了你的身边，想娶你为妻。"

伊玛急忙叫醒父母和妹妹，点起火把，她这才发现金星竟然是个满头白发、满脸皱纹的糟老头子。伊玛厌恶地尖叫起来："走开！谁要嫁给一个老怪物，我想要的是一个年轻英俊的体面丈夫。"

听到伊玛说出这样冷漠寡情的话语，塔西那冈非常难过，自己千里迢迢赶来，竟受到这样的对待，不由得老泪纵横。

看到这种情景，妹妹杰娜心中不忍，她对父亲说："爸爸，既然姐姐不愿意，就让我嫁给他吧！"

塔西那冈闻言喜出望外，激动万分。

于是他们立刻就成亲了，当天晚上，塔西那冈深情地对着他年轻的娇妻说："亲爱的杰娜，你会成为世上最幸福的女人。"

第二天一早，塔西那冈来到丛林深处，对着一条大河默念一阵咒语。然后跳进水中，把水中漂来的各式各样的种子捞起来。这些都是谁也没见过的庄稼，它们是玉米和各种谷物。这就是卡拉查印第安人种植的起源。

打捞起来种子之后，塔西那冈就开始伐树垦荒。

他的妻子杰娜在家里等了很久，一直不见丈夫回来，于是动身到丛林里寻找。

这时，塔西那冈已经将耕地修整好了。当杰娜见到他的时候，真是又惊又喜。丈夫已经变成了个英俊、魁梧的年轻男子，穿着一件色彩斑斓的衣服，脸上画着美丽的图案……

夫妻俩甜蜜地手拉手回到家里。

姐姐伊玛看到了这画面，嫉恨万分。她跑到塔西那冈面前说：“你应该娶的人是我，毕竟我是第一个要做你妻子的人，不是吗？”

塔西那冈轻蔑地一笑，说：“可怜的伊玛，你不是嫌弃老头子吗？”

说完，塔西那冈把杰娜紧紧地搂在怀里，再也不看伊玛一眼，仿佛她是隐形人似的。

内心的嫉妒和悔恨之火焚烧着伊玛，令她感觉五脏俱焚，她大叫一声，倒地消失了。在她倒下的地方，飞出了一只夜莺。

直到现在，每当金星升起的夜晚，我们还能够听到夜莺忧伤的歌声。

《波旁尼克手抄本》第十三页的部分。内容是神圣历的第十三旬，本旬的守护神是特拉佐尔特奥特尔

塔西那冈教会了卡拉查人农耕种植，人们永远尊崇他为金星大神。

小知识

阿兹特克人根据多年的观察，在天文学方面有一定的造诣，对天体的运行有一定程度的了解。他们记录下了水星、土星、金星等一些肉眼可以观察到的行星的运动周期和轨迹。这显示出阿兹特克人的数学水准已经比较高明，拥有一套精确的计算方法。对阿兹特克人来说，历法的地位很崇高，犹如神谕一般，他们能够以出生时日、月的精准位置为基础，计算孩子的星座命盘，整个体系由动物、植物或与远古图腾相近的十二象征物构成。

巫师和老兀鹰

——非凡的马哈纳柯罗

马哈纳柯罗是一位知名的巫师，非常擅长巫术。他能够变成各种动物的样子，不过他最喜欢变成鹿。

总是过着形影相吊的生活，让马哈纳柯罗感觉厌烦了，他打算为自己找一个妻子。于是他变成一只鹿，不过这次变成的是一只死鹿。他躺在地上，腐烂的尸体味道引来了兀鹰，它们从四面八方飞来，成群结队地扑向这道美味佳肴。

这时候，一只巨大的兀鹰缓缓落在马哈纳柯罗身边，她非常美丽，是兀鹰家族的女王。马哈纳柯罗一跃而起，捉住了她，娶她为妻，并十分恩爱地生活了许多年。

一天，马哈纳柯罗的妻子提出要回家去看看母亲。

马哈纳柯罗说："好的，我也想跟你一起去看望你的妈妈。"

马哈纳柯罗的岳母名叫阿卡达，备受兀鹰家族的尊崇，但是谁都没有见过她的庐山真面目，她不论白天或黑夜都躺在吊床上，从不露面。

阿卡达见女儿带回这么一个有本事的丈夫，十分高兴，就想要考验一下女婿的本领。

阿卡达吩咐马哈纳柯罗做一条小板凳，要与她的头一模一样。问题是根本没人知道阿卡达长什么样子，怎么可能完成得了这个任务呢？

马哈纳柯罗只好找来红蚂蚁，让它爬到阿卡达的吊床上叮她一口，阿卡达感到很痛，翻身掉下吊床，马哈纳柯罗事先躲在她的床下，刚好看见她的脸——原来阿卡达有十二个头。于是，马哈纳柯罗一声不响地开始制作板凳，完工之后，这条板凳让他的岳母满意极了。

但是，阿卡达还要接着考验马哈纳柯罗的巫术，又派他去湖边钓鱼。这个难不倒马哈纳柯罗，他捉了几条大鱼就往回走。在半路上，他把大鱼变成小鱼，卷在树叶里，阿卡达见了非常生气，嫌弃鱼太小，尖叫着把鱼扔了回去。马哈纳柯罗一笑，把小鱼全都变成了水灵灵的大活鱼。

阿卡达依然不肯就此作罢，她拿来一个竹篮，要马哈纳柯罗去给她打点水来。谁都知道竹篮打水一场空的道理，马哈纳柯罗想了又想，让蚂蚁用唾液把竹篮上的孔抹得严严实实，水就不会漏出来了。

阿卡达非常惊讶，她嘴上夸奖他是一个有本事的巫师，心里却暗暗忌惮。她叫来自己的儿女们，让他们为马哈纳柯罗建造一座漂亮的大花园，让他从此以后跟他们住在一起。私底下，她却吩咐儿子："当他进入花园的时候，就伺机把他杀了。"

这话被马哈纳柯罗的妻子听到了，她急忙去告诉丈夫，让他快逃走。

马哈纳柯罗生气地说："你的母亲太狠毒了，我一定要好好戏耍一下这个老太婆。"

第二天，花园建成了，四周都筑了高高的围墙。阿卡达以为，马哈纳柯罗不可能逃出这个花园。

但是，这一次，马哈纳柯罗随身携带的笛子帮他脱离了险境。他在围墙中找到一条窄缝，把笛子穿出去，然后自己变成一只小苍蝇，就从笛子的小孔里飞出去了。

图腾柱

小知识

印第安人把某种动植物或其他事物当作自己氏族、部族、民族的象征或标志，并认为这种事物和自己的氏族、部族、民族有某种血缘关系，那么这种事物就叫做图腾。图腾崇拜是印第安人非常典型、非常重要的宗教形式。

"图腾"(totem)一词源于北美印第安人阿尔衮琴部奥古布瓦方言，是印第安语的音译，意思是"他的亲族"。

小男孩偷玉米
——眼睛变成红星星

过去，男人们负责外出打猎，女人们在家收玉米，但是她们总是收成不好。后来，她们带了一个小男孩去玉米田，结果玉米的产量大增。女人们就在树林里把玉米捣成粉，做成玉米饼，给外出狩猎的男人们吃。

趁着女人们忙忙碌碌，没时间注意他，小男孩便从她们那里偷了很多玉米粒，藏在箭杆里。为了偷玉米，小男孩每次去玉米田都要带一大把箭。

玉米粒存多了，他倒出来交给自己的奶奶，说："为我烤一些玉米饼吧！我想宴请我的朋友们。"

小男孩和小朋友们吃完了玉米饼，担心奶奶向母亲揭发他偷玉米的事情，便和其他孩子一起把奶奶的舌头和双手割了下来，还割掉了家中鹦鹉的舌头，并且把大人们驯养的飞禽走兽都放跑了。

做完这些事，他们知道父母会惩罚他们，就更加害怕了。他们商量了一下，决定逃到天上去。他们一起跑进树林，叫来蜂鸟，给了它一条绳子，要它用喙衔着长绳飞到天上去，把绳子的一头绑牢在天上最结实的树上。

蜂鸟依照他们的吩咐办好了。小男孩们攀着绳子，一个接一个地向天上爬去。

这时候，收玉米的女人们回家了，发现大家的孩子都不见了，十分着急，就问老奶奶和鹦鹉："孩子们都去哪儿了？"

老奶奶和鹦鹉一个字都说不出来。突然，一个妈妈发现了云端的那根绳子，她们的孩子正攀着它往天上爬。她急忙叫来妈妈们，跑进树林里，温柔地哄孩子下来。

可是那些坏孩子铁了心要逃走，根本就不理睬自己的妈妈，依然继续往上爬。所有的母亲都忍不住大哭起来，哀求孩子们赶紧下来回家，孩子们听了以后，反而更快地向上爬去。

母亲们见哭泣哀求没有用，不由得心急如焚，也抓着绳子往上爬，想追上她们的孩子。

那个偷玉米粒的小男孩爬在最后，他低头看见女人们在他们身后，正一个接一

个地往上爬，便掏出刀子把绳子割断了。绳子上的所有母亲都掉了下去，落地后变成了野兽和牲畜。

这些孩子犯下了滔天大罪，为了惩罚他们，天神把他们全都倒悬起来。孩子们眼睛睁得圆圆的，挂在天上俯瞰人间，整天目不转睛地看着他们的妈妈的悲惨生活。时间久了，小男孩们的眼睛都充满了血丝，变成了天空中的红星星。

小知识

印第安人最早种植、培育了玉米，这为人类文明的发展做出了巨大的贡献，也奠定了印第安古文明的基础。生活在美洲的印第安人，多以玉米为食，但是，印第安人的饮食类型主要还是由其生活条件所决定的，无论是饮食的品种、制作的方法，还是食器的种类，都非常丰富多彩，这与他们的采集、农业、渔猎等经济生活紧密相关。

聪明的巫师
——巧计赢得美人心

托尔特克人部族里，首领威马克只有一位独生女，长得美艳绝伦。许多慕名而来的托尔特克青年前来求婚，都被威马克回绝了。

年轻巫师吉特拉坎纳，也爱上了首领威马克的女儿，但是两人总是无缘见面，吉特拉坎纳每天饱受相思之苦。

一天，吉特拉坎纳想出了一个办法，他把自己改扮成一个来自远方的异乡客，化名为道艾奥。他故意不穿衣服，赤身露体地来到图兰城里威马克首领院子前的市集上去，坐在地上叫卖萝卜。

威马克首领的女儿闲来无事，凭窗眺望街景，正好看到市场里卖萝卜的道艾奥。她从未见过赤裸的男体，当看到道艾奥如此矫健优雅时，就像鬼迷心窍一样迷恋着他，渴望着他，为此弄得神思恍惚、魂不守舍。

没多久，首领的女儿因相思成疾，患了重病，全身都肿了。得知爱女生了病，威马克首领很着急，便询问女儿的侍女："我女儿为什么突然病得这么严重？"

侍女回答说："这全都怪一个远方来的印第安人，他赤身裸体地卖萝卜，被小姐看到，小姐疯狂地爱上了他，才会生这样一场病。"

威马克首领立刻命令仆人去找卖萝卜的道艾奥，找到后带到他这里。

但是道艾奥却突然不见了，威马克派人四处去找，道艾奥却好像阳光下的水珠一样蒸发了，哪儿都没有他的踪影。威马克首领登上高高的查切别特里山，大声地对他们的子民喊道："所有托尔特克人，你们之中如果有谁看见卖萝卜的道艾奥，请带他来见你们的首领威马克。"

大家找了很久也没找到，只好告诉他们的首领说，这个人再也没有出现过。可是有一天，在市场中道艾奥卖萝卜的老地方，人们又看见他带来一堆萝卜坐在那里。见此情形，立刻有人火速报告了威马克。

威马克说："快！立刻把他带来！"

见到道艾奥之后，威马克问："你来自哪个部族？为什么不披斗篷，不缠绑腿？"

道艾奥说："我不是本地人，这是我们那里的习俗。"

这幅油画再现了在第一次航行中，哥伦布遇到友好的印第安人的情形

“我的女儿得了邪病。”威马克首领说，“你必须要把她治好。”

道艾奥装作非常害怕的样子说：“我不会治病，我只是个卖萝卜的，你还是把我杀了算了。”

威马克首领说：“别担心，你肯定能够使我的女儿恢复健康的。”

仆人们为道艾奥沐浴洗头，用黑色的颜料在他身上文了美丽的图案，给他披上斗篷、扎上绑腿，把他送到了威马克首领的女儿那里去。

女孩看见道艾奥喜出望外，她的病很快就痊愈了，而且变得更加美丽。

就这样，吉特拉坎纳利用自己的智慧，成为了威马克首领的女婿。

小知识

印第安人是指除了爱斯基摩人以外的所有美洲土著居民的总称。意大利航海家哥伦布航行至美洲时，误以为所到之处为印度，因此将此地的土著居民称为“indians”，以后虽然发现了他的错误，但习惯称法已经普及了，所以英语和其他欧洲语言中称印第安人为“西”印度人，在必要时，为了区别，称真正的印度人为“东”印度人。汉语翻译时直接把“西印度人”这个名词翻译成“印第安人”或“印地安人”，免去了混淆的麻烦。

第二章

玛雅神话

——纷纷扰扰的人神之争

天地开合
——众神创造动物

远古的时候，世界并不像我们今天这样。天地一片混沌，大海位于中央，把天空和大地分隔成两个世界，上下互不相通，一切都子虚乌有。天地间存在的，唯有深不可测的水，沉闷地涌动着，直抵深渊。

老一辈众神之首，就生活在寂静黑暗的宇宙之心里，他们是图佩乌、古柯曼提斯和沃拉冈。他们的名字各有涵义，蕴含着有关天地、生死、时间和一切生灵的奥秘。

众神聚集在那个茫茫然无所归无所至的地方，探讨如何把光明和黑暗区分开来，他们交谈、讨论，互相征询意见，终于取得了一致的看法。

他们决定排出低洼地的积水，清理淤泥，使土地变成可以耕耘的田地；用天地间的光明、空气中的露珠和肥沃的土地，来孕育出生命的种子。从此将花朵盛开，树木生长，作物发芽和结出果实。风会把它们的种子带往大地的各个角落，种子将落地生根，不断繁育而遍布世界。这样，人们在未来就可以以收获果实为生。植物的生命带给他们生命，他们也同样具有植物枯荣的特性，而到他们无法进食的时候，便会死亡。

众神这样说便这样做了，于是，最初的大地形成了。原来弥漫在天地之间的云雾和潮湿的水汽变成乌云，向上飘向天空。而云层之下，形成今天的地貌，出现了高山、平原、岛屿、陆地和大江大海、湖泊河流。在肥沃的山谷中，各种草木丛生，花朵散发出芬芳的香气，果树结出浆液丰盛的甜美果实。后来又出现了道路，从此人们可以依靠大地生存。

众神喜不自胜，纷纷说道："一切都是这么美好，如同图画般完美，第一步已经大功告成。"

然后，他们开始盘算第二步计划。他们认为大地上仅有树木生长，未免太过没有生机，应该给世界创造一些能自己生活的生灵。根据他们心中的蓝图，应该在天地之间安放各式各样的动物，于是他们创造了一些走兽和禽类，但是这些新生的动物非常木讷，呆板地站在地上，像花草树木一样不走不动。在众神的驱赶下，即使走动起来也是目光呆滞、步伐混乱，如同被线牵纵的木偶。

众神感到非常失望，只好做了如下安排：牲畜和走兽只能在河里喝水，在洞穴里休息，四肢一起着地走路，垂下它们的脑袋，它们必须不停劳作，白天用嘴巴觅食，用背驮运东西，不可有任何反抗和抵触；鸟儿和飞禽只能在树枝上栖息，在枝杈间、悬崖上或者草窝里筑巢，但是神给了它们飞翔的能力，可以在云朵中飞过，不会跌落到地上；鱼儿将在一切有水的地方生活，身处江、河、湖、海都能游动，不会淹死和窒息，一旦上岸就会死掉。而所有的飞禽走兽，都必须竭尽自己的全力觅食和养育后代，并且代代如此，永世如此，它们只能勤奋认真地、准确无误地学会各自的本领，才能延续生存。

各种动物得令之后，按照神谕去寻找各自的位置，鸟儿上天，鱼儿入海，牲畜寻找洞穴，走兽奔向原野……

众神看到这些生物都各得其所之后，又举行了一次聚会，再一次商议："虽然所有的野兽都应该俯首听令，但是它们这样寂静无声地活着，不仅自身痛苦，还意味着神对它们的遗弃。"

于是，其中一位神喝住了胡乱跑窜的动物，对它们说："你们都有了生命及安身立命的本事，但是你们必须要知道是被谁创造的，现在按照你们的种群，大声地呼叫出我们的名字，我们就会前来庇佑帮助你们。现在大声叫吧！"

那些动物沉闷地抬头看着众神，它们的嘴巴只会咀嚼，不会说话，如同哑巴一样。看着它们瞠目结舌的呆傻样子，神很生气，用树枝鞭打它们，它们便发出声嘶力竭的痛苦嚎叫，非常难听。

众神见状，彼此对视，无奈地说道："它们的智慧太低下，声音太难听，样子也太难看，要改变成另外一种高级的生命，是不容易的，必须对它们加以弥补。"

于是众神又经过一番商议，对飞禽走兽发出了这样的训示："由于你们不能按照我们的要求去做，从此你们将过着各不相同的生活，吃不一样的食物；你们之间不能和睦相处，而是彼此争斗、防范和仇恨；你们常常饥饿，所以有时自相残杀，吞食同类；你们常感恐惧，只好到处寻觅地方隐藏；你们各自都有天敌，必须不停奔波逃避，否则会被其他种群吞噬。因为你们浑浑噩

帕伦克浮雕展现了古典玛雅人的优雅和准确的观察力

噩，不会说话，也理解不了我们是谁，所以你们将被宰割，你们的肉被吃掉是你们的天命，你们只能各凭本能寻觅出路吧！这是再公正不过的安排。”

那些飞禽走兽听闻，感觉自此被神所抛弃，心中十分恐惧，它们竭尽全力想要自己发声说出话来。但是它们毕竟太笨拙了，无论如何从喉咙里发出来的，也只是嘶叫，其中的意义连它们自己都无法相互理解，又怎么能够摆脱此刻在众神面前面临的困境呢？

众神说完以后，弃它们而去，而它们从此也就随意地生活在杂草和丛林中，凭借自己的本能去竞相争逐，进行觅食和繁殖。终有一日，它们的肉将被具有智慧的人所猎食，它们的身体将被蒸煮、火烤，这是神最后留给它们的真理，它们记住了。

小知识

玛雅人是美洲大陆最早创造象形文字和留有文献的民族。契琴·伊萨(Chichen Itza)和乌西玛尔是玛雅宗教、政治和文化的中心。由于玛雅文化比美洲其他地区文化发展早、水准高，因此，玛雅人有“美洲的希腊人”之称。

泥人和木人
——低劣的创造物

对飞禽走兽失望之后，众神决定创造一种能够领略他们的尊严，领会他们的意志，会说话，能用语言表达感情和需求，还会播种和收获的生灵。为此，他们真是煞费苦心。

他们的第一批创造物——植物，只会依赖神赐予的光明，不能意识到敬仰神的光辉；他们的第二批创造物——动物，又不能领略神的意图并表达出来。

要怎样才能创造出新的生物，能够理解神祇的神圣和尊严，懂得向神祇进行祈求，还能够表达对神祇的敬仰，领会神祇的意志呢？

在玛雅人信奉的诸神中，龙形的伊特萨姆纳（Itzamna，图中间的那位神）地位最高，他是玛雅众神之首，是“天堂之主”

每位神都在苦苦思索，他们按照自己的想象，用湿土小心翼翼地捏出创造物的身体，塑造出他们的样貌。这样捏出来的泥人，也难以令神感到满意。他们脖子僵直，嘴唇宽而歪斜，眼睛没有光泽和灵气，皮肤粗糙，四肢笨拙，像一个黑漆漆的玩偶。

最重要的是，小泥人有一个致命缺陷——不能沾水，在水中他们会溶化破碎。但是他们能够呼唤神的名字，虽然仍旧无法领会这其中的精义，但他们发出的声音优美动听，好似一种音乐。

众神对小泥人说:“既然如此,你们就生活下去吧!等待有更完善的人出现取代你们。但是,你们要用自己的双脚爬树,用双手采摘和劳作,才可以有食物果腹。在更好的人出现之前,为了生存,你们也要改良你们的种群,为了生存而争斗。”

这些脆弱的小泥人聆听了神谕之后,走远了。

目送着他们,众神倍感痛苦,互相问道:“到底怎样才能创造出更高级的生物,能够听、说,彼此能够沟通、表达,明白相互间的意思,知道我们的身份,懂得向我们祈求赐予呢?”

众神都沉默不语,陷入了冥思苦想,不知不觉夜色降临了,四周一片漆黑寂静,闪电蛇在林中快行,发出了炫目的火光。这时,众神的思路也忽然被照亮,他们有了新的方案。这次,他们摒弃了泥土,用木头创造新人,新的人也能在地上站稳,还可以直立行走。

木头人的身躯非常完美,他们过着群居的生活,会说话,彼此懂得交流,也能够遵照神的旨意行事。不久,他们就开始生儿育女,数量越来越多。

神很快就发现,他们虽然会相互交流,但由于身体里没有心,所以也没有感情,只是为了繁衍而繁衍,对赐予他们生命的众神的恩惠也不懂得感激。他们只会采摘,不会播种,只会消耗,不会创造,整日在森林里和山谷中晃荡,寻觅食物。就像一群浪迹天涯、无所事事的游子,不知道自己需要什么,也不会用双手建设生活,更谈不上对神有什么奉献了。

木头人虽然不像泥人那么怕水,但是走路总是跌跌撞撞,跌倒后全身支离破碎,再也爬不起来。他们居无定所,四处游荡,不会建房盖屋,只是跟着食物的来源四处落脚。

神耐心地等待着,又过了很长时间,他们仍然没有什么进步,虽然会呼唤神的名字,但是无法领会其中的深意。他们一遇到饥饿或者困境,就滥呼神名,心中却不能把神和神的意志联结在一起。由于他们没有感情,即使会讲话,也总是词不达意,甚至有时自己都不知道话语中的意思。

他们就像机械人一样,刻板地生活着,不停地繁衍后代,一代代苟活下来。

他们太过迟钝,以至于在神降临到他们身旁时,也因为不认识而无法膜拜,这为他们带来了不幸。

末日终于来临了。从天而降了大量尘埃,被飓风挟裹着,猛烈而持续地落在他们身上,如同一只巨大的手,将要拿走他们的生命。木头人们还心怀着求生的希望,但是众神随即又使大地变成一片汪洋,洪水奔涌出来,漫卷大地,一连长达数月,地上的一切都被冲毁了,消失得干干净净。

创造新人
——玉米人始祖

众神一直就没有停止用各种材料来造人的尝试，但是用很多材料造出的男人和女人，都不符合神的心意。

于是一只巨鸟飞来，啄瞎了那些人的眼睛。一只大猫跑来，抓烂他们的身体，抓破他们的血管，踩碎他们的骨骼，直至把他们弄得一塌糊涂，不成样子。

这时天昏地暗，光明尽失，夜幕如同一块黑色的幕布笼罩在大地上。只有少数心地纯朴的人未遭劫难，但是也被吓得失去了记忆和语言，从此不会说话了，他们变成了猴子，喧嚣着跳进森林深处去了。

猴子便成为马雅基切(Quiche)人在土地上唯一有些原始人类形貌的动物了。它们能够存活下来，是因为心中尚有一份纯真。

等一切重新恢复秩序，众神仍旧商议创造新人的问题。经过一系列失败的尝试，他们认定新人必须有血肉和骨头，同时要具备思想和感情。

他们决心在日出之前，把这件事做好。

当朝阳初升，天边出现第一道曙光时，众神说："此刻正是为新的人类赐予食物的时刻，从此他们将在这里定居。"

众神将他们赐予新人的食物，散落在一些隐秘的地方。然后，众神齐声祈祷，为新人祝福，他们祈祷和祝福的回声掠过创造物的脸。空气中散发着芳香，受这芬芳的香气的影响，这种美好的感受就产生了新人的一部分肉体。

这时喜鹊和鹦鹉从各地飞来，向众神汇报好消息：黄色的、深紫色的和白色的玉米都在生长、成熟。众神将水注入那些玉米粒中，神奇的现象出现了，玉米粒溶解在清澈的水里，成为新人生命延续必不可少的饮品。

众神把黄色的和白色的玉米揉成面团，造就了新人的血肉，把芦苇当作骨骼安放在血肉里，新人就能够焕发出旺盛的精力。就这样，四个完美的新人被神创造出来了。他们是：布兰·基特斯、布兰·阿克波、布兰·姆可塔和布兰·伊基。

这四人身体皮肉精致完好，肢体矫健灵敏，充满活力。因为受神的祝福的蒙荫，他们有思想、有理智，能思考、交谈，有各种细腻的感觉，具有灵性和才智。他们的眼睛里流露出诚挚自然的感情，他们理解周围的环境和世界，知道自己身由何来、身在何处、该去何方。他们感激和敬畏众神，知道自己的生命由众神赋予。

为了使这些新人能够繁衍延续，而且不至于太过孤独，众神又在男人们熟睡之际，创造了一些女人。

神让这些女人不着寸缕地站在男人身边，皮肤洁白细嫩，就如同用最光洁的木头做的美丽娃娃。男人们从睡眠中清醒，发现了神的赐予，不由得欣喜若狂，他们看见女人窈窕的身材、细腻的肌肤，闻到她们身上散发出来的香气，珍爱地把她们当作自己的伴侣。

玉米是印第安人最宝贵的作物，为了避免它受到伤害，人们创造了玉米神来保护玉米生长。这件香炉用于与玉米和繁衍有关的重大典礼仪式，上面塑造的玉米神手持鲜花从天而降，带来丰收的希望

男人们为女人取了名字，每个名字都悦耳动听，有着美好的寓意。就这样，男人和女人成双成对，很快生育了大量新人，在现今墨西哥东部地区的土地上蔓延扩散。

第一批出生的人，全都继承了他们母亲的美貌和父亲的智慧。

随着光阴的流逝，新人一代代地生活着，有些优秀的人成为他们之中的佼佼者，因为这些人掌握了一些技艺，众神为此选他们为接受众人崇拜的领袖或祭祀者。

就这样，布兰·基特斯等人成了后来的马雅基切人的始祖。

小知识

流传极广的“玉米人”的传说，说明在玛雅神话中，神并非是神通广大、无所不能的，印第安创世众神可谓费尽心机，屡遭失败，历经千辛万苦才造出了人类。

星星之子
——创世者安民除魔

在很早的时候，有两姐妹相依为命，靠挖蕨根维持生活。

有一天，她们在离村子很远的树林里过夜。姐妹俩仰望星空，心里想象着天上的星星都长得什么样子，是些怎样的人，他们在天上生活得好不好？

妹妹突发奇想，问姐姐："如果可以，你想嫁给哪颗星星？是那颗大亮星还是那颗小红星？"

"你这丫头，满口胡言乱语。"姐姐脸红了。妹妹却大方地说："我要做大亮星的妻子，而你就只能嫁给那颗小红星了。"

玩笑开完，姐妹俩很快就睡着了。

第二天她们醒来后，惊讶地发现自己已经不在树林里，而是来到了天上的宫殿。

姐姐嫁给的小红星，是一个英俊的年轻人，而妹妹嫁的大亮星，是一个白发老翁。

在天宫里，姐妹俩依然每天都挖蕨根。她们的丈夫告诉她们："不要挖根太长的蕨根，因为不如短小的蕨根好吃。"

姐妹俩一直都很听话地挖小蕨根，有一天她们好奇心起，想挖一根长蕨根尝尝到底是什么味道。她俩挑了一根长蕨根挖呀挖呀！直到手中的棍子挖破了天宫，露出一个大洞。透过这个大洞能够看到地面，她们便开始想家了，想要回家看看。

有了回家的想法以后，姐妹俩以后总是一边挖蕨根一边偷偷地用雪松的皮搓绳，绳子越搓越长，直到有一天，足够从天上垂到人间了。她们固定好绳子的一头，把另一头扔了下去，顺着绳子往下爬。

村子里的人看见她们回来，都很高兴，一个个从四面八方涌来，想要看看这根从天空垂下来的绳子。由于太多的人都来扯绳子，终于把绳扯断了。

回到家里之后的几个月，姐姐生了一个儿子。外出工作的时候，姐妹俩就把孩子寄放在一位蟾蜍老奶奶那里。蟾蜍老奶奶是个盲人，她每天都唱着古怪但动听的歌谣。女人们都喜欢到她家里来，听她唱歌，同时看望星星的孩子。

有一天，不幸的事情发生了，一位邻居发现孩子不见了，摇篮里放着的是一块木头，盲人老奶奶什么也不知道，还坐在那里咿咿呀呀地唱歌呢！

村子里的人东奔西走找了几个月，也没有找到那个孩子。为了让心里能够好受点，姐妹俩便用摇篮里的那块木头雕刻了一个孩子，当作遗失的孩子的弟弟，聊以自慰。

一晃过去了很多年，一只蓝松鸡在一次长途飞行中，在世界尽头发现了一片新土地。但是要飞到那个地方，中间有一条非常陡峭的峡谷。好奇心驱使着蓝松鸡鼓足勇气，双翅发力，向悬崖之间冲了过去。虽然它越过了悬崖，但是脑袋在悬崖壁上撞了一下，从此蓝松鸡的脑袋就变成扁平的了。

在那片新的土地上，蓝松鸡见到一间小屋，里面有一个年轻男子，正在石头上磨着箭头。蓝松鸡一眼就认出，他竟然就是两姐妹中姐姐的孩子——那个被人偷走的星星之子。

“你怎么会在这里？大家到处找你，你的妈妈思念你，都已经哭瞎了眼睛。”蓝松鸡对星星之子说。

星星之子回答她：“我正在准备回去，而且把我制造的这些东西全都带回去给你们。我要教他们制造和使用各种工具，还要为人间惩恶扬善，让世界更加公正美好。你们可以叫我创世者。你先回去告诉人们，我随后就到。”

蓝松鸡回去后，不辞辛苦地到处奔走，把创世者即将回来的消息传遍了世界的每一个角落。

创世者随后到来。他带来了软皮制成的衣裳、鞋、篮子、独木舟、渔网和很多日常生活用品，还有弓箭、战槌等一些武器，教导人们怎样制造和使用这些东西。

除此以外，创世者还给人们带来许多树种、浆果、块根和玉米的种子。他教人们学会种植和收获。从此以后，森林里百兽结队，百鸟欢唱，水中鱼儿畅游，人们的生活变得富足和美满起来。

那时候，世上有一个作恶多端的火魔，他总是没完没了地唱着一首歌：“我是天火之子，我是烈焰之父！”

这一天创世者来到了火魔家里，火魔又在高歌，随着他的歌声，大火眼看着就要吞噬创世者了。创世者竭力逃脱，但灼热的烈焰依旧在身后穷追不舍。

没办法，创世者只好让石头帮忙。石头说：“我无能为力，掉到火里我自身都难保，可能会熔化的。”

创世者转而央求大树。大树说：“我们树木是最怕火的，遇到火就没命了。”

创世者来到河边，求河水帮助。河水说：“火太大了，我这点水一遇到火就全都蒸发了。”

创世者跑啊跑啊，看见一条被许多人走过的小路。没等他开口，小路说：“躺在我身上，大火会从你身上掠过。”创世者依言躺下，大火果然呼呼地掠了过去。

创世者再次回到火魔那里，把火魔狠狠地痛斥了一番，虽然火魔也嘲弄了创世者，但是面对满世界的死灰，火魔无力肆虐了，火魔被创世者杀死并碎尸万段，变成各式各样冰冷的爬虫，永世只能生活在湿冷阴暗的地方。

在这之前，世界上的石头都是有生命的，蜜蜂、苍蝇等昆虫长得很大。为了表示惩罚，创世者拿走了石头和河水的生命，把它们变成冰冷的物件，诅咒森林永远担心被大火焚烧，而给小路赋予了可以无限延伸的特权，成为人类忠实的伙伴。

为了确保人们日后不致遭受磨难，创世者把昆虫的身体变小了，这样它们的危险性也就大大降低了。但是在人们蹚水过河的时候，鹤常常给他们带来麻烦，它们长长的腿经常把人绊倒。于是，创世者为鹤安上了翅膀，把它们变成了飞禽，让它终日在水面上盘旋捕鱼。

创世者就这样在世间到处行走，安民除魔，还教会人们各种生存的本领，比如计算时间的方法，演奏各种乐器的技巧，以及怎样用草药治病等。

有一天，创世者走到一条河边，忽然肚子饿了，就把河里的鲑鱼放在渔叉上，准备烤着吃。也许是有点累了，在烤鱼的时候他睡着了。有个流浪汉经过此地，偷吃了鱼，溜走的时候还把鱼油抹在创世者的嘴唇上。

创世者醒来时发现被人耍弄，非常生气，一路追来，看见那个流浪汉躲在树丛里，创世者就把他变成了郊狼柯帝。

接着，创世者来到幼时看护他的蟾蜍老奶奶的小屋，看见屋子旁边有一座峭壁，这是他妈妈和小姨在天上的宫阙里用雪松皮编的绳子堆落而成的。这时，他抬头仰望天空，觉得天色太幽暗，如果再明亮一些，人们就舒服多了。于是他便变成了太阳，整天在天上跑，照耀着大地上的万物。

不过这样一来，虽然很明亮，但是实在太热，人们有点受不了。创世者就把他的木头弟弟变成了光线比较弱的月亮，代替他在晚上替人们照明。

小知识

神话是人类对世界、对大自然中的万物和种种现象最初的认识和最神奇的幻想。神话中的人物往往具有超能力，这是原始人类与自然搏斗、想要征服自然的理想的化身。

学习取火

——创世者的足迹

在远古时代，创世者会在人间现身，驾着独木舟在各个岛屿之间往来巡视，教会人们撒网捕鱼，为人们医治疾病。

住在普吉峡河岸的隆米族印第安人得到消息，听说创世者要到他们这里来，而且已经离得不远了，隆米人就商量着，准备举行一个盛大的宴会来欢迎他们的创世者。

可以准备的时间并不太多，男人们用套索和网捕捉野鸭，下河捕鱼捉蟹，女人们则挖蕨根、采果子、拾贝壳，人人都欢天喜地，忙得不亦乐乎。

当时的人们还不会生火，很多食物只能生吃，有些实在不能生吃的，就放在太阳下烤熟，但是那样非常耗费时间。为了迎接创世者，他们把松木锅加满水，放入鲑鱼，放在太阳最炙热的地方，女孩们围着木锅一边跳舞，一边祈祷："水啊，快点开吧，快点开吧！"

创世者在一个早晨来临了，人们在自己的脸上认真地涂上各种斑斓的颜色，男人披上节日才穿的鹿皮长衫，女人穿上了雪松皮织的美丽裙子，采来鲜花插在头上。他们还在河岸上铺满苇席，让创世者踏着席子走上岸。

可是一直到这时，烧鱼的水还没开，女孩们围着锅不停念着："快点开，快点开……"

威武高大的创世者出现在了岸边，他踏上为他铺设的苇席，看见了女孩们在一边跳舞一边祈祷，便走近她们亲切地问道："你们这是在做什么？我的孩子。"

部落的首领代替她们回答："女孩们在为您煮鲑鱼，我们希望您能与我们一起品尝可口的食物。"

创世者心里非常感动，他说："我很愿意与你们一起唱歌、跳舞。为了回报你们的情谊，我要教导你们取火的方法。你们以后就无须这样费力地一边跳舞一边祈祷，而可以很快吃到烤熟的食物了。"

大家高兴地向创世者围拢过来，只见他在地上捡了一根有个小坑的枯木，又搓碎一些松针加在小坑里，再找来一根硬木棍削尖顶端，将尖头对准小坑，用手掌夹

祭司在举行取火仪式

紧木棍，快速地搓动，很快地，有一缕轻烟升起，松针轻易地被点燃了。

然后，创世者又从部族里挑选了一位最强壮的青年，教他怎样使用弓箭，嘱托他取火给大家使用。

从此以后，隆米人学会了取火，再也不用吃生食了。

小知识

火是人类无数发现中最伟大的发现。人类因为获得火才能吃熟食，进而优化大脑，最终与动物分开。人类由利用自然火到人工取火是质的飞跃。一旦能人工取火，就不必为能否保存火种而发愁，可以随时得到所需要的火。

木箱里的魏乔里

——大地女神的救赎

有一个叫魏乔里的印第安人，以替人伐木垦荒为生。他身体强壮，伐木的工作对他来说轻而易举，但是他经常发现前一天刚砍倒的大树，第二天又矗立如初。

魏乔里心里很生气，决心把这件事搞清楚。有一天他把树砍倒后把自己藏了起来，想看看到底发生了什么事情。他看见砍倒的树桩里，竟然走出一位拄着拐杖的老婆婆。

这个老婆婆是大地女神和伟大的先知娜克阿维，大地上一切动植物的生长死亡、繁盛凋零都由她主宰。但是魏乔里并不认识大地女神，只见老婆婆一举拐杖，随意向四方一挥，那些被砍倒的树木又重新站立起来。

魏乔里恍然大悟，跳出来对着大地女神大声喊："就是你一直在让我白费力气吗？"

"没错！"大地女神娜克阿维说，"不过，我会告诉你事情的原委。"

原来，五天之后，世界将会有一场大洪水，到时候洪水席卷一切，狂风暴雨会呛得人像吃了辣椒一样猛烈咳嗽。洪水将要冲走世界上邪恶的人和动物，洪水退去之后，一切将重新开始。

大地女神吩咐魏乔里："你最好立刻做一个大木箱，带着严密的盖子。箱子里装上五粒米种子、五粒豆子种子、五根支架起来存放火种的树枝和一只大黑狗。"

魏乔里听了娜克阿维女神的话，急忙去做准备。到第五天木箱才做好，魏乔里带着种子、树枝和黑狗钻进箱子，女神帮他盖上盖子，用树脂把箱子的缝隙都涂抹得严严实实，只留了一个小孔，避免魏乔里在里面空气不足。

狂风暴雨呼啸着来了，洪水冲起了箱子，大地女神坐在箱子上面，一只莫可鹦鹉站在她的肩膀上。洪水整整持续了五年，第一年箱子向南方漂流，第二年漂向北方，第三年转到西面，第四年来到东方，第五年则逆水而上。

又过了一年，滔天的洪水才开始消退。箱子慢慢地在圣卡特林娜附近的一座山上停下了，直到今天它还停在那里。

魏乔里掀开盖子，钻出来一看，大地上依然到处是水。莫可鹦鹉用它的喙挖出一块盆地，水慢慢地退了，盆地变成湖泊。接着太阳出来了，干燥的地面重新长出了花草树木。

浩劫过去，大地女神走了，魏乔里依然每天伐树垦荒。他住在山洞里，只有那只黑狗陪伴他。白天魏乔里出去伐木，黑狗自己留在家里。晚上饥肠辘辘的魏乔里回到家时，晚饭已经做好了，玉米饼也散发着香味。魏乔里感到很纳闷，想知道每天谁在为他做饭。

一天，魏乔里假装出去工作，躲在山洞外面的树丛里，偷偷地盯着山洞。黑狗以为他出去了，就把自己的皮脱下来，变成了一个美丽的女子。她蹲在石碾边，一边哼歌一边磨谷子。魏乔里起身悄无声息地走过去，飞快地抓起狗皮扔进了火里。女人一惊，发出像狗一样凄楚的叫声。

魏乔里把女人抱进山洞，给她喝了一点粥。女人慢慢安静下来了，有点疲惫的她在魏乔里怀里睡着了。

从此以后，她成了魏乔里的妻子，两人慢慢地繁育出了一个大家族。

小知识

玛雅神话认为世界经历了好几个时代，每个时代皆因洪水泛滥而结束。起初世界处于黑暗之中，后来神创造了日月，用泥土造人。世界共有十三重天与九层地，地依存于巨鳄背上。时间是玛雅人宇宙观的一个重要的组成部分，玛雅人认为时间就是神。

天神的女儿和灰熊
——印第安人的祖先

住在沙斯塔山附近的那些印第安人，保留着不杀灰熊的传统。如果哪个印第安人不幸被灰熊咬死了，尸体要被立刻焚烧。此后，凡是在坟前经过的族人，都要捡起一块石头扔到坟上，直到垒成一座大坟墓。

这是为什么呢？

在远古时代，大地一片荒芜。天神整日待在天上，感到腻烦，为了消磨时间，他用拐杖把天戳了一个洞，不断地向下撒冰块和雪花，后来雪花和冰块堆积成一座大山，又顶到了天上。这就是后来的沙斯塔山。

天神来到沙斯塔山顶，顺着山坡往下走，凡是经过天神手指触摸过的地方，都长出了花草或者树木，积雪在神的脚下融化，成为一条条奔流不息的大河。

天神觉得要为这座山配一些生灵才有生机，于是把随身带的拐杖折断，搓出一堆堆飞扬的木屑，飘洒在山谷和丛林中，变成了走兽，落在河水里的木屑，则变成了海狸、水獭和鱼。

这些走兽中，最大的就是灰熊。它们有锐利的爪子和牙齿，会直立起来用两只脚走路，还会说话。因为灰熊的样子很吓人，天神命令它们远离自己，住在山脚下。

经过改造的沙斯塔山看起来不错，天神决定带着家人搬到这里来居住。他在山顶上钻了一个洞，然后生起一堆很大的篝火，烟尘和火星就可以从山顶的洞口飞出去。山神一往火堆里续柴，洞口就会升起浓烟，大地也会震动。

有一年，正是春暖花开的时节，风神却带着暴风来到了大地上，由于风太大，篝火的烟尘不能从山顶的洞口飞出去，全都积留在洞中，把天神一家人熏得眼睛干涩，直淌眼泪。

天神派他最小的女儿出去请求风神轻点刮风，并特地嘱咐她说："到了洞口，千万别把脑袋探出去，风神会立刻抓住你的头发把你甩到地面上去。"

终于有机会能出去逛逛，小女孩感到非常开心。她来到山顶的洞口，先向风神致意，然后转达了她的父亲——天神的请求。

当她完成使命，准备回家时，忽然想起父亲以前说起，从他们家的屋顶能够看

到大海，小女孩从未见过大海，真想见识一下海洋的真面目。于是，她忘记了父亲的嘱咐，好奇地把脑袋从洞口伸了出去，东张西望看个没完。就在此刻，风神快如闪电地抓住了她一头秀发，把她扯出山洞，甩到了外面的冰天雪地里。

小女孩被大风刮到了一片云杉林中，一只为孩子觅食的母灰熊经过此地，看见小女孩火红的长发在雪地里闪耀着美丽的光泽，就把她带回了家。熊妈妈很喜欢她，对她很好，还让自己的孩子们陪伴她。

从此，红发的小女孩就与熊妈妈一家住在一起，与小熊们一起游戏，一起长大。

过了一些年，小女孩变成了美丽的大女孩，就嫁给了灰熊的大儿子。夫妻俩很快就有了孩子，但是这些孩子长得既不像爸爸也不像妈妈。他们身上虽然也有毛，但是不像灰熊的毛那么浓密，长相与诸神也不太相似。

灰熊家族以这些孩子为骄傲，它们特地为这些孩子和他们红头发的母亲修建了一间房子。这间房子就在沙斯塔山附近，也就是现在的小沙斯塔山。

他们在一起安乐地生活了许多年，有一天熊妈妈预感到自己死期将近，心里有些不安，因为它犯下了罪孽——夺走了神的女儿。它决定在临死之前，把这一切都告诉天神，向他忏悔，祈求他的原谅和宽恕。于是，它派它的长孙到沙斯塔山顶求见天神，告知他爱女的下落。

天神听到女儿失而复得的消息，心里非常高兴，急急忙忙地冲下山，因为他心情急切，走得太快，以至于脚下的雪都融化了。直到今天，人们在沙斯塔山朝阳的山坡小路上，还能看到很多巨大的脚印，那就是当初天神留下的。

天神来到自己女儿的住所，大声疾呼："亲爱的女儿，你在哪里？"

当他看到自己的女儿，已经不再是从前的小女孩了，而且还生了一群怪模怪样的孩子，不禁怒火中烧。他满怀怒气，凶狠地瞪了灰熊妈妈一眼，熊妈妈立刻倒地死了。

天神诅咒所有的灰熊：“自此，你们必须把腰弯下，用四条腿走路，不许开口讲话，好好反省你们的罪孽。”

说完，他赶走了自己的外孙，熄灭心中的怒火，背起女儿，回到了天上。

从那以后，天神的那些外孙们遍布大地。他们就是最早的印第安人，也是所有印第安部族的祖先。

小知识

神话传说中关于天神在山顶点篝火的描述，其实是远古人类对火山的一种观察和认知。任何神话都是人类用想象和借助想象来征服自然的，随着大自然被征服，神也就消失了。

狂风呼啸中的怒气

——怒神和智神的争斗

柯穆·卡门普斯是众神之王，他是一切神祇的创造者。柯穆·卡门普斯有两个得力助手——怒神劳和智神斯凯尔，这两位神均是众神之长。

怒神和智神各占一方。怒神居住在劳·拉那山顶的圣湖上统领众神，他有一位出类拔萃的属下，就是大力神拉克，他生着一双巨臂，极其有力，无坚不摧。大力神的职责是看守圣湖，所以长年生活在幽深的湖水里。大力神能力非凡，他伸手能触摸到矗立在圣湖四周的所有山崖，若有谁胆敢窥视圣湖，他就把偷窥者拖入湖底，当成点心吞掉。

劳·拉那山诸神平日出来游玩的时候，喜欢变化成各种猛兽恶禽。在圣湖湖畔北面的巨谷边上，有一块平坦的开阔之地，是诸神玩耍的地方。

智神斯凯尔是拉玛特沼泽地王国的众神首领，他的王国位于雅赛姆河谷附近。智神的属下想要出来闲逛时，通常会变成一些益兽灵禽，比如羚羊、驼鹿、狐狸或者鹦鹉、鸽子等。

劳和斯凯尔一直比邻而居，很多年来倒也能够互不干涉地和睦相处。可是有一天，他们却因为智勇问题引发了一场争论。众神们各自坚持己见，争吵不休，最后争论发展成为纠纷，打得死去活来。他们打斗了很多年，经过了无数次战役，一直难分胜负。

斯凯尔的沼泽王国由于处在低洼处，相对于怒神居高临下的住所来说，处于劣势。终于在一次战役中，沼泽王国难以抵挡怒神诸将的攻击，大败而逃。斯凯尔遭到灭顶之灾，被劳挖出了心脏。

取得胜利的劳非常高兴，决定在劳·拉那山举行盛大宴会和竞技赛来庆祝。劳对各路神祇都发出了邀请，斯凯尔的属下众神也在邀请之列。

宴会那天，劳宣布竞技赛的第一项活动是赛球，而这颗球，就是斯凯尔的心脏。

智神的属下心里明白，只要将心脏放回斯凯尔的身体里，他们的首领就会死而复生。于是，他们偷偷地商量好，要伺机把斯凯尔的心脏夺回来，重新放进他的身体。

宴会开始了，斯凯尔的属下诸神悄悄地躲在了山地各处。有一位神最擅长的是跳跃，于是变成驼鹿，躲在球场附近。另一位神身高腿长，跑得最快，就变成羚羊站在树林边。其他诸神，都分别变成小兽，在距离斯凯尔身躯不远的地方埋伏着。

这时劳和他属下正玩得高兴，他们围成了一个大圈，把斯凯尔的心脏抛过来又踢过去。斯凯尔的属下诸神在旁边不停起哄，对劳的属下喊道："你们就这点力气吗？还没有孩童抛得高。""哈哈，你们没有吃饱饭吗？"

在他们的挑逗下，劳的属下诸神使出全力，将球抛得越来越高，斯凯尔的属下诸神仍然没有停止嘲笑他们。

球终于到了劳的手里，他使出浑身力气，狠狠地将球向上抛去，任何人也没有他扔得高。但是他扔得太远了，那颗心径直往游乐者围成的圆圈之外飞去。

斯凯尔的属下诸神等待的就是这个机会。离球场最近的鹿跳起来，抓起斯凯尔的心脏，飞快地跑下山坡。劳的属下诸神急忙追赶，但是他们怎么跑得赢这敏捷的鹿的飞毛腿呢？

鹿一直跑到跑不动了，羚羊正在路边等着他，鹿便把心脏转交给羚羊，让羚羊继续往前跑。劳和他的属下们仍然在后面穷追不舍。羚羊跑累了，把心脏交给等候的郊狼，郊狼累的时候将心脏传给了山鹰，山鹰又转交给秃鹰，秃鹰又将心脏交到了鸽子手里。

带有神秘色彩的玛雅人起源于何地，至今仍是一个谜

用这样接力的方式，最后鸽子带着心脏飞落到斯凯尔的身躯上，把心安放进他的身体里。

就这样，智神斯凯尔复活了，率领部属重新与怒神开战。

这一次劳战败身亡。为了防止劳死而复生，斯凯尔命令属下把劳的尸体抬到圣湖中央的那块巨石上，把劳的尸体剁成碎块，一块一块地扔给守在湖里的大力神拉克和他的精灵们，一边扔一边故意说："瞧啊，这是斯凯尔的手！""嘿，这是斯凯尔的腿"……

劳的尸体就这样被一块块地扔进湖里，成为大力神拉克的美餐。

后来得知真相后，大力神拉克非常愤怒，斯凯尔依靠众神之王柯穆·卡门普斯的说和，才平息了拉克的愤怒。

得知湖里的那个头颅是他们首领劳的之后，劳的属下诸神就再也没去动它。它一直露在湖面上，变成了后来的柯尔东那岛。

劳的幽灵留在了湖中那块高大的岩石上，日夜注视着圣湖。当诸神都熟睡的时候，劳就会跳入湖水，拍击水面、刮起狂风、掀起巨浪，发出悲愤的声音，以此来发泄心中的怒气。

小知识

在玛雅神话中，卡门普斯神族是继玉米神族之后诞生的第二个神族，族中以众神之王柯穆·卡门普斯为首，智神和怒神是他的左右手。与崇尚天地自然的玉米神族相比，卡门普斯神族的出现明显增加了神的力量与威严。

湖心圣地
——被惩罚的猎人

所有住在克拉玛特的人，都深信火山湖里居住着一位法力很强大的神。相传这位神住在耸立在湖中的岩石上。他在山里不分昼夜地点着一堆篝火，岩顶上的洞口长年吐着通红的火焰，冒着浓黑的烟尘。

除了克拉玛特的巫师，大神不允许任何人靠近火山湖。巫师们都说，火山湖其实是一个巨洞，通往地心。

据说这个洞深不可测，永远都到不了底。湖四周有很多高耸入云的山峰，巨洞里灌满了湖水，那碧蓝碧蓝的湖水，比蓝天还要蓝。克拉玛特人认为他们的祖先就由此诞生，他们出来的时候身上还带着烟火。克拉玛特人死后，灵魂就会回到湖中岛上去。

克拉玛特的巫师们有时会到湖里去，向大神请教一些问题。大神有时会赐予他们一些能够治病的草药和避邪的护身符。巫师们在湖里会见到一些死者的灵魂，这些灵魂有时会委托他们向生者传达消息。在湖面上空氤氲的烟雾之中，寄居着恶人的灵魂。这些丑恶的灵魂总是千方百计地想要逃跑，想要逃脱惩罚，而大神总是能够把它们抓回去。

如果人生前一生清清白白，死后他们的灵魂可以来到湖中，在山谷间和草地上自由飞翔，尽情玩乐。有的灵魂甚至还能够驾船在湖上捕鱼，或到山间捕猎，它们身轻如燕，能像鸟儿一样在湖面上盘旋。

大神吩咐部落的酋长把这一切告诉自己的子民，并且为人们订下了一条戒律：除了酋长之外，任何人均被禁止接近大神的住所及死者灵魂居住的房子。若有谁敢于打破这条戒律，必然惨遭横死，灵魂会坠入山中那永世不灭的长明火之中。

所有的族人都对酋长的话深信不疑并严格恪守，只有两个猎人不屑一顾。这两人从来都不把别人放在眼里，包括巫师和酋长。他们孔武有力，捕杀过最凶猛的野兽，剥下过最勇猛剽悍的武士的头皮，打败过胆敢藐视他们的所有敌人。所以他们无所畏惧，最大的心愿莫过于去火山湖走一趟，看一看大神的圣地了。

两个猎人从克拉玛特湖边出发，穿过广袤的森林，踏着厚厚的积雪，朝着火山湖的方向走去。他们将酋长的告诫抛在脑后，信心百倍地向通往神界的圣湖进发。

走啊走啊，他们终于爬到山顶，站在一片林中空地中央，从这里朝下看，远远地能看到一个圆形的深湖。这里不愧为仙境，无数美丽的精灵拍动着透明的翅膀，低低地沿着湖面飞翔。他们唱着优美动听的神曲，快乐地互相追逐嬉戏。

圣湖中心有一座山峰，山顶的洞口里喷射着炙热的火焰和黑色的浓烟。浓烟里不断地传来痛苦的哀叫声，那是生前坏事做绝，此刻正在接受惩罚的邪恶灵魂。

圣湖美丽绝伦，让猎人们流连忘返，忘掉了时间，直至大神从湖里走出发现了他们。

大神召来湖怪，指给他站在山岩上的两个猎人。湖怪以迅雷不及掩耳之势，飞快掠过湖面，凶狠地向猎人们扑来，它尖锐的爪子抓住一个猎人，把他扔进了圣湖岛上喷火的洞里。

另一个猎人魂胆俱丧，拼命逃窜。他躲过恼怒的湖怪，飞快地跑回自己的村子。一见到村民，他惊魂未定，喘着粗气向他们讲述了此番经历，讲完后便扑倒在地，气绝身亡了。

猎人死后，根据神谕，他的灵魂被投进了永世不灭的长明火之中。

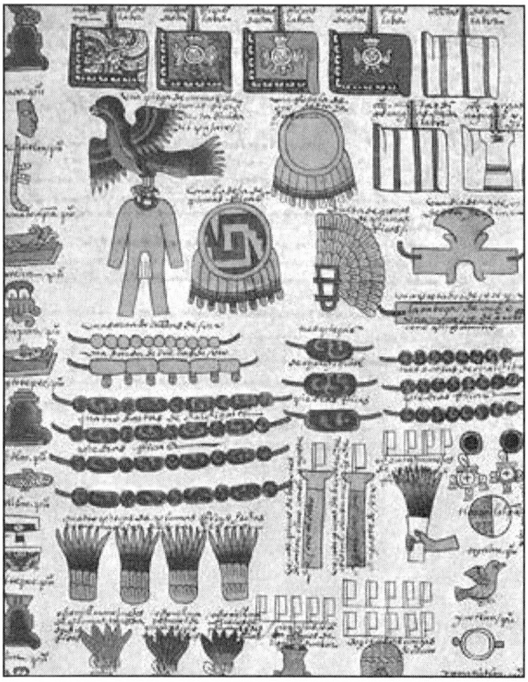

玛雅人的各种神秘符号

小知识

玛雅人相信一种平行存在的世界或宇宙：阴间，即逝者停留的地方；上界或天国，即天神和祖先们居住的地方；中间世界，即我们所熟知的物质世界。

古代玛雅人用树，通常是吉贝树，来象征这些世界和它们之间的相互联系，因为这种树代表着神圣的“生命之树”，它的根向下直伸入阴间，而其枝叶却直插云霄。

水神的妻子

——海獭借箭

俄勒冈沿岸有一个小村庄，里面住着一位美丽的女孩。她有着花朵般俊俏的脸庞，皮肤娇嫩得像浆果一样吹弹可破。

村子里的年轻小伙子都爱慕着这个女孩，纷纷上门来求婚，女孩却一直都没有意中人。

女孩有五个哥哥，他们都很爱她，想为她找个婆家，她却说自己不想嫁人。

时间日复一日地过去了，女孩依然形单影只。

某天，女孩到村外的一条小河里洗澡。到天黑回家的时候，不知道从哪里冒出来的一个男人出现在她的面前，径直向她走来。

女孩感到很害怕，加快脚步向前走。“不要怕，”陌生男人说话了，声音很温柔，“我住在海底，已经喜欢你很久了，你愿意成为我的妻子，跟我到海里去生活吗？”

女孩说：“我不愿意去远方。”

男人许诺道：“我的住处离你的村子不算远，而且你还可以回来探亲，看望哥哥们。”

女孩心里也有点喜欢这个神秘而成熟的男人，她思索了一下说：“好吧！如果是这样的话我就跟你去。”

男人让女孩闭上眼睛，紧紧地抱住他的腰。女孩柔顺地依从了，男人带着她沉到了海底。

在大海深处，有一个海底的村寨，那里住着许多小精灵，这个男人是村寨的五首领之一。

女孩在海底过着无忧无虑的生活，很快就生了一个儿子。孩子长大后，女孩制作了很多弓箭，教她的儿子练习。有时，她也会对儿子讲起人间的事情：“你的五位舅舅就住在我们头顶上的人间。他们的箭比我给你做的好多了。”

有一次，孩子忍不住对妈妈说：“我们去向舅舅们要些箭好吗？”

他的母亲让他去请求父亲的允许。水神不愿让妻子和儿子去人间，但是当初允诺在先，他只好同意让妻子先独自去一趟人间，看看她的亲人。

第二天早晨，女孩很早就出发了，身披五张海獭皮，游到了海面之上。她的几个兄弟远远见到她，以为真的是一只海獭，就一起向她射箭。

这只海獭在水中沉浮不定，似乎并没有被射中，身上看不到一支箭。五兄弟感到很奇怪，便驾着独木舟追赶她，想看看这只古怪的海獭到底在搞什么名堂，为什么会射不伤。

五兄弟一直紧盯着，当女孩上了岸以后，大哥跑了过来，走近才看出，这海獭原来是个女人装扮的，再走近一点，发现她正是他们一别多年的妹妹。

她对哥哥们讲述了自己在海底的家和丈夫、儿子，然后用手指着远处说："我就住在那里，每到退潮，遥望大海的那个方向，就能看到我们的家。"

接着，她又说道："我的儿子想要向他的舅舅们要一些箭。"说完，向哥哥展示了刚才收集来的那些箭。

临走时，她送给哥哥们五张海獭皮，让他们拿海獭皮换些需要的东西。哥哥们也送给她很多箭，多得她都拿不动了。

女孩担心出来太久丈夫和儿子会着急，就向哥哥们告辞，并告诉他们明天会在岸上的小船边，送给他们一条鲸鱼。

第二天，小船旁边果然有一条鲸鱼，哥哥们把它切割好，分给了全村人。

玛雅人的壁画

后来，女孩又回家一次，还带着她的丈夫和儿子与哥哥们见面。她的哥哥们发现，这一次她的腰身变得又细又滑，就像蛇一样。

女孩一家人回去后，岸边经常出现许多海蛇。海蛇来的时候，哥哥们常把箭给它们，请它们带给自己的外甥。

从此，女孩再也没有回来过。但是每到夏天，她都会在海边放两条鲸鱼，答谢自己的亲人们。

小知识

玛雅神话构思奇特，情节出人意料，动物、神祇参与人世的活动更是增加了神秘的色彩。

嫁到海里的女孩
——女海神的故事

乌胡尔日海湾的两座岛屿之间有一条狭长的海峡，住在海峡两岸的印第安人，靠捕鱼为生。

村子里的女孩们，经常相约在海边捡拾贝壳。其中有个女孩长得很美，她有着动人的眼睛、长长的秀发、窈窕的腰身，就像一朵盛开的鲜花。

不知为什么，这个女孩捡到的贝壳总是从手里滑落，她只好到水里去捡。可是贝壳似乎变得很滑，一次又一次地掉到水里，女孩不知不觉越走越远，水深得都漫到了她的腰。

突然，女孩感觉自己被一只手抓住，这只手温柔且有力。女孩大惊失色，不知所措，这时一个声音从海水里传了过来："请不要害怕，我不会伤害你的，因为我喜欢你。"

话音刚落，那只手便放开了她。同样的事情后来经常发生，每次只要女孩一到海里，就会有一双手搂着她的身体，还有个声音说着温柔的情话。

这样过了一段时间后，一个英俊的青年来到了村子里，去拜见女孩的父亲，说他是从海底来的，请求女孩的父亲答应把女儿嫁给自己做妻子。

哪位父亲舍得把自己辛苦养大的女儿嫁到海底呢？无论青年如何形容海底世界的神奇美妙，老人依然顽固地不肯松口，坚决不同意这桩亲事。青年非常失望和生气，对老人说："如果你不肯把女儿嫁给我，将来肯定会后悔。"

女孩的父亲不受这种威胁，依然不答应。青年离开后，遍布海滩的贝壳突然消失了，鲑鱼也几乎见不到了。河流开始干涸，淡水不够饮用，村里人没有食物和饮水，苦不堪言。

女孩看到这情形，感到很痛心，她来到海边，恳求青年给大家水和食物。

这个青年其实就是海神，他温柔但执拗地说："除非你的父亲同意把你许配给我。"

为了不连累乡亲们，女孩的老父亲只好忍痛割爱，同意将女儿嫁给海神。他只对海神提了一个要求——让女孩每年回村一次，给家人看看她过得好不好。

海神痛快地答应了岳父的条件，然后便带走了女孩。大家在岸上目送她，看着她跟着丈夫慢慢地消失在海峡的深流中。

女孩走了以后，淡水又涌了出来，贝壳和鲑鱼也出现了。海神遵守着自己的承诺，每年都让女孩回村一次。女孩每次回来的时候，海里的鱼总是比平时更多。

四年过去了，女孩一共回来了四次，人们发现她的容貌每次都有变化。第一年返乡时，她的双手和肩上都长满了贝壳。到了第四年，她那漂亮的脸上也长满了贝壳。村里的人都能感觉得到她并不愿意露出水面，而且她走过的地方会刮起冷风。

玛雅玉器

村里人商量过之后，由她的父亲郑重地对她说：“如果你觉得走出大海非常痛苦，以后就不用每年回来一次了，我们把你丈夫的承诺还给他。”

从那以后，女孩就真的再也没有回来。但是她并没有忘记自己的家乡，每当大海涨潮时，她那满头茂密的长发就会在海水中若隐若现。乡亲们知道，女孩正在牵挂着她的亲人。

小知识

玛雅人中，富有的男女会佩戴用小块玉石和贝壳串成的珠宝，以及用五彩羽毛编成的发饰。有时还会把前面的牙齿锉成尖的或其他形状，还会在牙缝里填满小块的玉石。在玛雅文明中，文身和彩绘非常流行。男孩用黑色颜料，女孩用红色颜料，祭司用蓝色颜料，战士则用红色和黑色的颜料。

闯祸的小女孩
——浮冰上的瓦·卡尼

在距离现在非常遥远的时代,奇努克人遇到了终年的寒冬。春天到来的时候,冰雪仍不融化,大雪每天都在飘扬,地面上的积雪越来越厚,足足有半人深。寒风没日没夜地刮着,卷起积雪,遮挡着人们的视线,河里的坚冰裂成小块,发出一阵阵响声。

一天,一只雪鸟飞到了这里,鸟嘴里叼着一块红色的东西。奇努克人一起吓唬它,受到惊吓的鸟把嘴里叼着的东西扔在了雪地上,人们才看清那是一块红色的植物块根。此时,奇努克人才意识到,在别的地方春天早已降临了,只有他们这里还是严冬季节。

奇努克人很想知道这里的气候为什么会变成这样,于是,部族首领召集人们来到议事屋商讨对策,看看有什么良策能够把冬天打发走。

大家都一筹莫展,毕竟这种情况谁也没有经历过。这时,全族最老的一个长者发言了,他说:“我似乎记得,先辈们曾经说起,如果有人用石头打过鸟,就会一年四季都下大雪,寒冰封冻大地。难道在我们的部族里,有哪个孩子用石头打了鸟?”

首领命令众人把全族所有的孩子都带来审问,看看是谁曾经用石头打过鸟。所有的母亲都提心吊胆,手心捏着一把汗,暗自替自己的孩子担心,生怕这样的大祸是自家的孩子闯下的。

经过询问,所有的孩子都异口同声地指证一个小女孩说:“是她打的!”

首领对小女孩的父母说:“问问你的女儿,孩子们说的是事实吗?”

在双亲的逼问下,小女孩惴惴不安地承认了,她的确用石头打过鸟。

小女孩的父母吓得不知所措,只能等待首领的裁定。首领和众人商议半天,最后他对小女孩的父亲说:“要想送走寒冬迎来春天,只能把你的女儿嫁给冬风神。”

父亲只有这么一个女儿,非常舍不得,但是既然女儿已经闯了祸,而且还涉及族人的利益,他也不能不通情达理,所以只好忍痛同意了。

小女孩被带走的那天,族人们送给她的父母很多礼物,以答谢他们对女孩的养育之恩。小女孩的父母忍不住放声痛哭,仿佛自己的女儿此刻即将赴死一般。

族人们把小女孩打扮得特别漂亮，每个人也都穿上了节日才穿的华服盛装，一起为出嫁的小女孩送行。

族里的年轻男子们在浮冰上铺满干草，让小女孩坐在上面，众人合力将浮冰向下游推去。小女孩啼哭起来，她的父母也号啕大哭，在哭声、冰块的撞击声和巫师的咒语声中，巨大的浮冰载着小女孩，消失在了远处……

浮冰漂走之后，春暖花开了，大地出现绿意，鸟儿叽叽喳喳地飞来了，人们更加相信先辈们说的话是对的。

四季轮回，春去冬来，转眼又到了滴水成冰、万物蛰伏的寒冬。

这一天，大雪飘扬，一群老人们坐在河岸边看着河里漂流的冰块。突然，在河中央的瀑布旁边，他们的视力可及处，似乎有一块很大的浮冰正漂浮在水面上，而且上面好像还有什么东西。

老人们命令一个小伙子前去探看，小伙子回来说："冰上面好像坐着一个人。"

人们急忙用一根长木杆把浮冰拨到岸上，发现端坐在上面的，竟然是上一年他们嫁给冬风神的那个小女孩。

人们急忙把小女孩抱回她的家，用柔软的毛皮包裹着她，小女孩很快就苏醒了。人们发现，醒过来的小女孩可以穿着单衣，赤足在冰雪中行走。原来，这是冬风神赐予她的一种特别的禀赋。

从此，人人都把这个小女孩称为"浮冰上的女孩"，印第安语为"瓦·卡尼"。

小知识

印第安人在举行仪式或唱歌、跳舞时，全身上下都涂上各种花纹，主要颜色为红色和黑色，分别取自热带雨林中的天然野果和植物。花纹除了表示自己来自哪个部落和美观以外，不同年龄的人身上的花纹还象征着不同的意义和社会地位。比如，孩子身上的花纹一般表示"健康"、"平安"之类的意思；成年人身上的花纹则表示自己的职业和身份，比如乐手或演奏家。

库里和他的两个妻子

——变成山峰的一家人

有一个高大英俊的印第安男子，名叫柯莫·库里。他娶了两个老婆，一个名叫华特·赫克，即“晴朗的天空”；另一个名叫娃特·赫克，是“金发女孩”的意思。

华特已经嫁给库里很多年了，她长得非常美，为丈夫生了三个孩子。相较之下，娃特的容貌要略逊一筹，但是性格却非常温柔，她的温婉娴雅，征服了丈夫的心。

华特是个醋坛子，脾气又不好，非常妒恨娃特，因此，家里常常吵得不可开交，令人耳根不净。

一天，华特对丈夫库里要求：“我为你生了三个孩子，是他们的母亲，你该更加爱我才是啊！”

她的丈夫笑了笑，什么也没说。华特不禁勃然大怒，威胁库里说：“既然你不把我放在心上，那我走好了，孩子们留给你。”

话虽然这样说，但是华特并不是真的想离开家。她只是做做样子，希望库里能够出言挽留。虽然库里心里非常爱她，但是他天生有一种高傲的性情，所以就没有说出挽留的话语。只是叹息着说：“如果你执意要如此，我也没有办法，你可以得到自由，去你想去的地方。”

华特只好收拾行装，做离家出走的准备。她慢吞吞地收拾着，磨磨蹭蹭不想出门，一直在等着库里来挽留她。拖延了好长时间，眼见无望，她才带着一些种子和各式各样的花草上路了。她的孩子见妈妈离家，不舍地放声大哭。华特一步三回头地走出家门，走下山坡，多希望能够听到丈夫库里温柔地说：“亲爱的，回来吧！”

她背着东西走了一段路，在山脚下坐了下来，回头看着家门，思念起了丈夫和孩子们，但是库里还是什么都没有说。

华特流着眼泪，心情忧伤地继续往南走，走进了丘陵和山冈，她踮起脚看着遥远山顶上的家，心里万般沮丧和悔恨。她盼望着库里能够在远处召唤她：“回来吧！我和孩子离不开你！”但是四周除了鸟叫和虫鸣，什么声音也没有。最后她死了心，决定就在此地留下。天气晴朗的时候，她从这里可以看到自己的家。她把带来的种子和花草拿出来，种在山谷中。

有一年，娃特怀孕了，她对丈夫要求回去看望一下自己的妈妈。

她的妈妈住在乌胡尔日湖的一个岛上，沿途除了乱石、树木和山峰，一条能走的路都没有，该怎么去呢？

娃特请求丈夫帮忙。库里召唤百兽，让它们用自己尖锐的爪子，帮助娃特挖一条通往湖滨的深沟。百兽们齐心协力，日夜开工，很快就为它们的主人挖了一条又深又宽、能够让两艘独木舟并排行驶的大沟。深沟挖好后，库里把流经附近的河水都引进来，灌满了大沟，这就是日后的努克萨克河。

娃特顺着大沟下山，很快就到了乌胡尔日湖。

一天早上，她肚子饿了，在途中经过的第一座岛上吃了点早饭，吃的是双壳贝类，她还留了一些放在岛上，直至现在这个岛上还能找到这些贝壳。第二天，她在另一个岛上吃了一点软体动物；在下一个路过的岛上，她吃了卡玛斯蒜，这座岛叫做玛蒂亚岛，如今这座岛上卡玛斯蒜特别多。但凡路过的岛屿，她都留下了一些食物，诸如浆果、鱼、胡萝卜，等等，印第安人就用这些食物的名称为这些岛命名。

一天夜里，她来到了平顶峰岛。夜色很浓，已经无法赶路了，她想找个地方休息。可是到处都是水，似乎无处过夜。娃特正在踌躇时，突然海风狂啸，风雨大作，海面上出现无数个大大小小的漩涡。娃特被风吹得站立不稳，如果失足掉下水，就会立刻被吞没。

这时，创世神走来对她说："金发女孩，你要立刻躺下来，站在那里会被风吹走的。"

娃特急忙躺了下来，于是她变成了斯潘特岛。在斯潘特岛附近，有一个一模一样的小岛，这就是她腹中的孩子变的，印第安人把它称为守护岛。

久久等候，妻子也不回来，库里带着孩子们登上山顶，伸长脖子想看看自己的妻子身在何处。孩子们跟着父亲爬到了最高的山之巅，由于眺望得太久了，他们都变成了山峰。有个叫苏克萨的孩子，站在库里的东边，其余两个孩子是双胞胎姐妹，一个在西边，一个在南边，离她们的爸爸比较远。

在南方，离他们很远的地方，站着他们的妈妈华特——雷尼尔山，这座山因为长满了奇花异草而闻名于世。

无论是阳光明媚的白天，还是月色如水的夜晚，雷尼尔山总是披着满头白发，忧伤地遥望着远处并排矗立的柯莫·库里山和她的孩子们。

美洲豹和变形神

——小男孩的森林奇遇

古时候有一个猎人，他老婆有一个小兄弟。

有一天，小兄弟央求他一起去打猎。两人路过一个悬崖，猎人发现峭壁上有一个洞穴，里面住着金刚鹦鹉。于是，他砍倒一棵大树，把树干斜倚在山崖上，叫小兄弟攀着树干去洞里捉鹦鹉的雏鸟。

小兄弟沿着大树树干爬到鸟窝边，把手伸进洞中捉雏鸟，雏鸟惊恐地叽叽喳喳叫唤，叫声引来了大鹦鹉。大鹦鹉听到自己孩子的叫声，飞到巢穴上空，在小兄弟的头上不断盘旋，发出尖锐的叫声。小兄弟心里很害怕，不敢再伸手捉雏鸟。

猎人在地面上看到这个情景，大骂小兄弟是个废物，并一怒之下把大树推倒了，随后转身扬长而去。小兄弟被扔在悬崖峭壁上下不来，整整待了五天，又饿又渴又怕，不停地用微弱的声音呼救。金刚鹦鹉还在小兄弟的头顶盘旋，拉下的粪便差点把他活埋。

到了第五天小兄弟快死了，就在他几乎已经坚持不下去的时候，一只美洲豹走了过来。它看到地面上晃动着一个小孩的影子，便倏地扑了过去，结果爪子下面空无一人。过了一会儿，小孩的影子又晃动了，它再扑过去又再次落空。

此时小兄弟向地面吐了一口口水。美洲豹一抬头看见了他，问道："小孩，你待在那里做什么?"

小兄弟便把姐夫将他抛弃在这里的事情，一五一十地对美洲豹说了一遍。

"原来是这样。"美洲豹又问，"鸟窝里有什么?"

"金刚鹦鹉的雏鸟。"小兄弟据实回答。

美洲豹一听，十分嘴馋，命令小兄弟把雏鸟扔给它。

小兄弟捉住一只雏鸟扔下去，美洲豹接住后，张嘴一口就吞了。

"里面还有吗?"美洲豹又问。

"还有一只。"小兄弟说。

"赶紧扔给我，还磨蹭什么?"美洲豹发脾气了。

小兄弟没有办法，只好又扔给它一只雏鸟。

吃饱之后，美洲豹把大树重新立在悬崖壁上，让小兄弟爬下来。小兄弟快爬到地面的时候，突然心里掠过一丝恐惧，害怕美洲豹也会把他给吞了，急忙返身向上爬回去。

美洲豹答应不会吃他，还说要带他去喝水。小兄弟饥渴难耐，犹豫再三，还是横下一条心爬了下来。美洲豹驮着小兄弟来到河边，小兄弟痛痛快快地喝足了水，接着一阵倦意袭来，他就睡着了。

不知睡了多久，美洲豹轻轻地叫醒了他，让小兄弟去河里沐浴洗澡，洗洗身上的污垢。

美洲豹对小兄弟说："我没有孩子，不如你当我的养子吧？"

就这样，小兄弟跟着美洲豹来到一个很大的树洞里，那是美洲豹的家。小兄弟看见树洞里闪耀着火光，那时，印第安人还没有学会取火，只能把肉放在太阳下晒干，而美洲豹却在家里储藏了好多烤肉。

小兄弟好奇地问："为什么有一股烟味？"

美洲豹回答他："因为这里在生火。"

"那么，什么是火？"小兄弟追问。

"什么是火？晚上你就知道了，它能将你烤得全身上下暖洋洋的。"美洲豹回答他。

晚上小兄弟吃了很多美洲豹藏在家里的烤肉后，又呼呼地睡着了。

天刚亮，美洲豹就要出去打猎。小兄弟爬到一棵大树上等他的义父回来。

可是一直到中午，美洲豹还没回来。小兄弟肚子饿得咕咕叫，他从树上爬下来，回去向美洲豹的妻子要东西吃。

"什么，你想吃肉？"豹妈妈张开血盆大口，对着小兄弟大吼，"你看这是什么？"

小兄弟吓得魂飞魄散，拼命地跑出去，爬到刚才那棵大树上，躲在枝叶中瑟瑟发抖。

等到美洲豹回家后，小兄弟向它告状，美洲豹把老婆狠狠地训斥了一顿，不允许她再吓唬自己的养子。

第二天，美洲豹出门打猎前，给了小兄弟一付弓箭，叮嘱他说："如果我老婆还是吓唬你，你就用箭来吓唬她，不过千万不要真的瞄准。"

到了中午，小兄弟又饿了，去向豹妈妈讨肉吃。豹妈妈不但不给他，又张开了血盆大口对着他，还伸出了利爪想要抓他，小兄弟急忙退后，瞄准她拉满了弓。

豹妈妈一看赶紧求饶，小兄弟不相信她的话，便瞄准了她的肚子射了一箭，穿透了她的身体。豹妈妈立刻倒下，血流满地。小兄弟见自己闯了祸，不知道该怎么办,只好跑了出去,到丛林中找到美洲豹,把射死豹妈妈的事情坦白了。美洲豹听后,并没有惩罚他。

他们一起回了家,美洲豹给了小兄弟一些烤肉,对他说:“如果你想回家,回到你的族人那里,就沿着河走。途中会有峭壁和香艾伊树叫你,你可以答应它们。但是听到地上的枯树叫你,就要当心了,万万不能搭话。一直走下去,两天后就能够走到你的村庄。回去以后,别忘了教你的族人保存火种。”

小兄弟听从美洲豹的话,沿着河水一直向前走。沿途,他听到峭壁的呼唤,他答应了;听到香艾伊树的呼唤,他也答应了。后来,地上的枯树也在轻声叫他,他一时忘了义父的叮嘱,同样答应了。人类的生命本来可以像悬崖那么长久,但是因为小兄弟回答了枯木的呼唤,生命就大大缩短了。

悬崖、香艾伊树、枯木都呼唤过小兄弟以后,林中一片寂静。过了一会儿,小兄弟又听到一个声音,他照样接话了。喊他的人是林中的变形神,名叫加罗·堪杜列。

变形神挡在小兄弟面前,问:“你来找谁?”

“找我的父亲。”小兄弟说。

“我就是你的父亲。”变形神骗小兄弟。

“我的父亲不是你这个样子,他有一头长发。”

加罗·堪杜列想了想,隐身了。

小兄弟重新赶路,没多久,变形神又出现了。他披着长长的头发,再次冒充小兄弟的父亲。小兄弟怎么会相信这种拙劣的谎言呢?他说他的父亲耳朵上还挂着一串长长的小木棍。

加罗·堪杜列听到后,再次隐身消失了。过了一会儿他回来了,在双耳上挂了一些小木棍。

小兄弟想了想,对加罗·堪杜列说:“说实话,你是不是变形神?”

加罗·堪杜列一看自己的伎俩被戳穿了,便向小兄弟扑了过来,两人厮打在了一起。小兄弟又累又饿,不是变形神的对手,最后被抓住放在了篮子里。

加罗·堪杜列背着篮子,准备回家。

走到半路,变形神在一棵树上发现了一群长鼻熊。他把篮子卸下来放到地上,拼命摇动大树。几只小长鼻熊掉了下来,被变形神勒死,也放进了篮子里。

小兄弟在篮子里对加罗·堪杜列建议,这样走下去太慢了,不知道什么时候才能到家,如果他能先踩出一条小路来,走路的速度就会快多了。

变形神想了想,觉得有点道理,便把篮子放在一边,自己去林中开路。小兄弟趁机从篮子里爬了出来，把一块大石头放在篮子里代替自己，再把那几只小长鼻熊盖在上面。做完这一切，小兄弟飞快地溜走了。

加罗・堪杜列开出了一条林中小路，回到原处，背起篮子继续往家走。他突然觉得篮子好像变重了，压得他腰酸背痛。好不容易走到家里，他的孩子们见他回来，高兴地围住他，问他带回了什么好东西。

变形神高兴地说："给你们带回来一个好玩的玩具。"

孩子们从篮子里拿出长鼻熊，问道："是这个吗？"

"不是。"变形神回答。

孩子们用手扒着篮子说："难道是这块石头？"

变形神一看，篮子里只有石头，就说，一定是掉在了半路上。

他急忙回到树林中去捉小兄弟，但是这时小兄弟早已回到了村子里，正在对自己的族人大讲特讲他这段时间的奇遇。

最后他宣布："从今天起我们再也不用吃生东西了！让我们把火生起来吧！"

人们欢呼雀跃，连飞禽走兽们都来帮忙。野鸡札霍积极地跑来打头阵，不过她的身体实在是太瘦弱了，扛不动木头，小兄弟便派她跟在后面负责把火星扑灭。能够扛动木头的只有貘了。

安排好一切后，大家在小兄弟带领下向丛林出发，去找美洲豹要火种。美洲豹把火种送给小兄弟，并对他说："从现在开始，你的儿子也就是我的儿子。"

大家返回村子，由貘扛着燃烧的木头，野鸡札霍跟在貘后面。在路上，燃烧的木头迸出一块通红的木炭，札霍没有防备，一下吞进了肚子。

从此以后，野鸡的脖子就变成了紫红色，直到今天也是如此。

小知识

美洲豹是印第安人的守护神。印第安人认为美洲豹从宇宙诞生之初就已存在。在他们心目中，美洲豹支配着生命的生与死，同时掌握着破坏力与生命力。由于美洲豹昼伏夜出的习性，印第安人将美洲豹金色带黑斑的毛皮赋予了白昼的太阳、夜晚的星星的象征涵义，认为美洲豹是"夜晚的太阳"（即月亮）。

在印第安人的多神崇拜观念里，美洲豹具有多样的权威：它的威力统治着黑暗与冥间，同时又能使人口繁衍、食物丰足。这一信仰衍生出了美洲豹是人类的祖先、是战争之神，以及美洲豹赐给人类雨水与食物等一系列神话传说。

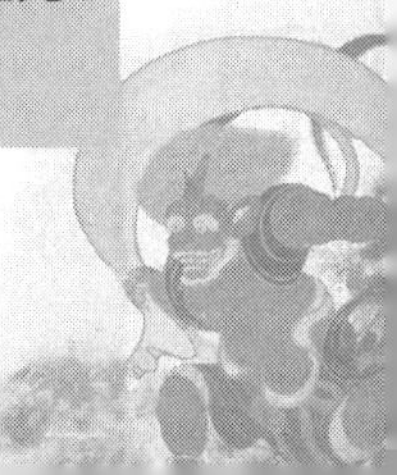

贝壳收藏者的遭遇

——金钱并非万能

在印第安人社会里，贝壳是一种装饰品，曾经也被当作钱币来使用。印第安人把贝壳钱币叫做“哈依柯瓦”。

有一个尼斯卡利人，与别的印第安人一样，靠狩猎和捕鱼生活，他有点小聪明，而且很吝啬，特别喜欢贝壳。他认为，谁拥有的贝壳越多，越能得到别人的敬重。所以，这个尼斯卡利人一生都在积攒贝壳，一直到老，但是攒来攒去也没有几个。

为了多赚一些贝壳，他开始做生意，卖一些驼鹿肉和鲑鱼肉。

卖东西得到的贝壳只要到了他的手中，就立刻被藏起来。他不允许自己的妻子戴贝壳首饰，自己也从不佩戴贝壳饰品。甚至连每年春天举行的鲑鱼汛庆典活动，他也从不参加，认为那是一种浪费的行为。

“喜欢吃喝的人，必然离乞讨不远了。”这是他经常挂在嘴边上的话。

为了赚取贝壳，他下了很多工夫，他对出产鲑鱼的水塘和驼鹿觅食的草场，比对自己的手掌还要了解，因此能够比别人省很多力气而取得收获。他经常把驼鹿肉卖给那些想要贮藏干粮的主妇，赚取贝壳。有时甚至昧着良心，把那些全是带筋的干驼鹿肉卖给贫穷的寡妇，换来她们的贝壳饰物。

渐渐地，他积攒的贝壳越来越多，但心里仍然感到不满足，做梦都希望世上能有一个藏宝地，藏着很多很多的贝壳。

他日日夜夜地祈祷，祈求神灵指点他一个地方，让他可以挖出很多贝壳。

终于有一天，他的祈祷奏效了。驼鹿神姆斯穆斯对他说，雷尼尔山顶上埋藏着很多贝壳，而且还告诉了他挖贝壳的详细方法。

但是雷尼尔山非常遥远，处于森林的尽头，而且是大神塔赫玛赫纳维斯的圣地，没有人敢到那里去。

虽然不敢轻易涉险，但是一想到能够得到贝壳，这个尼斯卡利人就有了无限的勇气。他准备了一些驼鹿肉干、卡玛斯蒜和一把烟叶，还带了一张弓箭和两把铲子，在太阳下山的时候出发了。

经过长途跋涉之后，他来到山脚下。此时的气温越来越低，他感觉很冷，不得不略作休息。为了不被别人发现——他担心有人跟踪夺取他的贝壳，他不敢烤火御寒。

月亮升上天空之后，他开始爬山，沿着被大雪覆盖的山坡向上走，雷尼尔山峰就在他的头顶。而他的脚下是深不可测的悬崖，悬崖下是闪着寒光的乌胡尔热河。

经过一夜的攀登，他终于在太阳初升的时候登上了峰顶，来到了驼鹿神指示他的地方。

山上有三座石像，第一座是一个身材高大的庄稼汉，却长了一个鲑鱼的脑袋；第二座酷似卡玛斯蒜的球茎；第三座像一个长着茸毛犄角的驼鹿头。一切都与驼鹿神所说的一模一样，贝壳宝藏就在第三座石像下面。

尼斯卡利人拿出铲子，开始动手挖土。刚挖了一会儿，身后就传来呼哧呼哧的喘息声。他回头一看，有一只很大的水獭正从湖里爬出来，他从没见过这么大的水獭。在这只大水獭身后，还有十二只水獭鱼贯而出。水獭们在第一只大水獭的指挥下，迈着整齐的步伐将尼斯卡利人包围起来。

那只大水獭显然是众水獭的首领，它猛地跳到第三个石像上，坐在石像中间。所有的水獭都围坐过来，它们的喘息声更大了。尼斯卡利人虽然很害怕，但他没有理会，只顾埋头工作。他尽力地挖呀挖，很快就铲光了积雪，黑色的土地裸露出来。

这个时候，尼斯卡利人满身大汗，双手累得几乎举不起来了。他擦一擦额头上的汗水，想稍事休息，可是只要他一停手，大水獭就会用尾巴重重地抽他，其他水獭一拥而上，也用尾巴抽打他。尼斯卡利人被打得伤痕累累，再也不敢停手，只好不停地挖土，最后那两把鹿角铲都挖断了。

有意思的是，水獭首领在石像上转过身，递给他一把新的铲子。就这样不停地挖着，他终于挖出了一个正方形的大洞。尼斯卡利人伸头一看，顿时目瞪口呆，他不敢笑，因为害怕笑声会惊动别人，所以只能竭力压制着狂喜，捂住嘴巴。只见洞里堆满了贝壳，他多年的心愿终于实现了。

尼斯卡利人拿出鹿皮绳，把贝壳串成串挂在身上，无论他怎么拿，洞里的贝壳依然满满的，一点都看不出变少。尼斯卡利人实在拿不了那么多贝壳，暗暗决定把洞口伪装好，下次再来拿。

由于心头的贪婪，他忘记了驼鹿神的另一个嘱托：对众神感恩，表示虔敬的谢意，并在三座石像上各挂一串贝壳，以表达自己知恩图报的心意。

他被身上的贝壳压得连腰也直不起了，脚步沉重地向山下走去，每走一步都要陷进松软的雪里，这让他走得十分费力。

这时，水獭们栖息的湖面上，升起一团黑色的浓雾，浓雾慢慢升腾，在天空上结成一片乌云。

尼斯卡利人害怕了，以为众神即将驾临。他背着贝壳跑起来，黑云在身后穷追不舍，转瞬之间黑云变成了狂风，把尼斯卡利人吹了起来，重重地摔落在一片碎石和冰块之间。尼斯卡利人想爬起来，但他全身都被贝壳串缠住了。他的耳边传来风神和雷神的怒吼，还夹杂着大神塔赫玛赫纳维斯威严的呼声："哈——哈——哈依柯瓦！哈——哈依柯瓦！"

听着耳边越来越响亮的呼号，尼斯卡利人终于心有所悟，他把手里贝壳钱币向空中撒去。

狂风停息了，但只有片刻工夫，又开始了新的一轮的袭击……

他只好不停地向空中抛洒贝壳，直到最后他身上已经没有几串贝壳了，但狂风却没有停止的意思，他只好依依不舍地把最后一个贝壳也抛了出去。

这时，他虽然筋疲力尽，但是心里却有一阵莫名的轻松，于是躺在雪地上沉沉睡去……

清晨醒来，他发现自己躺在了山脚下，一切都像在做梦。他准备下山，却觉得全身酸楚，走路颤颤巍巍，头发垂下来遮挡住了眼睛，他用手拢了拢，感到很奇怪，为什么一夜之间头发长得这么长？

他一边走，一边感受着一种从未有过的愉悦心情。他发觉自己的内心从未像现在这样满足，再也不去想那些贝壳钱币了。周围的世界也令他感到赏心悦目，小鸟悦耳地欢唱，他开始思念自己的家人，情不自禁地加快了脚步。

总算回到了村庄，可是放眼望去，四周的一切与原来完全不同了。他的家变成了一幢崭新的、又高又大的房子。原来房子旁边的小树也变成了枝叶繁盛的大树。

在他家的门口，坐着一个老态龙钟的老婆婆，正点着篝火煮鱼汤。他仔细一看，竟然是自己的妻子。出门才几天，为什么妻子竟然如此快速地衰老了？并且，她变得像一个阔太太那样，脖子上戴着漂亮的贝壳项链，耳朵上也挂着贝壳饰品。

他走过去，老婆见到他又惊又喜。

老婆说，他走后花开花谢了三十次，树上的果实结了三十次，下了三十场大雪。这些年里，她靠捡拾些卡玛斯蒜头和草药换钱度日，并且买了这些贝壳饰物。不仅如此，村里人还帮她盖了新房子。

周围的人都发现，这个尼斯卡利人自从回来后，完全变了个样子。他现在对贝壳非常淡漠，而对邻居却总是竭尽全力地给予帮助。他把怎样打猎和捕鱼最有收获的方法告诉了大家，大家也总是愿意向他请教。

后来，他成了尼斯卡利人中最好的巫医，受到所有人的尊重。

小知识

在古代的印第安人中，除了贝壳，玉石也和钱币有相同的作用。在美国西南部印第安人的村庄中，蓝宝石也曾被当作钱币使用。但是，作为一般等价物流通得最广的还是贝壳。

死灵魂湖
——猎手护身精灵的处所

远古时代，有一位青年武士，名叫斐吉尔，住在胡得山附近。斐吉尔有一个护身精灵，是一只敏捷的驼鹿。驼鹿教斐吉尔许多本领，让他深谙各种走兽飞禽的习性。

这种特质使他成为部族中最优秀的猎人，只要去他选中的地方狩猎，人们总能满载而归。

但是，每次出猎，斐吉尔的护身精灵驼鹿总是告诫他，做人要懂得知足常乐，无论什么时候都要适可而止，不可贪婪，不要捕获超过自己需要的猎物，只有在真正需要的时候才可动杀心。

斐吉尔的部族里有一个非常狡猾的老人，他想出一个阴谋，挑唆斐吉尔违背护身精灵的告诫。

老人到处宣扬自己已经成了巫师，神托梦给他，告诉他今年的冬天会来得很早，会下很大的雪，而且非常漫长，人们会冷得无法出门。

老人还对猎人们说："为了保证一整个冬天都有肉吃，不会饿肚皮，你们要尽可能多打猎物。"

猎人们听了老人的话，信以为真，每天早出晚归，四处打猎，飞禽走兽被他们追赶得无处藏身。

斐吉尔起先并没有轻信老人的话，仍旧恪守护身精灵的训诫，需要多少就猎多少。可是老人总是在他耳边没完没了地唠叨："你这个样子到了冬天吃什么呢？大神的话难道还会有假？现在不储备食物，到时候日子可就难挨了！"

渐渐地，斐吉尔有点动摇了。

有一次，他出去打猎，打了一只小鹿和几头熊正准备回家，却又看到了一群驼鹿。想起老人的话，他一时没忍住又举起了箭，除了一只驼鹿带伤逃走以外，其余的四只都被他射死了。此刻的斐吉尔还不知道那只受伤的驼鹿就是他的护身精灵。

斐吉尔一路追赶，一直把那只伤鹿追到了森林深处。他沿着驼鹿的蹄印，走到了湖边，见那只受伤的驼鹿躺在湖水中。他走过去，想把驼鹿拖上岸来。就在他的手碰到驼鹿的时候，突然有一种力量拉着他，将他扯入了湖底。

斐吉尔仿佛睡着了般，梦见自己沉入冰冷的湖底，很多动物精灵把他团团围住。

有一个声音发令："拉他过来。"

人形的精灵们拉着他，走向那只受伤的驼鹿。

斐吉尔的护身精灵问："你为什么违背我的话？看看周围，这些都是被你捕杀的精灵。因为你杀死了我的朋友，我再也不能做你的护身精灵了。"

精灵们齐呼："把他从这赶走！赶走！"

斐吉尔又感觉有一种力量把自己抛出水面，扔在岸边。

斐吉尔绝望地回到家里，刚跨过门槛就倒在了地上。苏醒后，他对人们说："我很快就会死，因为我刚刚去了死灵魂居住的地方。"说完，他果然死了。

从此以后，印第安人就把斐吉尔去过的那个湖称为死灵魂湖。因为在平静的湖面下，居住着无数死去的灵魂。

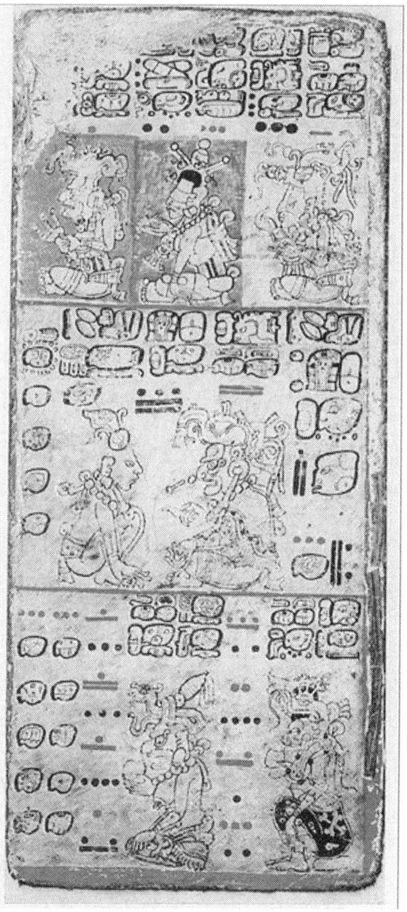

玛雅人的古抄本

死灵魂湖岸边矗立着高高的胡得山(Mount Hood)，山峰的倒影映在透明清澈的湖水中，仿佛是一座死灵魂的纪念碑。

小知识

在玛雅神话故事中，人们能够看到一个奇幻的世界——在这个世界中有精灵、魔法师、天使和恶魔等，在这个神秘和超现实的空间中充满了各式各样的神奇个体。

神王取名

——迟到的郊狼

开天辟地之初，万物都没有名称，于是众神之王召来百兽，要为它们取名字。

众神之王对它们说："你们有的已经有了名字，有的还没有，还有的对自己的名字不满意。明天日出之前，我要为你们命名，还要各赐予你们一支箭。天亮以前，你们到我这里，谁先到达，就可以随意挑选自己喜欢的名字，还会额外得到一支代表着力量的长箭。"

百兽高兴地散开了，郊狼柯帝暗暗下决心明天要第一个来，因为他不喜欢自己的名字，他想叫熊或者鹰。为此他决定一夜不睡，肯定能第一个来。

他担心自己会撑不住睡着了，就用两根小棍子做支架，用来支撑眼皮，他以为这样自己就不会睡着了。

可是，即使撑着小棍子，不幸的柯帝还是睡着了。

一觉醒来，天已大亮，太阳高高地挂在天上。由于眼睛瞪了一夜，柯帝的眼前一片模糊，什么也看不清楚，但他还是飞快地奔向众神之王那里。

他大喊着冲到神前："我是第一，我要叫熊！"

神笑了："这个名字已经被挑走了。熊第一个来的，得到了第一支长箭，从此是百兽之王。"

"那我就叫鹰吧！"柯帝不甘心。

"这名字也有主人了，鹰得到了第二支长箭，它是飞禽之王。"

"那我能叫鲑吗？"柯帝有点难过。

"这名字也属于别人了。"鲑得到了第三支长箭，从此它是鱼中之王。现在只剩下最后一个名字——郊狼，和最短的一支箭。

众神之王把最短的一支箭送给了柯帝，柯帝失望地跌倒在众神之王脚下。此刻他的眼睛依然干涩得睁不开，众神之王很可怜他，用水替他洗了眼睛。

柯帝不死心，又冒出一个想法，便跑去找灰熊，商量着换名字。

灰熊一口回绝："不可能！这是众神之王赐给我的名字。"

伤心失望的柯帝无精打采地回到众神之王那里，众神之王怜惜地对他说："不要难过，是我故意让你最后一个来的。我要赐予你一种神力，有了这种神力，你可以随心幻化，想变成什么就能变成什么。假如你死了，神力能够让你起死回生。如果你需要帮助，就可以召唤神力。记住，狐狸是你的兄弟，有了困难它也会帮助你。”

从此，柯帝就拥有了百兽都不具备的一种非凡神力。

玛雅神话中的兽神

小知识

在玛雅神话的兽神族中，众神之王是将各种动物封神列位的原始之神。在他的分配下，鹰神统治天空后又发展成兽神之王；熊神治理大地，但关于它的传说并不多；而鲑鱼是河流之神。

孤独的柯帝

——为了赎罪而流浪

古时候的印第安人度日艰难，而且混沌蒙昧，于是神王派柯帝来到人世间，谕示他能除魔安民，帮人们过上好日子。

柯帝发现海狸的五个老婆在哥伦比亚河下游修筑堤坝，把鲑鱼统统挡住，而鲑鱼游不上去，上游的人们只好挨饿。于是，柯帝便捣毁了这座堤坝，还把五只母海狸全变成了河边的芦苇。

堤坝刚刚被捣毁，就涌来密密麻麻的一群鲑鱼，河面都变成了暗黑色。柯帝走在河边，鲑鱼成群结队地跟在他后面。上游的人们从此不再挨饿了，他们都对柯帝心存感激。

柯帝来到一条小河边，发现河里有很多鲑鱼，就采来树条编织成网放在河里，教人们修筑拦鱼坝，以便捕到更多的鱼，然后又教人们晾晒鱼干和储存鱼干的方法。

随后，柯帝来到一条大河边，教人们用冷杉枝制作渔叉并使用渔叉捕鱼。

不仅如此，柯帝还从火山顶上取来火种，教人们把鱼煮熟了再吃。他耐心地教导人们如何把鲑鱼放在火上翻烤、炖鱼汤的时候盖上青草叶可以使鱼肉很快就软烂。人们为了表达感激之情，与柯帝一起举行了一个盛大的鲑鱼节。

从此以后，每到春天，鲑鱼到河边产卵的时候，居住在大河两岸的居民们都会举行一个盛大的宴会，欢庆鲑鱼的回归。在宴会中，人们要感谢鲑神，感谢他赐予丰富的鱼鲜。村落里的首领还要向诸神祈祷，求神保佑人们网网都有收获。鲑鱼节日一共持续五天，在这五天期间，人们从不用刀杀鲑鱼。

柯帝继续溯流而上，所到之处，人们全都热烈地欢迎他。可是，当他来到谢兰河畔时，却对岸边的居民提出了要求："你们若是能够将一个年轻美丽的女孩嫁给我，我就让鲑鱼满河，你们将永远衣食无忧。"

人们拒绝了。

因为柯帝看起来十分苍老，大家心想，哪个年轻女孩会愿意嫁给一个老翁呢？柯帝十分生气，运来很多石头筑起一道瀑布，谢兰河的河床被堵塞了，从此变成了

谢兰湖。任何一条鲑鱼都无法越过这道瀑布，从此以后谢兰湖再也没有鲑鱼了。

柯帝就这样在人间周游。

一路上，他降妖除魔，收服了冰人，打败了暴风雪，使得冬天不再那么寒冷逼人。他还给山山水水都取了名字。

柯帝帮印第安人种了许多树木、浆果、草莓和卡玛斯蒜，供他们采集食用。他将钻木取火的方法教给印第安人，教他们制作独木舟，为人们制造了长刀和斧头，便于人们砍伐树木。同时，他还教人们打猎的方法，教会他们使用吹箭筒和箭等各种武器。

从此，人们能吃上野味了。

柯帝做了很多造福人类的事情，但同时也做了一些坏事。神王惩罚他永远流浪，无休止地叹息和哭泣，以赎自身的罪孽。

因此，柯帝常常通宵叹息和哭泣，注定终生孤独地漂泊流浪。

小知识

郊狼柯帝是被众神之王委以重任的兽神，同时也是玛雅神话兽神族中最受推崇的一位神祇。

惩治水怪
——兽民有了名号

有一天，柯帝听说哥伦比亚河里住着一个凶残异常的水怪，名叫纳什拉赫，河里和岸边的所有生物都被它杀死了，飞禽走兽都不敢靠近河边。

大家来乞求柯帝的帮助，柯帝应允了，承诺绝不会让水怪再为非作歹。但是这只水怪不同寻常，有着非常高超的本领，对于如何制伏它，柯帝心里也没有把握。想来想去，柯帝决定向他的三个姐妹求助，他的姐妹们个个都聪明过人，凡是世间的事，她们全都知道。

既然柯帝开了口，姐妹们当然要尽力帮助。不过，刚开始她们并未积极献策，而是让柯帝自己先说说打算怎么办。

柯帝心急如焚，不愿跟她们兜圈子，就吓唬她们说："如果你们不帮忙，我就让你们居住的地方下暴雨和冰雹。"

万一下暴雨和冰雹，就没有浆果吃了。姐妹们害怕了，急忙把打败水怪的办法讲了出来。她们让柯帝去捡很多干柴，点燃一大堆篝火，再准备五把锋利的刀，然后驾着独木舟从水怪纳什拉赫面前经过。水怪已经吃了很多人，只要柯帝从它面前经过，它就会毫不犹豫地把柯帝生吞下去。

听了姐妹们的妙计，柯帝立刻捡了许多干柴，点起篝火。又把五把尖刀磨得异常锋利，然后驾船来到水怪逗留的那个深潭里。令他没有想到的是，水怪看见他并没有吃他，因为水怪也知道柯帝是一位兽神，本领极强，心想还是互不冒犯较好。

没办法，柯帝只好对纳什拉赫百般辱骂。他知道这家伙脾气坏，肯定受不了这样的侮辱。果然，水怪气得暴跳如雷，对着柯帝猛吸一口气。柯帝没有防备，一下子就被水怪吸到了肚子里，手里只来得及抓了几根棍子。

水怪的肚子里有很多飞禽走兽，由于水怪的肚子里像冰窖一样冰冷，这些动物饥寒交迫，已经被折磨得奄奄一息。

柯帝生起了一堆火，还分了一些食物给动物们，让它们吃饱、烤暖、恢复力气之后，齐心协力一起把水怪杀死。这样一来，柯帝可以为人间除害，动物们也获得了自由。

柯帝在水怪的心脏下面生起了火，野兽们全都围在篝火边取暖。然后柯帝取出锋利的尖刀，把水怪的心头肉割下来，一块一块地放在火上烤。

动物们美美地饱食一餐后，柯帝要大家一起动手，帮助他割断水怪心脏与全身联系的血管。水怪的血管非常坚韧，一共割断了五把尖刀，水怪的心脏才掉进火中。

水怪痛得要死要活，只好乖乖认输，把动物们和柯帝都吐了出来。

柯帝把兽民们召集在一起，站在高处对它们说："现在恢复了自由之身，所有没有名字的动物，都由我为你们取个名字吧！"

柯帝对一只猫脸的鸟说："你是丛林中的黑夜卫士，就叫猫头鹰吧！"

然后，他又对一只短手短脚、憨头憨脑的小兽说："你是百兽中最憨厚可爱的，就叫浣熊吧！"

转而，柯帝又对一只长着长长喙的鸟说："你有医治树木的本领，就叫啄木鸟吧！"

一只大鱼仰着脑袋也在等待名字，柯帝说："在河中你最大，就叫鳄鱼吧！"

就这样，柯帝替那些原本无名的禽兽都取好了名字，接着自报家门说："我即百兽之神——智慧机灵的郊狼柯帝。"

最后，柯帝对已受到惩罚的水怪说："你不可以再危害生灵，只有在独木舟划过你头顶的时候，你才可以将它翻覆，所有的水怪都必须遵守这条法规。"

这一壁画描绘了国王率队出征、击溃敌军、捕获俘虏、胜利而归的生动场面

这就是柯帝制定的律法。从这一天起，水怪再也不敢行凶作恶了。

印第安人在划船的时候，总是先把独木舟推到岸边，从水怪居住的地方绕行过去，绝不划过它的头顶，以免被它弄翻或者吞掉。

神奇的小木碗
——柯帝智斗四姐妹

每天在人世间东游西荡，柯帝对这种居无定所的生活感到厌倦，于是就在圣彼埃尔河附近盖了一个小房子，他的邻居是翠鸟和他的外甥——狼五兄弟。

本来日子是很逍遥的，但是在河的下游，有四姐妹设了一个拦鱼坝，一条鱼都无法游到上游来，害得柯帝和邻居根本没有鱼吃。

这件事对狼五兄弟的影响不大，毕竟它们是食肉的，平时主要吃鹿和别的小兽，但是翠鸟可就难受死了。翠鸟的另一个名字叫鱼狗，顾名思义是离不开鱼的。至于柯帝呢，虽然外甥们经常送些肉给他，但是长时间尝不到鲜鱼，还是让柯帝觉得有点受不了。

一天，柯帝说："该想个办法对付四姐妹了，不光是她们要吃鱼，别人也得吃啊！"

话虽然这样说，但是四姐妹毕竟不是坏人，也没做什么坏事，柯帝自然不能靠武力让她们屈服。

柯帝整天都在想，有没有什么两全其美的好办法，与她们不争不吵不伤和气，又能让她们拆掉拦鱼坝，让我们也吃点鱼呢？

这样的办法实在没有，柯帝只好求助于自己身上的神力。他呼唤神力到来，问神力：“你能否给我出个主意呢？”

神力回答：“很简单，你把自己变成一个小木碗，顺着水流而下，女人都喜欢这样的小东西，看见这个小碗一定就会打捞起来，拿回家去。”

柯帝听后，马上变成了一个小木碗卡在拦鱼坝上。四姐妹中的一个发现了它，“有个精致的小木碗在那里。”女孩高兴地大喊，姐妹们都跑来了，围着小碗啧啧称赞。

四姐妹中属小妹最冷静，她说：“所有来历不明的东西都不能随便动，我们不要碰它，免得触霉头。”

姐姐们纷纷嘲笑她，才一个小小的木碗就被吓住了。她们不理小妹的劝告，执意把小木碗拿回家。

晚饭她们吃的是鱼肉饭，吃饱以后还剩下一些，刚好装在小木碗里。

第二天早晨她们醒来的时候，想起昨晚的剩饭，却发现小木碗里空空如也。

大家都感到有点纳闷，小妹说这个小木碗很古怪，还是扔掉比较好，其他三个姐姐说也许饭只是被老鼠偷吃了，最后还是决定留下小木碗。

她们这一餐吃的是烤鲑鱼，没有吃完的仍放进小木碗里，然后四姐妹一起去山上采浆果了。

等她们下山回来，肚子很饿想吃鲑鱼的时候，发现小木碗又空了。

这一次姐妹们不得不听小妹的话了。小妹举起石头想把小木碗砸破，谁知小木碗从她手里滑落，变成了一个小男孩。小男孩非常可爱，笑眯眯地看着她们。其中一个姐姐很喜欢小男孩，拉着他的小手，要把他当作小弟弟来抚养。小妹依然不同意，但是实在拗不过三个姐姐。

姐妹们每天把小男孩喂得饱饱的，然后把他留在家里，又出去采浆果了。看到她们出门了，柯帝立刻变成原样来到河边，动手开始拆拦鱼坝，当姐妹们回来时，又立刻变成小男孩回屋睡觉。

柯帝一直这样偷偷地拆拦鱼坝，有一天他拆得太入神了，没发现四姐妹已经回来了，一个眼尖的女孩大叫起来：“有个高大男人正在拆我们的拦鱼坝！”

小妹气哼哼地说：“我早就说这家伙是个坏蛋。”

姐妹们用棍子猛击柯帝的脑袋，刚好他也把拦鱼坝挖倒了，便急忙逃跑。他跑的时候还不忘把四姐妹嘲笑了一番：“哈哈，你们女人家还跟男人动手，真是不斯文。”四姐妹气恼地看着鲑鱼跟着他向上游涌去。

过了几天，柯帝在岸边发现一户人家特别贫寒，连饭都吃不饱，但是这家却有两个漂亮的女儿。柯帝很喜欢这两个女孩，经常拿着各种礼物到女孩家串门子，想打动女孩们的芳心，但他的求婚还是被无情地拒绝了。

柯帝在这种事情上屡屡受挫，这次他大大地生气了。他发火说：“你们不愿给我当老婆就只好喝西北风吧！”说完，他命令河流改道，于是河水转了个弯，追随着柯帝的足迹流走了。

后来，他又看中了一个女孩，为了讨好她，他修了一道堤坝，让她能够捕到更多的鲑鱼。尽管如此，女孩也不愿嫁给他。柯帝愤怒地推倒堤坝，顺着河岸一直向上走，又遇到了另一个漂亮女孩，她是海狸家族的女儿。这个女孩没有拒绝他的求婚，但是，女孩的父母要求柯帝把所有的鲑鱼都交给他们掌管，让他们想吃多少就吃多少。柯帝答应了。

柯帝与他的妻子非常恩爱，所以他又特地为女孩的双亲修了凯特尔瀑布。这样即使是枯水期，这里也永远不会断水，而且鲑鱼繁殖起来又多又快，两岸的居民也跟着沾了不少光。

因为鲑鱼太多了，无需再筑坝，海狸用木棍就能捕到鱼。于是柯帝劝诫海狸：“今后只要有人来此捕鱼，你们都要与他们共同分享，你要记住，贪婪的人绝没有好下场！”

小知识

拦鱼坝是设在河道中防止鱼类逃逸的堤坝。远远望去只有几十根木棒并排插在水中，中间留有一个空隙，空隙后面是一排木棒围成的圈。看似简单的装置，但只要鱼从这个空隙钻进去就别想再逃走。

柯帝的诅咒

——惩罚雅诺特人

雅诺特老人有七个女儿，个个都如花似玉。柯帝见到她们很爱慕，想娶她们为妻，便向女孩们的父亲求婚。

雅诺特老人婉拒他：“我无法离开她们，这七个女儿天天替我捡柴，我才能点炉灶。没有她们，我要怎么生活呢？”

柯帝想了想，说：“你的意思是缺木柴？只要你同意把一个女儿嫁给我，木柴不是问题。”

晚上，捡柴的女儿们回来后，父亲告诉她们，柯帝想在她们姐妹中娶一位做妻子。女孩们听说后都失眠了，谁也不想嫁给又老又丑的柯帝。

柯帝也一夜没合眼，不过他想的是另一件事，他拿不定主意该娶哪个女孩。她们都很漂亮，每个都令他难以割舍。最后，柯帝决定不再费心选择了，把七个女孩都娶了不就得了。这一次他记取之前的教训，不想再像以前那么傻，而要借助神力强迫她们全部给他做老婆。

清晨，老人、女孩们和柯帝都站在雅诺特牧场附近的河边，柯帝利用神力使河水冲来许多树枝。树枝越来越多，直到她们相信这些木柴可以供他们用很久，女孩们才答应跟柯帝走。

柯帝喜滋滋地带着七姐妹，沿着河岸向上游走，边走边把许多大树扔进河里，让它顺流而下，漂到她们的父亲那里，还在河的西岸种了一片树林。柯帝实现了自己的诺言，从此雅诺特老人再也不用为木柴发愁了。

可是女孩们没走多远就想家了，她们央求柯帝让她们回去一趟，哪怕就待一会儿也好。柯帝经不住她们的撒娇哀求，只好同意了。女孩们在回家途中，看到路上堆着很多干树枝，心里很高兴，觉得以后再也无须捡柴了。

她们违背了自己的承诺，对柯帝说，她们不愿意过流浪的生活，所以要留在家里，不想跟他走了。女孩们都不知道自己已经惹祸上身。

受到这样的欺骗，柯帝暗自诅咒了雅诺特人。前两个冬天，尽管天气很冷，大雪覆盖，但女孩们的木柴还够用。第三年柯帝来了，他坦白地把自己的诅咒告诉了

她们："违背诺言的人终究要付出代价，今年冬天你们都会丧命。在未来的一天，你们祖宗的坟墓都会被人掘开，你们的木柴也会被人运走。"

柯帝的诅咒说出口以后，他栽种的树林变成了石林。这一年的冬天奇冷无比，大雪终日不停地下着。天气回暖以后，冰雪融化，巨大的洪流从山上呼啸着奔腾而下，大地发生了洪灾，雅诺特牧场被摧毁。洪水过后，所有的一切都变成了坚硬冰冷的石头。

小知识

在具有古老文明的民族中，大都可见到一夫多妻制或某种纳妾制。在古代墨西哥人、玛雅人、奇布查人和秘鲁人中，一夫多妻制都是被允许的。在南美印第安人中，有少数部落，只有酋长才能娶多名妻子。但就大多数部落而言，还是允许实行一夫多妻制的。

爱杜南斯

——坐在山峰上的女孩

克利斯佩尔印第安人的首领有一个漂亮的女儿，名叫兰花。西边的奥卡纳贡人那里住着一位年轻俊美的武士，名叫史克拉干，是三兄弟中的老二。

有一天，兰花提了一篮子卡玛斯蒜到史克拉干的家去。她希望史克拉干能够爱上她，向她提出求婚。

兰花登上山峰，山下就是奥卡纳贡人无限广阔的河谷盆地。她停下脚步，在那里梳妆打扮，希望自己看起来很美，能让史克拉干一见钟情。兰花用鱼骨做的梳子把一头长发梳得顺滑服帖，然后把头发编成辫子，紧紧地贴着头皮，再把自己的脸涂上艳丽的颜色。

就在前一天晚上，史克拉干兄弟三人同时做了同一个梦，梦见在太阳升起的时候，会有一个貌美如花的女孩来找他们。三兄弟醒来后就急匆匆地赶来了，远远地就看到了在山坡上的兰花。

兄弟三人走上前来，见到女孩果然貌美动人，都跪地向她求婚。老二和老三由于互相吃醋，竟然动手厮打起来。

柯帝刚好路过，看见兄弟俩在打架，便嘲笑他们不顾兄弟情义，两个大男人竟然为了一个女人动手争斗。兰花听了很生气，对柯帝说了许多难听的话。

这次柯帝可真生气了，他最恨别人对他无礼了。

所以，他把女孩的腿变成了石头，又把三兄弟变成了三座山。

柯帝正要走回头却看见兰花正在奋力地把卡玛斯蒜扔回到克利斯佩尔人的土地里，女孩不愿意卡玛斯蒜长在奥卡纳贡人的土地上。扔完蒜以后，女孩唱起一首古怪的巫歌，然后全身都变成了石头。

柯帝感觉自己做得有点过分，心里很后悔，于是便赋予兰花一种超凡的能力，使她成为一块有求必应的石头。后来，每当人们有了难事，只要献上贡品给兰花，就能如愿以偿。

柯帝对史克拉干说："你挺拔高大，女人会像兰花一样永远喜欢你，所以她们会采集你身体的小碎块，制作成各种饰物，装饰在她们美丽的脖子和胸脯上。日后，人们会将那些小碎块称为铜。”

接着，柯帝对三兄弟中的老大说：“由于你没有与弟弟们打架，所以会永远昂首挺胸，高高耸立，人们必须站得很远才能一睹你堂堂的仪容。人们将永远熟记你的威名‘大乔巴克’。”

柯帝又对最小的老三说：“在刚才的争斗中，由于你被推倒在地，所以只能永远低头弯腰，变成一列低矮的山冈。”

石斧是印第安人比较常见的工具和武器

从那以后，每到春天，克利斯佩尔草原上遍地开满浅蓝色的卡玛斯花。印第安各部落的居民都会在花期过后聚集到此，采挖卡玛斯蒜。在美丽的兰花曾经梳头的地方，流连着很多印第安少女。奥卡纳贡人将兰花变成的石头称为“爱杜南斯”，意思就是“坐在山峰上的女孩”。

小知识

从事采集的印第安人，主食中最重要的一部分是天然水果、野菜、植物的根、茎、叶以及草籽等。居住在亚马逊河流域的印第安人，主要采集多种野生果实做食物；查科地区的印第安人，不仅采集果实，还采集植物的叶和嫩芽以及树心、野稻等充当食物。

新部落的诞生

——柯帝制伏威斯普斯

当人类尚处在茹毛饮血的兽人时代，有一只名叫威斯普斯的海狸怪住在卡斯卡山顶的爱琳湖里。威斯普斯长相凶狠，一双红眉毛下面长着一双能喷火的眼睛，爪子巨大尖锐，叫声令人毛骨悚然。

爱琳湖盛产鱼，都被威斯普斯独自霸占了，它不许沿岸的居民们捕鱼。谁要是敢冒险走近湖边，就会被它用有力的巨爪拖进湖底，不是被它吃掉，就是被水淹死。

人们每天忍饥挨饿，实在活不下去了，只好去找柯帝帮忙。柯帝虽然很机灵，但在很长一段时间里，他也对海狸怪束手无策。

这时，他的三个姐妹再次帮助了他。按照三姐妹的计策，柯帝制造了一根又长又结实的渔叉，把渔叉的一端用一根麻绳拴在手上，然后到爱琳湖上去捕鱼。威斯普斯看见有人闯进它的领地，伸出巨爪想把柯帝拖进湖底。

柯帝奋力把带着倒钩的渔叉刺进了海狸怪的肋骨，威斯普斯被刺中之后痛苦难当，一头栽进水里，同时也把柯帝拖进了湖底。两人在湖中大战起来，打得天昏地暗，群山和大地都在战栗。凡是他们打斗时停下来的地方，都形成了新的湖泊。

后来，柯帝感到筋疲力尽，巨浪迎面扑来，差点让他呛水。于是，他急忙变成一截松树干。威斯普斯见了，一口把树干吞进肚子。被吞了之后，柯帝又变成一只猛兽，在威斯普斯的腹中到处撕咬，直到它死去。接着，柯帝沿着威斯普斯的喉咙口爬了出来。

他把威斯普斯的尸体拖到海边，用尖刀把尸体分成许多块：

威斯普斯的肚子变成了一个新部落，部落里的人身材矮胖，四肢短小。柯帝让他们在海边定居，以捕捞鱼贝为生。

威斯普斯的双脚变成了克利基特部落。克利基特部落生活在大百山以北直至大河一带。他们骑术高明，并且个个都是飞毛腿。

威斯普斯的双手变成了基伊部落，他们擅长弓箭，喜欢习武。

威斯普斯的肋骨变成了雅基马部落，他们居住在雅基马河沿岸，是穷人们的保护者。

威斯普斯的脑袋变成了穿鼻部落，他们居住在库库斯基和约洛夫河畔，天性聪颖过人，伶牙俐齿。

威斯普斯剩下的那些头发、鲜血及五脏六腑被柯帝远远地扔到东边大山的那一侧。这些东西变成了蛇河印第安人，这是一个暴力嗜血的部族。他们靠猎取野牛为生，终生流浪。

这时，柯帝突然发现他创造的人都闭着眼睛，正在饥肠辘辘地四处乱走。他猛然间发现忘记替新人安装嘴巴和眼睛了，便急忙用石刀把人们的眼睛一一划开，再帮每个人都割开嘴巴。

由于新人太多，柯帝太匆忙，石刀又不好用，所以这些人的嘴巴不是太小就是太大。这就是为什么沿岸印第安人的嘴巴都不好看的原因。

小知识

印第安人的共同外貌特征是：脸庞宽阔，颧骨突出；头发黑色，发丝硬直；眼睛细长，眼眸黑色；胡须细微，汗毛稀少；肤色在浅黄至棕黄之间；一般为中低等身材。这种体形不同于欧洲人或非洲人，而与蒙古人种最为接近。

大熊星座
——柯帝在天空中的杰作

狼五兄弟是柯帝的外甥，他们靠打猎为生，为了获取猎物几乎走遍了天南地北。他们猎到野兽后，总是给柯帝送一份。

每天吃晚饭的时候，狼兄弟总要对柯帝说说它们的见闻。

有一天，柯帝看见兄弟五个愁眉不展，就问老大："你们今天看见了什么？"

老大一声不响。

第二天晚饭的时候，柯帝看见它们还是愁眉苦脸，又问老二："你看见了什么？"

老二也不说话，接连几天都是如此。

柯帝感到非常奇怪，到了第五天，他再也按捺不住了，又问老五。

老五犹豫着说："如果哥哥们知道我告诉了你，可能会生气的。"

于是，老五与他的几个哥哥商量："柯帝总是问我们看见了什么。那么，我们能不能将天上发生的事情告诉他呢？"

商量来商量去，五兄弟终于决定告诉柯帝，看看他是否有办法。

当天吃晚饭的时候，狼五兄弟说："在天上有两只野兽，它们待在我们头顶很高的地方，我们怎么也抓不到，所以发愁。"

柯帝很想上天去看看这两只野兽。

"怎么才能上天呢？"狼五兄弟问。

"不用担心。"他们的舅舅说，"这事交给我就可以。"

柯帝命令狼五兄弟拿来许多支箭，在每支箭杆上都套了一个环，他拉弓往天上射了一支，箭就呼啸上天嵌在了天空上。柯帝紧接着又射出第二支箭，这支箭刚好套在第一支箭的圆环中。他就这样一支接一支地射箭，箭杆连成一串，在天地之间搭建了一条箭梯。

柯帝和狼五兄弟沿着这条箭梯，顺序爬到了天上，狼老二还带了一只猎狗。

太阳又升又落，他们爬了很久，也不知到底经过了多少个日夜，终于来到天上。他们看到了那两只野兽，原来是两只灰熊。

他们与灰熊对峙了很久，狼五兄弟中的两个小弟胆子很大，它们走过去，站在了灰熊对面。然后老二、老三也走了过去，只有狼老大和猎狗还站在原地。狼五兄弟直勾勾地看着灰熊，灰熊也定定地望着它们，什么事也没有发生。

柯帝站在远处看见这幅画面，觉得很不错，想把它保留下来，让人们也能看到，便埋首思索该怎么办。想了好久，柯帝决定让他们都留在天上。因此，柯帝回到大地后把箭梯给毁了，狼五兄弟就再也下不来了。

就这样，五只狼、一只狗，还有两只灰熊，一起留在了天空上，现在的人们称它们为大熊星座。

每天晚上，柯帝看到他在天空中留下的杰作，感到很满意。

有一次，他突然想到："如果以后我死了，人们该如何知道这幅图画的含义呢？"

柯帝把云雀叫来，让它看天上的大熊星座，对它说："这美妙的画面是我创造的，日后我死了，你就对世人宣布，这是我的杰作。"

刻有玛雅历法的石碑

后来，柯帝到处流浪，忙于各种事物，就不太关注夜空了。有一天晚上，他突然发现天空又多出许多星星，不禁有点担心。他想，如果星星太多太挤，万一掉到地面上来，人们可就遭殃了。

想到此，他决定再上一次天。来到天上，他把所有的星星都召集到一起，为它们分配了各自的位置，经过他的安排后，星星们疏密有致，看起来很有秩序。同时，他又用繁星铺就了一条天河。

柯帝叮嘱星星们："你们之中若谁想挪个地方，可以骑着一束光飞来飞去。"

所以，有时星星会带着光在天空掠过，如惊鸿一瞥稍纵即逝。在春天，如果能看见这种流星，会给人带来好运。

小知识

由于农业的需要，玛雅人在天文、历法方面拥有卓越的成就。他们的太阳历确定一年的时间为三百六十五点二四二零日，精确率远远超过当时的世界水准。他们可以计算出日食时间，知道月亮和行星运转的周期。他们测量出金星运转的周期为五百八十四天，比现代科学家测定的五百八十三点九二天只多了一个小时五十五分钟。墨西哥东南海岸委拉克路斯(Veracruz)的华斯台克文化遗址，在太阳金字塔内有三百六十五个神像，代表一年的三百六十五天，每一个神像都有一个神龛。

钻木取火

——兽人接力盗火种

在很早的时候，人间没有火种。所有的火都在一座高山之巅，由恶灵斯可可姆守护。恶灵担心人类有了火种以后会变得非常强大，所以不肯把火给人们使用。

柯帝看到人们茹毛饮血，忍受着寒冷的侵袭，心中十分怜悯他们，便下定决心帮助人类拿到火种。

他踏上征程，走了很远很远的路，终于来到了冰雪覆盖的高山之巅。他看见火种就在山顶上，由三个满脸皱纹的老太婆看守。为了不给盗火种的人可乘之机，她们日夜轮班。其中一人当班的时候，另外两个就待在离火种不远的窝棚里休息。

到了换班的时候，看火种的那个老太婆就走到窝棚前催促："该换班了，快过来看火种！"

每天拂晓前，天气会特别冷，该换班的老太婆总是磨磨蹭蹭不想从小窝棚里出来。柯帝知道这个时候是偷火种的最佳时机，可是把火种偷到手以后，老太婆们肯定会追赶过来。虽然她们已经年老了，但恶灵的腿脚素来敏捷，怎么才能顺利逃脱呢？

柯帝再次请教他的三个姐妹。三姐妹不太愿意帮他，因为每次她们为他出了好主意，柯帝总会说："这个主意啊，其实我早就想好了。"

柯帝的这三个姐妹是浆果神，浆果最怕冰雹了。于是柯帝仰头望天，作势要召唤冰雹。

三姐妹真的有些怕了："行了行了，怕了你了，告诉你……"

等她们说完，柯帝说："恰好我也是这么想的。"

柯帝把很多兽人召集到一处，让它们排了一列长队，从放置火种的山顶一直到山下，站得整整齐齐。安排妥当以后，柯帝又爬到山顶，变成一只不起眼的小兽蹲在那里，静静地等待黎明的到来。

天快亮的时候，值班的老太婆走到窝棚边，叫她的姐姐起来换班，她的姐姐都还没有出来，她就走进了窝棚。说时迟那时快，柯帝迅速来到火种旁，飞快地抓起一块正在燃烧的木头，扔下了山坡。

三个老太婆发觉有人盗火，立刻起身追赶。她们边追边向柯帝身上扔雪块，试图挡住他的去路。柯帝奋力穿过雪块，全力逃跑，但还是被老太婆们追上了。一个老太婆用手抓住了柯帝的尾巴，他的尾巴立刻被烤焦了。从此以后，郊狼柯帝的尾巴尖儿就变成了黑的。

柯帝气喘吁吁地跑到了树林子旁，因为实在太累了，趴在地上一动也不能动。这时，躲在小云杉树后面的美洲虎，立刻跑过来从柯帝手中接过火种，继续向山下跑去。美洲虎跑到几棵大树前，有狐狸等在那里，美洲虎把火种传给狐狸。狐狸跑累了，又传给松鼠，松鼠遂抓着燃烧着的木头在丛林中飞奔。由于风很大，把木头上的火星吹到了松鼠背上，至今，松鼠的背上还有一些黑点，它们的大尾巴也被火烤弯了。

老太婆们牢牢地紧追在后，她们想在丛林边上截住松鼠，但是羚羊正等在那里，羚羊是百兽中的奔跑冠军。松鼠把火种传给羚羊，羚羊跳出丛林，越过草地，向前飞驰。

火种就这样在兽类中辗转相传，每传到一个动物手中，都要变小一点，最后只剩下一点点火炭了。最后，火种传到了小青蛙手中。小青蛙把火炭吞进肚子，使出浑身力气向前跳。一个老太婆揪住了青蛙的尾巴，死命地抓着不放。小青蛙并不惊慌，奋力一挣，将尾巴留在了老太婆手中，它自己却跳进了河里。

青蛙在河里游了好久，以为甩掉了老太婆，谁知道它才刚一探出脑袋，老太婆就追了上来。青蛙实在没有力气了，但为保存火种，它憋足了一口气，猛地把火种喷到了岸边的松树身上，松树立刻把火种吞进肚子里。老太婆们不知如何才能从松树里面取回火种，只好气呼呼地回到山上去了。

但是，柯帝知道怎么把火种从松树里拿出来。他把这个方法教给了人们：用两根干木棍快速地互相摩擦，或者钻动，木棍就会冒出火花。这样的火花能够将干松脂点燃，点起大堆篝火，让人们取暖和煮食。

小知识

印第安人在长距离传递燃烧的火种时非常有创意，他们以切碎的山艾树和其他的树皮为核心，然后在其周围裹上厚厚的条状干燥树皮，一个较长的火把就做成了。此外，在火把的顶端还加了一层树皮，整个火引子就被条状树皮裹得严严实实。当这一切都完成后，这个装置看起来很像一根两英尺长的雪茄。当印第安人外出时，他们就会在装火的“雪茄”里放上一块通红的炭，然后将“雪茄”拿在手上或者别在腰带上。一般他们会做两三个带在身上。这种装火的携带器可以使火种保存六到十二个小时。

精灵之国

——死者灵魂的安居之地

在柯帝的时代，人死了之后，灵魂必须到精灵王国去。柯帝的一个妹妹死了，几个亲密的好朋友也死了。柯帝很伤心，总想让死者复活，重返人间。

这一天，鹰神的老婆死了，鹰神非常难过。柯帝为了让它的心情好一点，就安慰说：“死去的人不会永远留在冥国，它们就像树上的叶子一样，秋天凋零了，明年春天还会生长。所以，当春花绽放的时候，人们死去的亲人都会回来。”

可是鹰神思念爱妻，不愿意等到第二年春天，它想要立刻见到自己心爱的妻子。

柯帝是个讲义气的人，为了朋友能够两肋插刀，于是他陪同鹰神一起去了冥国。他们一个在地上走，一个在天上飞，向太阳下山的西方走了几天几夜，最后被一个大水塘拦住了去路。水塘的对面，一些房屋依稀可见。

水塘四周没有人，也没有船可以渡河。

柯帝大声喊人，可是四周寂静得让人发慌。

鹰神懊恼地说：“看来我们白跑了一趟。”

“也许他们还在睡觉，”柯帝灵光一现地说，“死了的人也许与我们不同，可能白天睡觉，夜晚活动。我们还是在这里等到天黑，看看会发生什么事情吧？”

傍晚，太阳即将下山的时候，柯帝唱起一首歌。听到歌声，水塘对面出现了四个精灵，划着小船向他们这边驶来。

小船抵达岸边后，柯帝和鹰神上了船，向对岸渡去。

在登陆之前，精灵告诫他们：“这里是圣地，不要进入那些房子，把眼睛闭紧，不要左顾右盼。”

柯帝和鹰神觉得又饿又冷，苦苦央求精灵带他们进屋。精灵把他们带进了一个由草席搭成的大屋，很多精灵正在这里伴着鼓声唱歌、跳舞。柯帝和鹰神认出精灵中有几个正是他们死去的亲友。

精灵们唱歌、跳舞的时候，柯帝突然把月亮吞进肚子里，四周立刻陷入黑暗。趁此机会，柯帝把几个亲友精灵装进了随身带的小篮子里，随后把盖子盖得非常严实，飞快地返回人间。

一路上，他们听到篮子里的精灵不断地抱怨，这个说被踩了脚，那个说被压得难受，它们齐声要求柯帝把它们放出去。

这时精灵们已经复活了，柯帝觉得手中的篮子很沉重，都快提不动了。他对鹰神说："干脆把它们放出来吧？"鹰神急忙制止。他们又走了一段路，离冥国已经很远了，柯帝认为复活的精灵们再也无法回去了，就把他们放了出来。没想到，篮子的盖子一打开，复活的人又重新变为精灵，像风一样飞往亡灵岛。

鹰神忍不住大骂了起来，骂着骂着，它忽然想起柯帝说过的话。于是，它对柯帝说："等春天来的时候，我们再去冥国，把精灵带回来。"

但是柯帝改变了主意，他说："还是让死者安息吧！"

自此，柯帝定下律法，死去的人永远不能重生。

如果那一次他没有打开篮子的盖子，而是把精灵们一直提回人间的话，死去之人就会像花草树木一样，年年春天都会死而复生。

小知识

在玛雅神话中，鹰神居住在天穹的圣树上，是兽神族的首领。在遇到重大事件的时候，所有兽神们都要去找鹰神商议。在它面前，每位神都有发表意见的权利。

七魔鬼山

——柯帝为民除害

在遥远的地方有一座蓝山，蓝山上居住着七兄弟。这七个兄弟都是巨魔，个个长得都比红松还高大，比橡树还粗壮结实。

它们最喜欢吃的食物是小孩，所以人们非常惧怕它们。每年，七兄弟都要到东方去走一遭，沿途不断吃人，尤其吃小孩。人们没有办法，只能带着自己的孩子离开家园，去求一条活路。虽然如此，总还是有些来不及逃脱的小孩被它们抓住吃掉。这样吃下去，岂不是把人都吃光了吗？人们又害怕又担心，一直在思索有谁能够对付这七个恶魔。

思来想去，最后人们决定请柯帝来除害。他们相信，曾经制伏过很多恶魔的柯帝，这次也一定会有办法杀死巨魔七兄弟的。

柯帝答应了人们的请求，虽然以前他铲除过那么多的妖魔鬼怪，但是这次面对强敌还是比较谨慎。他找来自己的朋友狐狸，请它给出出主意。

狐狸冥思苦想，最后想出一个方法。它提出在巨魔兄弟去东方的必经之路上，挖七个深深的大坑，然后在坑里倒入滚烫的脏水。

柯帝召来了一切有利爪的动物，费了很大的力气，终于挖好了这七个大坑，他又率领动物们往坑里倒了红褐色的脏水。狐狸把一些在太阳下晒得滚烫的石头扔进了坑里，把脏水煮开了。

准备好一切之后，柯帝和动物们藏了起来。不久，七个去东方的巨魔大摇大摆地走来了。它们排成一行，威风凛凛，没人敢招惹它们。它们高昂着头，只知道抬头看天，不晓得低头看路，结果全都掉进了七个深坑里。它们拼命挣扎，但是坑太深了，不可能爬得出来，在滚烫的脏水里越挣扎就陷得越深。它们把自己弄得精疲力竭，喝了一肚子脏水，又把红褐色的脏水喷出来，喷射得很远。

这时柯帝走了过来，七个巨魔认出了他是谁，立刻安静下来。

柯帝俯视着它们说："由于你们吃人的恶行，必须受到惩罚，你们将变成七座丑陋的山，永远站在那里，所有路过的人都能看见你们。你们会让世人记住，善有善报、恶有恶报。我会用一条深谷把你们和人们隔开，以避免你们再去残害人类。"

说完，柯帝运用他的神力，把七个巨魔变成七座高山。然后，柯帝又用力拍打大地，七座山峰下面的大地就裂开了，变成一条深不见底的峡谷。

今天，这七座山被人们称为七魔鬼山，山脚下的峡谷名为蛇河鬼谷。至于七个巨魔喷出来的脏水，就是供现在的人们开采和使用的铜矿。

小知识

在印第安的神话中，合金的起源与人类的起源息息相关。金铜合金象征着两性结合行为和生殖力，其神圣性质由此产生。所以，铜虽然不是贵重金属，但在当时，铜的用途就像黄金一样。印第安人采集一种“仙草”，用其白浆草液处理金器表面，金铜合金便能闪闪发光。这项绝技是一个很大的秘密，至今仍是一个谜。据说，印第安人之所以对外界坚守这个秘密，是由于在许多外族社会里，金属的神圣性质被延伸到制作技术等方面。

蛇神的伴侣

——首领之妻投水

穆伊斯卡城的首领名叫古塔维特，他是当地印第安诸部落中最强大的首领，邻近的部族都甘愿臣服于他。古塔维特血统高贵，德行超群，有着显赫的威名。

他有很多娇妻美妾，最宠爱的一个妻子出身名门，是个绝世美人，有着倾国倾城的风姿和容颜。基于这些原因，古塔维特对她有点过分宠爱，而且很信任她，从未对她采取任何防范措施。没想到她背叛了自己的丈夫，与丈夫的一个心腹亲信私通了。

世上没有不透风的墙，古塔维特也听到了关于妻子不贞的流言。但是他没有声张，而是悄悄观察，终于有一天把这对偷情的男女当场抓获。古塔维特依照惯例处死了奸夫，但是却不忍心责罚他的爱妻。

这件事以后，在当地印第安人举行的聚会上，无一例外地都要唱一首歌，这首歌的内容描述的是古塔维特的妻子是如何与人私通的。这首歌被广为传唱，在古塔维特管辖范围内的所有部族里都有人在唱。

这个女人每天都要忍受着这种屈辱难堪的折磨，如果不是因为怀有身孕，她几乎想要结束自己的生命。后来，她生了一个女儿，孩子出生不久，她趁着侍女的疏忽，抱着女儿离开王宫，飞快地向大湖奔去。最后，母女两人投身入水。

这件事发生得太突然了，就连住在湖边的萨满都没有发觉。听到水声，萨满立即从小屋里跑出来，奔到湖边时，只看到水花四溅，救人已经来不及了，他只能去王宫向首领报告此事。

得知消息的古塔维特立即赶到湖边，命令一个最高明的巫师施展法术，去湖里把他的妻女救上来。

巫师带着几块烧红的石头跳下了湖水。大家在岸上等了很久，巫师才返回。巫师向古塔维特汇报说，他已经在湖底见到了她们母女两人，她们正与湖底的蛇神一起住在一个金碧辉煌的宫殿里，比人间的王宫还要豪华阔绰，蛇神正在她的膝边休息。尽管巫师一再劝说首领的妻子回到地上，还说她的丈夫答应自此绝口不提过去的事，全部一笔勾销，她仍然不肯答应回来。

巫师说:“她让我转告您,她在湖底很快乐,并且将要成为蛇神的忠实伴侣。她为自己不再受良心的折磨而庆幸,所以,她绝不会再回到这个令她伤心绝望的世界了。她还说,会在那里把女儿抚养大。”

古塔维特听了以后感到很伤心,吩咐巫师再次去湖底,看看是否能够把他的女儿带回来。

巫师再次潜入湖中,这次他在湖水里逗留的时间更长,终于把首领的女儿抱出了水面。但古塔维特发现,躺在巫师怀里的女儿身体非常僵硬,而且眼珠不见了,只有两个空空的眼窝。他大惊,问巫师是怎么回事,巫师说:“蛇神悄悄告诉我,还是把这个小女孩留给她的母亲吧!因为她已经取出了她的灵魂和眼睛。在人间,谁也不需要没有灵魂和眼睛的孩子。”

古塔维特心里突然明白了,这些事情都是蛇神一步一步设计好的。既然是蛇神的旨意,他也不想违背,以免为自己的部族和子民带来灾难。为此,他让巫师把女儿送回去,独自一人回到王宫。

古塔维特感到自己十分不幸,心里充满了忧伤。尽管妻子给他带来了耻辱和痛苦,但是只有他自己知道,他心里仍是爱她的。

这件事情很快在穆伊斯卡城里传开了。人们带着祭品,从四面八方涌到湖边,将祭品投进水里,向首领的妻子祈祷。人们深信,她有权赐福或者降祸于他们。

小知识

“萨满”一词源自通古斯语 saman 与北美印第安语 shamman,原词含有:智者、晓彻、探究等意,后逐渐演变为萨满教巫师即跳神之人的专称,也被理解为这些氏族中萨满之神的代理人和化身。

女孩的情人

——惨遭杀戮的小蛇神

有一个女孩是家里的独生女，每天帮助父母到山上去放牧牲畜，因为这个工作家里除了她之外没人做。

一天，女孩在山上遇到了一个年轻英俊的小伙子。两人一见钟情，小伙子热情地对女孩表达了自己的爱意，并向她求婚，女孩的芳心被眼前这个热情浪漫的小伙子打动了，立刻就答应了他的求婚。

从那天以后，女孩和小伙子常常借着放牧的机会，在密林里幽会。女孩经常从家里带一些面汤，与小伙子两人一起，你一口我一口吃得精光。

交往的时间久了，女孩发现小伙子善于攀爬，仿佛全身都长满了脚。他还能把身体拉得很长，紧紧地贴着地面，看起来很像一条蛇。但是在情窦初开的少女心中，他永远是一个体格匀称的英俊男子。

后来，女孩发现自己怀孕了，便对小伙子说："如果爸妈知道我有了孩子，肯定要生气的，我们还是快点成婚，商量好把家安在哪里吧！"

小伙子说："到你家去比较好。你在家里随便找一个墙洞给我，里面塞点破布就可以了。"

女孩惊讶地说："那么小的地方你能住吗？"

"没问题。"

"那你不去见我的父母吗？"女孩又问。

"现在还不是时候。"小伙子说。

女孩回家后在磨坊里找了一个墙洞，为了让情人住得舒服点，她又把墙洞挖大了一点，小伙子轻易地就钻进去了，这让她惊讶不已。当晚，女孩借口说要到粮仓去看守粮食，防止被小偷光顾，就搬到了粮仓里去住。夜深人静的时候，小伙子从洞里钻出来，与女孩睡在一起。女孩每天磨谷子的时候，都把一些面粉洒在墙洞里面给她的情人吃。

纸终究包不住火，女孩的父母到底还是发现了女孩怀孕的事。可是无论怎么盘问，女孩始终一声不吭。

她的父母只好到巫师那里去求教，求巫师为女孩消灾解难。

巫师掐着手指头算了半天，对老两口说："孩子的父亲不是人。"

"那是什么？"老两口被吓了一跳。

"是个小蛇神。"巫师说，"到磨坊的墙洞里去找找，孩子的父亲就在那里。"

老两口回去后，叫来十个强壮的小伙子，准备好棍子和铲子，揭开女孩蒙在磨坊墙洞上的羊皮，看见洞里躲着一条蛇，却长着人的脑袋。蛇看见有人来，立即竖直身体，轻轻地摇动起来。人们不敢让它爬出洞来，那样它就会施展神力把人们逐一缠死。十个小伙子一拥而上，挥动手中的铲子，把蛇剁成几段，把蛇头割下来，埋到很深的地下，把蛇身扔到远远的山谷里。

当蛇血流满洞穴的时候，女孩回来了。她飞奔到磨坊里，看见眼前的景象全都明白了，立刻号啕大哭起来。

哭声引发了阵痛，她分娩了。

女孩生了一窝小蛇，全都长着美丽的羽毛，它们一生下来就飞走了。

此图反映了玛雅人的宇宙观

青蛙神做媒

——偷玉米的大鸟恢复女儿身

从前，有个玛雅老人很富有。他拥有大片田地，但总是有人在他的田地里搞破坏，长得好好的庄稼被祸害得乱七八糟。

老人年老体衰，想要逮住这个坏家伙却有心无力，他老眼昏花，就算在他眼前走过，他也看不清楚对方是人是兽还是鸟。

玛雅老人有三个儿子，为了捉住破坏者，老人立了一份遗嘱，三个儿子中谁能捉住破坏者，就可以继承所有的家产。

老人恨极了这个破坏者，说在有生之年一定要抓住他，哪怕看一眼也行。

按照顺序，他的大儿子第一个出去捉贼。老大威风凛凛地出门了，骑着高头大马，身背最好的弓箭，带着精美的食物。

天黑了，月亮升起来了，老大向自家的田地走去。路上他看见了一只青蛙，哇啦哇啦地坐在水潭边聒噪个没完。老大被青蛙叫得心烦意乱，勒马驻足，走到潭边，恶狠狠地对青蛙说："要死啊？没事叫什么？"

青蛙似乎并不介意他的态度，只是说："我知道偷你家玉米的人是谁，如果你能够把我带在身边，我会指给你看。"

老大仰天大笑，不假思索地一把抓起青蛙扔到水里，然后策马继续赶路。这个蠢蛋哪里知道，自己得罪的其实是一只青蛙神。

等老大来到田地的时候，田里又是一片狼藉，破坏者早就扬长而去。老大一夜没合眼，在田里守了一夜，破坏者也没再出现。天亮以后又累又饿的老大怒不可遏，于是怨天尤人，气愤难平地回家去了。

玛雅老人问大儿子在田里看到了什么，老大说只看到一塌糊涂的景象，守了一夜也没发现破坏者的影子。

接下来该轮到老二大显身手了，老人问他需要带点什么东西，老二说他要一支猎枪和一袋食物。

半路上，老二同样也遇到了那只青蛙，青蛙仍旧不厌其烦地呱呱叫着。

老二觉得耳根不净，大骂青蛙："闭嘴！讨厌鬼！"

青蛙依然说："带上我吧！我会帮助你抓住破坏者。"

老二根本就没把青蛙放在眼里，他嘀咕着："就凭你还能抓到破坏者？"

青蛙神非常生气，趁着老二睡着，把他口袋里的食物全都拿走了。老二醒来后，肚子饿了，刚想吃东西却发现口袋瘪瘪的，他拎起青蛙的两条后腿，把它扔到水潭里，然后来到自家的田地。

玉米田里有一只五彩斑斓的大鸟，刚刚吃完玉米正要飞走。老二急忙举枪打鸟，但是没有打中，大鸟仓皇地飞走了，落下了几根羽毛。

老二捡起羽毛，急匆匆地跑回家里，向他的父亲和兄弟们报喜："我打死了破坏者，是一只大鸟，看来我是父亲的继承人了。"

这时，小弟弟本赫明开口表态说："仅凭几根羽毛我们就能相信你的话吗？如果真的有贼鸟，我去把它抓住！"

他的两个哥哥从来都瞧不起这个小弟弟，认为他又傻又蠢，既然连他们都捉不到贼，小弟就更加不是捉贼的料了。

本赫明拿起猎枪，带着食物就出门了。经过水潭的时候，他也看见一只青蛙正在那里呱呱大叫。他走过去，对青蛙说："你天天坐在这里，看到偷我家玉米的贼了吗？如果你告诉我谁是破坏者，并帮我抓住他，我就把这一口袋食物送给你。以后无论我去哪里，都会带上你。"

青蛙神听了心花怒放，对本赫明说："你这个小伙子还挺有礼貌的，你的两个哥哥活该没运气，谁让他们对我无礼呢？好运属于你，小伙子，在这个潭底有一块神石，只要你对它祈祷，它就能满足你的一切愿望。"

本赫明急忙问："那我能不能娶到一个漂亮老婆？"

"当然，神石会帮你娶一个漂亮老婆，还会给你一幢阔绰的大房子做新房，让你们过上甜蜜富足的日子。"

想到自己能拥有一个美丽的妻子，还有一幢大房子，本赫明已经很知足了。他和青蛙把带来的食物吃光以后，向玉米田走去。

他们来到田里，再次看见了那只羽毛五彩缤纷的美丽大鸟。大鸟停在他家的田里，正在吃玉米。本赫明抬起猎枪，正准备瞄准时，大鸟说道："不要开枪，难道你想打死自己的老婆吗？"

本赫明闻言一惊，立刻把枪放了下来。

美丽的大鸟对他说："我本来不是鸟，是个女孩。因为不愿意嫁给一个老巫婆的坏儿子，这个可恶的老太婆就把我变成了鸟。"

本赫明想起青蛙对他说的话和他对神石许下的愿望，就高兴地说："这都是神的旨意。我们一起回家吧！你会重新变成女孩做我的新娘。"

本赫明的父亲看见小儿子带回一只大鸟和一只青蛙，而且向他们介绍说大鸟是自己的未婚妻，一家人全都吓得目瞪口呆。

见父亲和哥哥不相信，本赫明对青蛙说："现在实现你的诺言吧！"

青蛙仰天呱呱地叫了几声，大鸟突然变成了一个漂亮女孩。重新变回人形的女孩非常感谢本赫明，认为他是自己的恩人，愿意做他的妻子。

第二天一早，在门外的空地上出现了一幢漂亮的新房，本赫明就和女孩在那里成了亲，青蛙也快乐地与他们生活在一起。

小知识

印第安人把青蛙也奉为神灵，有时还供奉在庙里。据说神巫能领会蛙神的喜怒，青蛙神往往托巫师为它代言。

吃鱼风波
——祖珂智斗美洲豹

在上古时代，蛮猴祖珂长得与人类一样，身上没有毛，会驾独木舟，以玉米当食物，睡觉时也躺在吊床上。

一天，祖珂要坐船外出，与他一起出行的是海猪克鲁格。他们的船底是用玉米棒子做的，所以馋嘴的海猪总是贪婪地啃船底。祖珂阻止它说："克鲁格，克鲁格，快别啃了！万一你把船底啃出洞了，我们的小船就会沉没，河里的食人鱼就会出现，用它们尖锐的牙齿把你撕成碎片。"

克鲁格压根儿听不进去，它还是啃呀啃呀，终于把船底啃了一个大洞。就这样，小船慢慢地沉到了河里。祖珂和克鲁格都掉进了水里，食人鱼围住克鲁格，把它当成一顿美餐吃掉了。

祖珂擅长游泳，水性很好，他揪住了一条大食人鱼的腮，像骑马一样驾着它，一直游到了岸边。

他把食人鱼拖上岸提在手里，走进了森林，遇到了美洲豹阿杜格。

阿杜格看见祖珂手里的鱼，就说："嘿，朋友，你拎着鱼是要和我分享吗？"

祖珂说："是啊，因为我们是朋友嘛！当然要共享。"

美洲豹阿杜格又说："但是没有火，怎么烤鱼呢？"

祖珂看见夕阳正要落山，就指给阿杜格看，对它说："你去跟他借个火吧！否则我们也无法烤鱼。"

此时夕阳那红亮的光芒特别像火焰，阿杜格就向着夕阳跑去，想要向太阳借个火。支走阿杜格以后，祖珂用两块石头砸出火星，点起一堆篝火烤好了鱼，很快地把鱼肉吃光，然后爬到博柯丹小树上藏了起来。

过了好半天，借火的阿杜格回来了，看见篝火边扔着好多鱼骨头，知道自己上了祖珂的当，于是暴跳如雷，到处去找祖珂，可是连他的影子也没见着。

这时祖珂不小心打了一个喷嚏，阿杜格闻声一看，发现了坐在树顶的祖珂。

阿杜格说："好朋友，你在那干吗？快点下来吧！"

祖珂不敢下来，阿杜格哄骗他说："我们一起再去找点吃的，快下来吧！"

祖珂不相信它的话，愤怒的阿杜格耐不住性子了，请来大风为它帮忙。大风鼓足腮帮子，吹得大树东摇西晃，祖珂在树上也摇来晃去，他觉得自己的双手已经抓不住树枝了，就对阿杜格说："我快要掉下去了。"

又刮起了一阵狂风，祖珂从大树上坠落下来，刚好掉入阿杜格的嘴里，又骨碌碌地滚进它的肚子里。

阿杜格肚子里装着祖珂，像个怀了孩子的女人一样臃肿，须很费力才能穿过树林。

祖珂在阿杜格的肚子里不停地跳跃翻腾。阿杜格肚子很痛，求祖珂放过它。祖珂根本没有打算饶过它，他用一把锋利的小刀划破了阿杜格的肚皮后爬了出来，阿杜格立刻倒在地上死了。

然后祖珂把阿杜格的皮剥了下来，为自己做了一顶帽子。

一次，祖珂走在路上，又遇到了一只美洲豹。美洲豹看见祖珂，像看见仇敌一样恶狠狠地说："可恶的小子，这回看你往哪跑。"

祖珂轻蔑地看着它，指着自己的头饰对它说："好大的胆子，就凭你的本事也敢来挑衅？"这只美洲豹看见祖珂头上用阿杜格皮做成的头饰，不由得心生怯意，只好摸摸鼻子不情愿地走了。

有关崇拜豹神的绘画

小知识

在玛雅神话中，神猴祖珂是象征着智慧与勇敢的兽神。美洲豹阿杜格号称是祖珂的好朋友，其实这两位兽神的关系水火不容。

猴子骑豹
——祖珂的诡计

美洲豹看中了草原上的小牝鹿，想娶她为妻，于是跑去对她吐露心迹。祖珂也想娶小牝鹿当老婆，也来向她求婚。

小牝鹿拒绝了祖珂，她想嫁给美洲豹。

祖珂不屑地说："美洲豹算什么？在我眼里它只是一匹备好鞍的马而已。"

小牝鹿见到美洲豹的时候，就把祖珂的狂言告诉了它。美洲豹气得一跳三尺高，咆哮着说："你这个狂妄的小蛮猴，我倒要瞧瞧你有什么本事！"

美洲豹举行婚礼的那天，不得不邀请祖珂，因为这猴子是一位出色的厨师和琴师，任何人结婚都少不了他这位嘉宾。

美洲豹去祖珂家里邀请他："喂，请赏光来参加我的婚礼吧！"

祖珂以生病的借口拒绝参加婚礼，无论美洲豹怎样说服和央求他，他都坚决不肯前往。

就在美洲豹准备放弃的时候，祖珂说："我也不是不能去，可惜没有马，实在是病体难支，如果你愿意驮我去，我就太高兴了。"

美洲豹同意了，但是要求他在篱笆边就下来，自己走进屋子。祖珂爽快地答应了，爬到美洲豹背上，两人便动身了。

可是没走多远，祖珂就摔倒在地上。

"怎么回事？"美洲豹问。

"没有坐稳，掉下来了，这都是因为没有鞍子的缘故，我实在无法习惯。"祖珂说。

美洲豹拿他没办法，为了快点赶去举行婚礼，只好同意备上鞍子。祖珂在美洲豹的背上安上鞍子，但没绑肚带，所以没走几步，祖珂就又从豹子的背上掉下来了。

美洲豹再次问他怎么回事，祖珂说，没有马刺，还是走不了。

美洲豹忍气吞声地给他穿上了马刺，可是祖珂很快又第三次摔到了地上，没等美洲豹问他，祖珂就说："算了，还是不去了，太麻烦了，没有嚼子，无法走路。"

美洲豹心想，既然都快到了，就全依着他吧！于是，祖珂高兴地把美洲豹像一匹马那样装备起来，坐在豹背上大摇大摆地向前走。

快到小牝鹿家的篱笆边时，美洲豹要祖珂下来自己走路。

祖珂说："豹大哥，我累得手脚发软，一动都不能动，求你再驮我一下吧！"

美洲豹驮着他走到篱笆前时，祖珂用马刺猛刺豹的肚皮，美洲豹痛得忍不住向前一跃，差点撞倒小牝鹿的房子。趁着混乱，祖珂急忙将新郎的彩带系在自己头上，骑在美洲豹的身上，对着小牝鹿大喊："新娘子，说美洲豹是我一匹备好鞍的马，没错吧？"

说完，祖珂跳下来，把美洲豹拴在了大树上。刚好有两位猎人走了过来，美洲豹央求他们帮自己脱身，猎人们不敢贸然为美洲豹解开绳子。最后，只好由一个猎人拿着箭瞄准美洲豹，另一个帮它解开了绳子，取下马具，美洲豹羞愧难当，一溜烟地躲进森林里去了。

从此，美洲豹非常恨祖珂，总想找机会来报复。它知道祖珂必须得到山间唯一的一眼泉水边喝水，所以经常坐在那里等着祖珂的到来。

祖珂本来是躲着它的，可是有一天实在是太渴了，只好把自己从头到脚涂满蜂蜜，沾上毛发，来到山泉。

一开始的时候还真骗过了美洲豹，它问祖珂："你是谁？从哪里来的，我怎么没见过你？"

"我的名字叫灌木大哥。"祖珂细声细气地回答。

美洲豹眼睛一转，猜测眼前这家伙十之八九是祖珂，就紧紧地盯着他。谁知祖珂狡猾得很，趁着美洲豹一眨眼，喝了几口水就溜进旁边的一个犰狳洞里，躲在里面死也不出来。

于是，美洲豹就叫来了一只大蟾蜍，要它帮忙看住祖珂，它自己去取一把铲子来挖洞。

听话但愚笨的蟾蜍，寸步不离地守在洞口，祖珂在洞里大喊大叫："蟾蜍大婶，你怎么连我都不认识了，你过来好好看清楚。"

蟾蜍轻易地就上当了，真的走到洞口，瞪大了两只眼睛向洞里瞄，祖珂趁机抓起一把土朝蟾蜍撒了过去。蟾蜍迷了眼，什么也看不清了，等它好不容易能睁开双眼时，祖珂早就溜之大吉了。

美洲豹找到铲子回来时，见不到祖珂的人影了，只好拿蟾蜍发泄怒气，抓起它的两条腿把它扔进了河里。

又过了几天，美洲豹邀请祖珂去打猎，它认为这样比较容易找到机会报复祖珂，没想到又被戏弄了。

这天，他们在村子里的一户人家借宿，祖珂半夜偷偷爬起来，拿起美洲豹的猎刀，把主人家的小猪杀了。

第二天一早，主人大怒，追查起凶手，祖珂对他说："不是我干的，我熟睡了一夜哪里也没去，你看，刀还在我的身边。"祖珂拔出自己的刀给主人看，刀刃上干干净净的。

美洲豹也拔出自己的刀给主人看，没想到刀上都是血。

主人一看，拿起猎枪就把美洲豹打死了。

小知识

马刺是指一种较短的尖状物或者带刺的轮，骑士在骑马时用皮带绑在脚踝上，在冲锋时用脚后跟踢马腹使马感到刺痛，进而刺激马快跑。

雷鸟的女婿
——能人萨西莫

人类刚刚在这个世界上诞生的时候，天上一连下了好几年的冰雹，许多人因为饥寒而死去。奎纳殷特尔人的族人之间，为了争抢有限的食物而连年争斗，一些奎纳殷特尔人被迫离开家乡，跋山涉水到了位于世界尽头的一块高原上。

高原上也没有食物，饥饿的人们只能以草根果腹，并日日向诸神祈祷，可是诸神毫无反应。

最后，绝望的人们在首领的组织下，进行了最后一次祈祷。如果神的意志不让他们生，他们就决心勇敢地迎接死亡。祈祷完毕，大家沉默地等待着。突然从远方传来一声震耳欲聋的雷声，一道闪电划破了黑色的天幕，人们看见一只巨大的鸟向他们飞来。

所有人都吓呆了，谁也没有见过这么大的鸟。巨鸟的双翅比大船的帆还要大，它的鸟喙像一个巨大的铁钩，爪子上抓着一条巨鲸。

这只鸟叫做雷鸟，它把巨鲸放在人们面前的空地上。然后，它振翅一飞，快如闪电地消失在天边。

人们相信雷鸟是诸神派来拯救他们，要将奎纳殷特尔人从死亡的边缘拉回来的。

雷鸟有一个女儿，这个女孩很喜欢一个名叫萨西莫的小伙子，很想嫁给他。雷鸟却认为萨西莫很平庸，没有什么能力，总是百般难为他。

有一天，雷鸟要求萨西莫分别到五座山上去，取下山顶上的雪。萨西莫很快就回来了，但是只带回一小撮雪。雷鸟一看，立刻大骂萨西莫。小伙子不服气地让雷鸟吃吃看，雷鸟吃了很久，那堆雪丝毫也没有减少。

被萨西莫占了上风，雷鸟更生气了，随手把雪扬到了门外，结果那一小撮雪竟然变成一场漫天大雪，覆盖了大地。

雷鸟只好让萨西莫把雪拿回去，再放回山顶，萨西莫一收，雪又变回原来那么一小撮。

萨西莫回来后，雷鸟又想出了一道难题，它让萨西莫去抓两只山狮来给它

解闷。

很快地，萨西莫就把两只被结结实实捆着的山狮交到雷鸟手里。雷鸟刚想摸山狮，山狮竟然凶狠地扑了过来，差点把雷鸟的羽毛给撕咬下来。

雷鸟吓了一跳，急忙让萨西莫把狮子牵走。一回到萨西莫手里，两只山狮就变得像小猫一样温驯，服服帖帖地跟着他走了。

雷鸟见这样也难不倒萨西莫，又想出一个险招。它让萨西莫跟着它去树林里，把雪松的树干劈开。雷鸟挑了森林中最长、最重的一根圆木，它先在一头劈开了一个缝隙，然后在缝隙里塞上楔子，命令萨西莫到缝隙里去把圆木撑开。

萨西莫刚爬进缝隙，雷鸟就把楔子拿了出来，小伙子被夹在了圆木里。诡计得逞的雷鸟大笑着离开森林，兴高采烈地回家去了。谁知它刚迈进家门，就听到身后传来哐当一声，雷鸟一回头，一根圆木正横躺在地上。

怎么才能难倒萨西莫呢？雷鸟整日思索，最后绞尽脑汁想了一个自认为是一举两得的好主意。它吩咐萨西莫："你去一趟地下的冥国，冥王的属下有一个最心爱的宝贝，是一个会发光的球。你若想娶我的女儿，就把它拿来做聘礼。"

萨西莫来到地下冥国，果然看见一个发光的球，正在鬼魂们手里传着玩。萨西莫变成了一团烟雾，飘进鬼魂们中间，等球抛过来的时候，他就一把将它抓在手里，飞快地跑回人间。

没有了发光球，冥国漆黑如墨，伸手不见五指，鬼魂们只好临时点起鲸鱼膏做成的火把，照着路追赶萨西莫。

眼看萨西莫就要被抓住了，幸好雷鸟带着朋友们及时赶来，在奥林波斯山下下起了一场大雨，鬼魂手里的火把被浇灭了，看不见路只好返回了冥国。萨西莫把发光的球交给雷鸟，雷鸟很高兴，终于同意把女儿嫁给他。

那个发光球，被雷鸟割成很多小块，赠送给朋友们，蜂鸟、萤火虫、啄木鸟等都把分得的部分戴在身上，雷鸟把余下的一大部分藏在了自己的翅膀下面。

从此以后，每当雷鸟振翅飞翔时，人们就能看到亮光。而大家听到的轰轰雷声，是它又在责骂自己的女婿呢！

小知识

在玛雅神话中，雷鸟是一只巨鸟，当它振翅飞翔时，就会风雷乍起。它的眼睛张合之间，会放出万道闪电。它栖息在奥林波斯山的洞穴里，不允许任何人走近它的居所，如果有人靠近它的圣地，它闻到人的气息，就会发出隆隆的雷声。

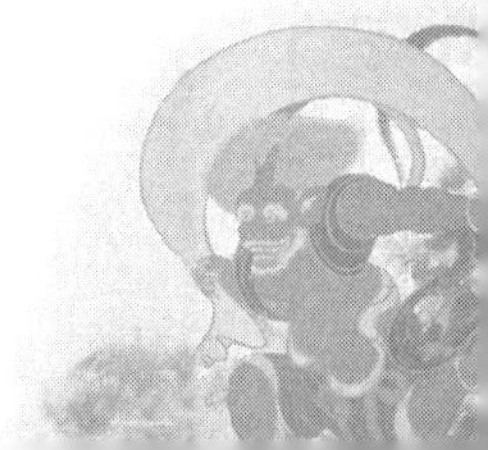

赛跑游戏

——螃蟹戏耍狐狸

很久以前，一只狐狸活跃在安第斯高原上。这只狐狸老奸巨猾，为了炫耀自己的聪明机智，它总是喜欢到处与人打赌，而且每赌必赢。

一天下午，狐狸闲极无聊，又想找个人来打赌，它心里有包赢不输的把握，一想到能赢别人，就忍不住窃笑。它在森林里跑来跑去，遇到了一只甲壳虫，就拉着甲壳虫打赌，岂料甲壳虫倏地钻进枯叶堆里去了。接着，它又看到了蛤蟆，没想到还没等它开口，蛤蟆转身就走了。原来大家早就知晓了它的劣迹，谁也不愿意和奸诈的狐狸打赌。

狐狸感叹自己“英雄无用武之地”，觉得十分懊恼。于是，气急败坏地跑到大海边去吹海风，让自己消消气。

这时，从沙堆里钻出来一只小小的螃蟹。狐狸看到小螃蟹走路的样子横七竖八，很不像样，觉得十分滑稽，决定与它打赌。

狐狸指着海边一个不高的小山坡，对小螃蟹说：“你愿意和我比试一下，看谁能先爬到山顶上吗？”

“好的，我愿意！”小螃蟹不假思索地答应了，而且还让狐狸先起跑。

狐狸心里暗笑小螃蟹的愚蠢自大，它们排成一行，开始起跑。狐狸把尾巴拖在地上，尽力向前跑，它深信就凭螃蟹横七竖八的走路样，绝对不可能比它跑得快。尽管如此，它还是不时地回头看看自己对手的进程，可是连小螃蟹的影子都没见到，看来已经远远地落在后面了。

狐狸心中暗自得意，继续往山上跑。见山坡上长满了很多水果，狐狸就停下来大吃一顿，顺便歇歇脚，喘口气。又跑了一会儿，它看见附近的树上有个鸟窝，里面还有鸟蛋，于是，它又爬到树上去掏鸟蛋吃。

“可怜的小螃蟹！你一辈子也休想赶上我。”狐狸得意扬扬地自言自语。

阳光很强烈，跑了半天的狐狸觉得很渴，又跑进山洞去喝水。它喝了一肚子清凉的山泉水，回到山路上，又朝后面张望，还是没有小螃蟹的影子。隐隐约约地，它似乎看到很远的地方有什么东西在慢慢移动，狐狸以为那是小螃蟹，大笑道：“这愚蠢的可怜虫！”

这时，不知从哪里传来了一阵奇怪的咕咕笑声，狐狸转了个圈，什么也没有发现，所以就没理会，转身继续向山顶跑去。

终于爬到山顶了，狐狸高兴地坐在地上，准备慢慢等小螃蟹，再把它大大讥讽一顿。

突然，从身后传来一个声音，吓得它跳了起来。

“朋友，你怎么这么慢，我早已恭候多时，还睡了一大觉。”小螃蟹的声音悠然地在他脚下传来。

狐狸低头一看，原来小螃蟹正在它的脚边。

“这这，怎么……怎么回事？”狐狸惊讶得都结巴了。

“老朋友，一路上你磨磨蹭蹭，吃水果、掏鸟蛋、喝泉水，我趁机就跑到了你的前面。”

小螃蟹兴高采烈地挥舞着它那有力的钳子，庆祝自己的胜利。

如果狐狸不是因为太过惊愕而没有心思去留意细节，就会发现，在小螃蟹的钳子上还缠着几根它尾巴上的狐狸毛哩！

狐狸不得不承认自己在路上贪玩了，它有些后悔，提议说：“螃蟹兄弟，刚才我又饿又渴，这种比赛是不能算数的，我们再比赛一次怎么样？这次从山上往山下跑，看谁能先跑到海边，坐到那块大石头上。”

“没问题！不过，刚才我跑得太累了，得先休息一下。”小螃蟹痛快地答应了。

小螃蟹躺在地上开始睡觉，狐狸只好坐在一边等。螃蟹终于睡醒后，说比赛可

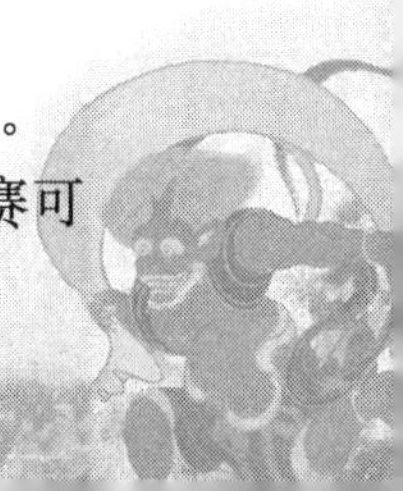

以开始了。话音刚落，狐狸像离弦的箭一样蹿了出去，一点都没留意自己的尾巴上夹了什么东西。

这一次，求胜心切的狐狸没敢再停下来耽搁，甚至连头都不回一下。

“这次，我不可能会输。”狐狸边跑边想。可是万万没想到，当它气喘吁吁地跑到海边，刚跳上石头，小螃蟹就从它身后跳出来，责备它说：“你又让我等了这么久，真没想到你跑得这么慢，你输了，看来你真是老了。”

狐狸恼羞成怒，开始耍赖：“是我先到的！是我先到的！”它大喊大叫。

“朋友，事实胜于雄辩，嘴硬是没用的，你当着森林和大海诸神的面老实承认自己的失败，才是明智之举。”

“我没输！”狐狸完全不讲道理了，蛮横地吼了起来，还向小螃蟹扑去。小螃蟹猛地钳了它一口，痛得狐狸向后一蹿，四仰八叉地摔进了大海。

狐狸好不容易才挣扎着从海里爬出来，小螃蟹乐不可支地挥舞着它的大钳子钻进沙堆，得意非凡，因为它耍弄了以狡猾奸诈著称的狐狸。

玛雅人的神祇画像

小知识

在玛雅神话中，关于兽神族的传说远比其他神族传说丰富。古玛雅人以形形色色的兽神传说，凸显出各式各样的人性本质。